U0558104

谨以此书

向全国所有奋战在乡村振兴一线的

驻村第一书记致敬!

向铿锵跌宕走过一百周年光辉道路的

中国共产党献礼!

光明的道路

弯柳树村奔小康纪实

郑旺盛 著

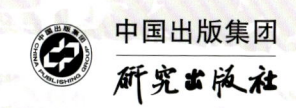

中国出版集团
研究出版社

图书在版编目（CIP）数据

光明的道路：弯柳树村奔小康纪实/郑旺盛著. -- 北京：研究出版社，2020.12
ISBN 978-7-5199-0960-4

Ⅰ.①光… Ⅱ.①郑… Ⅲ.①纪实文学－中国－当代 Ⅳ.① I25

中国版本图书馆 CIP 数据核字（2020）第 239465 号

出 品 人：赵卜慧
图书策划：张高里
责任编辑：张　璐　张　琨

光明的道路：弯柳树村奔小康纪实

郑旺盛　著

研究出版社 出版发行

（10011　北京市朝阳区安华里 504 号 A 座）

河北赛文印刷有限公司　新华书店经销

2020年12月第1版　2020年12月北京第1次印刷

开本：710 毫米 ×1000 毫米　1/16　印张：18.75

字数：200 千字

ISBN 978-7-5199-0960-4　定价：59.80 元

邮购地址 100011　北京市朝阳区安华里 504 号 A 座
电话（010）64217619　64217612（发行中心）

版权所有·侵权必究
凡购买本社图书，如有印制质量问题，我社负责调换。

2018年10月,弯柳树村驻村第一书记宋瑞获"全国脱贫攻坚奖"

宋瑞与国务院扶贫办主任刘永富在北京合影

招商引资邀请企业家到村考察

宋瑞与路口乡宣统委员、弯柳树村扶贫组长王玉平委员深入田间了解春耕生产情况

宋瑞与村里的党员干部一起商议村里的扶贫工作

宋瑞与支持弯柳树村发展的企业家和接受捐赠的群众合影

弯柳树村生态莲藕种植合作社迎来收获

宋瑞与弯柳树村村民一起打扫卫生

年逾七十的老村支书、老党员陈文明在池塘中打捞垃圾

弯柳树村德孝歌舞团在息县演出

作家郑旺盛在弯柳树村酵素农业生态园参观采访后，与宋瑞书记和负责人王春玲合影

2018年元月,天降大雪,宋瑞带领弯柳树"村两委"干部慰问贫困群众后留影

2018年5月,作家郑旺盛应邀去息县参会,对息县县委书记金平进行采访并合影留念

2018年新建的"弯柳树大讲堂"

作家郑旺盛与来自江西省长期扎根弯柳树村、投身乡村振兴事业的志愿者尹子文合影

弯柳树村设立党员防控卡点

宋瑞在村内防疫执勤点执勤　　　　　弯柳树村"抗疫"期间宋瑞与村干部看望贫困户

历史是人民书写的，一切成就归功于人民。只要我们深深扎根人民、紧紧依靠人民，就可以获得无穷的力量，风雨无阻，奋勇向前。

——习近平

目录
CONTENTS

卷首之歌 / i

主题内容 / iii

序言——中国的追求：农业要强、农村要美、农民要富 / v

序章——为人民服务是最大的事情 / xv

第一章　党派她来到弯柳树村　　　　　　　　　　　1

宋瑞毅然决然地说："哪里需要，我就到哪里去，我有信心，请组织放心。"宋瑞还说："扶贫是大事，组织派我到哪儿，我就到哪儿，决不给组织提任何条件。党培养了我这么多年，我只有干好工作的份儿。"

弯柳树村的老百姓常说："感谢党，感谢国家，给弯柳树村派来宋书记这样的好干部！"

第一节　"中华第一县"今昔录 ………………………… 3

第二节　哪里需要，我就到哪里去 ……………………… 5

第三节　贫困的村庄，不堪目睹 ………………………… 9

第四节　为人民服务是最大的事情 ……………………… 15

第二章　新官上任"三把火"　　　　　　　　　　　　　　19

　　新官上任"三把火",对于宋瑞来说,这三把火都没有烧好。宋瑞说:"比物质贫困更可怕的,是心灵贫瘠、价值观扭曲。人心不变,思想观念不变,再好的扶贫政策,也扶不了根儿上的贫。"弯柳树村的扶贫之路,远比想象的要困难得多!

第一节　慰问贫困户,竟被群众围堵 ……………………… 21
第二节　40万扶贫资金,竟然没人愿意要 ……………… 23
第三节　修路,惹来群众告状 ……………………………… 25

第三章　突围之路:扶贫先要扶心志　　　　　　　　　　29

　　要通过传统文化的宣讲,让村民们的心动起来,更让他们的心活起来,思想觉悟提升起来,精神振作起来,把他们培养成有思想、有觉悟、有道德、有良知的新时代的农民。宋瑞说:"只要老百姓的内生动力起来了,有党的领导,有国家精准扶贫的好政策,扶贫攻坚就一定能成功。"

第一节　一屋不扫,何以扫天下 …………………………… 31
第二节　开讲堂,传播德孝文化 …………………………… 34
第三节　创建"中华孝心示范村" ………………………… 40
第四节　手拿锄头心向党 …………………………………… 49

第四章　选择坚守　　　　　　　　　　　　　　　　59

　　宋瑞坚定了信心，她主动向党组织要求继续驻村，而且态度坚决。就这样，宋瑞开始了她第二任驻村第一书记的扶贫岁月。宋瑞说："在别人都笑我傻的时候，其实我已经找到了人生的方向，树立了坚定的人生目标。做个像王阳明先生一样护国救民、鞠躬尽瘁的人，这应该就是我作为一个共产党人为人民服务的初心啊！"

第一节　弯柳树村就是我的家 …………………… 61
第二节　致良知，知行合一，服务人民 ………… 67
第三节　歌唱家金波来到了弯柳树村 …………… 73
第四节　扶贫，是一场不见硝烟的战斗 ………… 80
第五节　"王委员"是宋书记的好搭档 ………… 85

第五章　继续选择坚守　　　　　　　　　　　　　　　91

　　脱贫攻坚是一场看不到硝烟的战争，是战争就会有牺牲。如果需要牺牲，我比年轻人少了很多的牵挂和对亲人未尽的责任。那就让我来坚守好河南调查总队脱贫攻坚一线的这块阵地，把进步的机会留给年轻人吧。

第一节　放弃晋升的机会 ………………………… 93
第二节　我听党的话 ……………………………… 97
第三节　第三次、第四次选择坚守 …………… 102

第六章　把党支部建成战斗的堡垒　　　　　　　　　　109

村里的党员一个一个地找回来了,他们都有了党组织,有了自己精神的家园。即使在外地回不来的党员,他们也都在微信群里关注着弯柳树村的发展变化,为弯柳树村的每一点变化、每一天的进步而点赞,更为弯柳树村翻天覆地的变化而喜悦、骄傲和自豪。

第一节　把党员找回来 ································· 111
第二节　把党支部重新建起来 ························· 117
第三节　党支部书记王守亮的"成长史" ············ 121
第四节　村主任汪学华的"奋斗史" ·················· 124
第五节　党员干部和群众心连心 ······················ 130

第七章　栽下梧桐凤凰来　　　　　　　　　　　　135

《大学》有言:"有德此有人,有人此有土,有土此有财,有财此有用。"简言之,要想有人有财,首先要有德。中国老百姓有一句话说得也好:"栽下梧桐树,引来金凤凰。"意思讲得非常明确。这些年来,弯柳树村"讲孝道,化民心,敦民德,启民智,兴产业,奔小康"的实践证明,道德可以转化为财富。

第一节　王春玲和她的生态农业 ······················ 137
第二节　慕名宋书记,投资弯柳树 ··················· 143
第三节　传统文化落地生根显力量 ··················· 150

第八章　弯柳树村故事多　　159

"我当家的一提起宋书记，就打心眼里佩服，他老是说：宋书记不光是共产党的好干部，她还是'上天'派来的'活菩萨'啊！我有时对当家的说，宋书记不是'上天'派来的，是共产党给派来的。我当家的这时就会说，那共产党就是咱老百姓的天。"

第一节　村民赵久均讲宋书记的故事……………… 161
第二节　党的好干部，群众贴心人 ………………… 167

第九章　扶贫之路，光荣之旅　　173

作为一名驻村第一书记，那一刻，我感受到了习近平总书记曾经对意大利众议长菲科说过的那句话"我将无我，不负人民"的铿锵之力。每一个共产党员都应该做到：我将无我，不负人民。我们都是追梦人，万众一心，众志成城，携手同行，打赢脱贫攻坚战，实现中华民族伟大复兴的中国梦！

第一节　受邀参加黄帝故里拜祖大典 ……………… 175
第二节　"五位一体"，振兴乡村 …………………… 179
第三节　河南省委书记王国生为宋瑞点赞 ………… 182
第四节　总队是我扶贫的坚强后盾 ………………… 186
第五节　讲述"中国共产党的故事" ……………… 190

第十章 一个共产党员的初心和使命　　195

如果没有一颗坦荡赤诚的心，如果没有一个共产党员的忠诚和信仰，如果没有全心全意为人民服务的心，如果没有对五千年中华文化的崇敬之心，宋瑞如何能够在脱贫攻坚的战场上做出这些具有时代价值和意义的探索？她的奋斗如何能够赢得一个村、一个县，乃至全国许多地方的人们的尊重？

第一节　2017 年扶贫日志 ……………………… 197
第二节　2018 年扶贫日志 ……………………… 201
第三节　2019 年扶贫日志 ……………………… 210

第十一章 一个乡村的勇敢、团结和力量　　213

弯柳树村的"抗疫"保卫战，只是此次中国乡村"抗疫"保卫战的一个缩影，但它展现的却是中国新时代的农民在面对令人恐惧的大灾大难时，他们坚定的信仰，他们勇敢的精神，他们团结的力量。

第一节　若有战，召必回，战必胜
　　　　——2020 年扶贫日志（一）……………… 215
第二节　烽火连三月，家书抵万金
　　　　——2020 年扶贫日志（二）……………… 230
第三节　鲜红的党旗在村头高高飘扬
　　　　——2020 年扶贫日志（三）……………… 236

创作札记　生活远比文学更加精彩　　　　　　　241
后记　　　　　　　　　　　　　　　　　　　　249

卷首之歌

选择坚守
——作家创作有感

那年十月，深秋的天很凉
风尘仆仆，党派你来到了息县弯柳树
放下被子，扑下身子
栉风沐雨，从此成为驻村的第一书记
走村串巷，访贫问苦，竟有146家贫困户
拉着大爷大娘的手，你比亲女儿还要暖
弯柳树啊弯柳树，乡亲们的日子咋就这么难
办讲堂，扶心志；"五加二""白加黑"
奋斗，你把弯柳树当成了扶贫攻坚的主战场

一任又一任，你选择坚守
这是一种责任，更是一种担当
你说，弯柳树就是你第二个故乡

光明的道路 弯柳树村奔小康纪实

岁月苍茫，季节变换，转眼已是八年
多少个日日夜夜啊！你的脚步总是匆匆忙忙
多少汗水？多少委屈？多少艰难？
但共产党人的信仰，永远不会改变
一切，为的是带领乡亲们早日实现小康的梦想

一头儿，是为人母亲的牵挂
一头儿，是宝贝女儿的思念
幸福的家庭啊盼着你归来的团圆
舍小家，顾大家。忠孝自古两难全
宋书记啊！谢谢您
是您，领我们找到了幸福的路
是您，带我们斩断了贫穷的根
是您，让我们知党恩、感党恩、永远跟党走

坚守，奋斗。为了党的事业
你是如此地执着坦荡，无私奉献
我们赞美你，你是党的好女儿
听党的话，到党最需要的地方
我们歌颂你，你是共产党人的榜样
不忘初心，牢记使命。忠诚、干净、担当
你是铿锵的玫瑰，生命在这片美丽的土地上绽放
你是冲锋的战士，勇敢地战斗在脱贫攻坚的战场

主题内容

宋瑞是 2018 年"全国扶贫攻坚贡献奖"获得者,曾受到中共中央政治局常委、全国政协主席汪洋的接见。

作为驻村第一书记,宋瑞连续三任选择坚守河南信阳息县弯柳树村扶贫攻坚。八年的时间里,她在弯柳树村探索与实践出了一条"党建为本领思想,传统文化扶心志,精准扶贫奔小康"的脱贫攻坚与乡村振兴之路。

宋瑞在弯柳树村创造了脱贫攻坚的奇迹。确切地说,她在这里探索与实践出了一条"以党建为本引领思想,以德孝文化扶心扶志,以精准施策有效脱贫,以生态修复振兴乡村"的长效稳固的脱贫攻坚之路、乡村振兴之路,使弯柳树村发生了翻天覆地的变化,使弯柳树村从一个破败不堪的小乡村,华丽转变成为一个村容干净整洁、村风和谐纯朴、家家彬彬有礼、户户敬老孝亲、人人热爱学习,到处生机勃勃的社会主义新农村。

这是多么重要的脱贫攻坚的成果啊，它的意义和价值不可估量！

宋瑞在弯柳树村扶贫攻坚的探索与实践有力地证明：贫穷并不可怕，贫穷也并不是不可改变。越是贫穷的地方，人民对决战贫困、摆脱贫困命运的渴望和向往就会越强烈，贫穷有时更能激发人内心潜藏的无穷的精神和力量。因为有了中国共产党的坚强领导，因为有了国家的精准扶贫政策，因为有了传统文化的化育人心，人民群众在脱贫攻坚中爆发出了无穷的能量。

脱贫攻坚，让弯柳树村旧貌换新颜。曾经冷漠的人心，变得温暖了，变得善良了，变得知书达理了；曾经满是垃圾的村庄，天蓝了，地绿了，水清了，花开了，鸟来了。还是那片土地，还是那群人，农民的内生动力从未像今天这样被激发起来，党员干部群众的精气神从未像今天这样令人振奋。这片土地由此变得生机勃勃，这些农民由此对美好的生活信心满满。

弯柳树村的发展模式，无疑可以给中国广大农村的发展提供学习实践的典范。

今天，中国农民，中国农村，中国共产党，需要更多的像宋瑞这样的优秀的共产党员、驻村第一书记；中国农民，中国农村，中国的脱贫攻坚和乡村振兴，迫切需要更多的像弯柳树村这样充满内生动力、生机勃勃的村庄。

让农民真正脱贫，让农民真正幸福，让乡村真正振兴，弯柳树村脱贫奔小康的模式，可谓是"乡村正道"。这是脱贫之路，这是小康之路，这是幸福之路，这条道路光明而灿烂。

引　言

中国共产党人的追求

郑旺盛

2012年12月29日，刚刚担任中共中央总书记四十多天的习近平，就冒着零下十几摄氏度的严寒，赶赴地处集中连片特困地区的河北省阜平县看望贫困群众。他鼓励干部群众说："只要有信心，黄土变成金。希望早日听到乡亲们脱贫致富的好消息。"

农业、农村、农民，是谓中国的"三农"。抓好"三农"工作，始终是执政的中国共产党十分重视的问题。2013年12月，在中央农村工作会议上，习近平总书记提出了"三个必须"：中国要强，农业必须强；中国要美，农村必须美；中国要富，农民必须富。总书记高瞻远瞩，围绕"三农"问题为中国的乡村振兴规划了令人向往的蓝图和目标。

农业、农村、农民，一直是习近平总书记心之所系。多年来，他的足迹踏遍了中国辽阔土地上从南到北的崇山峻岭、田野村庄。他在大山里、他在田野里、他在村庄里、他在庭院里、他在灶台旁、他在炕沿儿边。他那一句句暖人心、接地气、问寒问暖和农民唠嗑的话语，他一次次与农民、与基层干部手握手、临别挥手的感人画面，真切地表达了中国共产党的这位总书记对土地、对农民的殷殷之情、拳拳之心。

"小康不小康，关键看老乡。"如何使农民尽快脱贫致富，是习近平总书记一直记挂心头的大事。2017年10月18日，在中国共产党第十九次全国代表大会上，总书记在他向大会所做的报告中郑重指出："农业、农村、农民问题是关系国计民生的根本性问题，必须始终把解决好"三农"问题作为全党工作重中之重。"

中国是一个农业大国，农村人口接近9亿，占全国人口70%；农业人口达7亿人，占产业总人口的50.1%。所以"三农"问题的解决关系重大，不仅关系着中国广大农村九亿农民的切身利益和愿望，更关系着中国广大农村的繁荣与振兴，也关系到中华民族伟大复兴"中国梦"的早日实现。

"中国要强，农业必须强；中国要美，农村必须美；中国要富，农民必须富。"中国政府坚持农业农村优先发展的总方针，目的就是要让农业成为具有美好前景和吸引力的产业，让农民过上安居乐业、幸福美好的生活，让农村成为绿水青山、如诗如画的家园。

中国党和政府始终认为：中国是农业大国，重农固本是安民之基、治国之要。没有农业农村的振兴，就没有国家的复兴。全面建成小康社会和全面建设社会主义现代化强国，最艰巨最繁重的任务在农村，最广泛最深厚的基础在农村，最大的潜力和后劲也在农村。只有"坚持农业农村优先发展"的总方针，才能让农业发展尽快跟上国家发展的整体步伐，才能实现中国广大农村的全面振兴，才能让亿万中国农民走上脱贫致富奔小康的道路。

2021年7月1日，中国共产党将迎来建党100周年的重要历史时刻。追溯近百年铿锵跌宕的历程，我们会从历史的苍茫云烟中发现，如何让亿万中国农民过上美满幸福的好日子，始终是中国共产党孜孜不倦的追求。

中国共产党自1921年成立之初，为天下的穷苦人谋幸福，就成为了他们坚定的信仰、神圣的使命。而天下的穷苦人，主要就包括中国广大农村当时因为地主的剥削而失去土地的贫苦农民。在中国共产党的历史上，从1927年的第一次土地革命，到1931年的第二次土地革命、1942年的第三次土地革命、1947年的第四次土地革命、1950年的第五次土地革命，直到1978年的土地改革，围绕农民的根本利益，中国共产党先后进行了六次"土地革命"。1950年之前的五次土地革命，目的在于废除封建的土地所有制，实行农民阶级的土地所有制，实现"耕者有其田"的追求和理想。

1952年底，中国基本上完成了土地改革，延续了数千年的封建剥削土地制度彻底在中国土崩瓦解，一个崭新的社会主义中国，给予亿万农民的是"耕者有其田"的蓬勃的昂然的生机。而1978年的土地改革，即"家庭联产承包责任制"，在一定时期内则进一步解放了农村生产力，促进了农业的发展和农民生活的改善提升。

"中国强盛，中华复兴！"是炎黄子孙梦寐以求的理想，而"民以食为天，邦以农为本。"中华人民共和国成立以后，中国共产党高度重视农业，毛泽东主席不仅围绕农业发展做出许多重要指示，还多次亲临农村视察，派出身边工作人员到农村做调研；周恩来总理在四届人大会上提出：要使农业实现机械化、水利化、电气化、化肥化、良种化；当时主管经济工作的陈云也极为重视农业，他曾说："无农不稳，无粮要乱。"

新中国社会主义建设时期，以毛主席为代表的老一代革命家对中国的农业农村农民倾注心力，充满感情。消除贫困、改善民生，让亿万中国人民特别是农民早日过上幸福的日子，是中国共产党建立新中国之后治国理政的重要使命。在伟大的社会主义建设热潮中，中国共产党以前无古人的智慧、信心和力量，带领中国人民自力更生、艰苦奋斗、勇往直前，迅速改变了整个中国积贫积弱的落后面貌。20世纪80年代，中国开始在广大农村实施大规模扶贫开发行动，历经多年的努力和奋斗，使中国的贫困人口大幅减少，贫困群众生活水平显著提高。

十八大以来，中国共产党以前所未有的高度重视扶贫工作，把扶贫开发摆到更加突出的位置，大力推进精准扶贫、精准脱贫。而"精准扶贫，精准脱贫"正是习近平总书记关于脱贫攻坚的重要论述，是中国扶贫理论和实践的重大创新。其核心内容是：做到扶持对象、项目安排、资金使用、措施到户、因村派人、脱贫成效"六个精准"，实施产业就业、易地搬迁、生态补偿、教育健康、社保兜底"五个一批"，解决"扶持谁""谁来扶""怎么扶""如何退"四个问题。这一重要扶贫论述，成为指导中国扶贫攻坚伟大事业取得巨大成功的重要法宝。

扶贫攻坚，成为从根本上解决中国"三农"问题的必由之路、治国之道，成为实现"农业强、农村美、农民富"这一乡村振兴伟大目标的光明而正确的道路。

习近平总书记曾经指出："反贫困是古今中外治国理政的一件大事。消除贫困、改善民生、逐步实现共同富裕，是社会主义的本质要求，是我们党的根本宗旨。"中国共产党来自人民、植根于人民、服务于人民。建设有中国特色社会主义的出发点和落脚点，就是全心全意为人民谋利益。党作为国家各项事业的领导核心，自然而然是脱贫攻坚工作的中坚力量。在脱贫攻坚战役中，中国共产党只有始终践行以人民为中心的发展思想，坚持为人民服务的根本宗旨，真正做到为人民造福，执政基础才能坚不可摧。

新世纪以来，中国党和政府从实际国情出发，积极借鉴世界其他国家的有益经验，成功探索出了一条具有中国特色的扶贫开发道路，扶贫开发事业取得了显著的进展和成就，得到了亿万人民群众的衷心拥护，为全球减贫和发展事业做出了重大贡献。

中国近年来的脱贫攻坚成效到底如何？国务院扶贫办主任刘永富说："中国脱贫攻坚事业已经取得了显著成就，贫困人口从 2012 年的 9899 万人减少到 2018 年的 1660 万人，连续 6 年平均每年减贫 1300 多万人。"刘永富主任表示："习近平总书记把脱贫攻坚作为全面建成小康社会的底线任务和标志性指标，明确到 2020 年现行标准下的农村贫困人口全部脱贫、贫困县全部摘帽、解决区域性整体贫困的目标任务。实现这一目标，标志着中国将彻底消除绝对贫困，具有历史意义；标志着中国将提前 10 年实现联合国 2030 年可持续发展议程确定的减贫目标，具有国际意义。"

中国共产党的"十九大"庄重地把打赢脱贫攻坚战作为三大攻坚战之一，向全党及时发出了动员令，吹响了全面建成小康社会的嘹亮号角，是中国党和政府在未来一段时间内必须完成的崇高的政治任务。

习近平总书记曾经满怀信心满怀担当地说：人民对美好生活的向往就是我们奋斗的目标。坚决打赢扶脱贫攻坚战，确保到 2020 年所有贫困地区和贫困人口一道迈入全面小康社会，这是以习近平总书记为核心的党中央对全中国人民的庄严承诺，也是执政的中国共产党对全世界的庄严承诺。

"小康不小康，关键看老乡；农村富不富，关键在支部。"在轰轰烈烈的脱贫攻坚战役中，中国共产党为了加强农村党支部的力量，助力农村党支部带领农民打赢脱贫攻坚战，先后从全国的政府机关和国有企事业单位抽调了 290 多万名党员干部到农村去参与扶贫，其中先后组建了 25.5 万个驻村工作队，有将近 20 万党员干部担任了贫困村和软弱涣散村的驻村第一书记。他们中的许多人勇于战斗、勇于奉献、勇于担当、勇于开拓，在脱贫攻坚和乡村振兴中发挥了巨大的能量，带领千千万万

光明的道路 弯柳树村奔小康纪实

个贫困村庄克服重重困难摆脱贫困走上了小康路，成为脱贫攻坚事业中战斗在一线的可歌可泣的共产党员。

2020年3月6日，中国党和政府在北京召开了决战决胜脱贫攻坚座谈会，座谈会中共中央政治局常委、全国政协主席汪洋主持，习近平总书记出席会议并发表重要讲话。

2020年是中国脱贫攻坚决战决胜的收官之年，而全民抗击疫情这场硬仗尚处于"最吃劲的关键阶段"，此次会议在此"非常"时期召开，历史必将赋予其"非常"之意义。习近平总书记说："这是党的十八大以来脱贫攻坚方面最大规模的会议，目的就是动员全党全国全社会力量，以更大决心、更强力度推进脱贫攻坚，确保取得最后胜利。"

中国党和政府已经吹响了在中国全面建成小康社会的冲锋号角！中国的贫困人口，从2012年年底的9899万人，已经成功减到了2019年年底的551万人，连续7年每年减贫1000万人以上。2020年脱贫攻坚任务完成后，中国将提前10年实现联合国2030年可持续发展议程的减贫目标。我们可以自豪地说，世界上没有哪一个国家、哪一个执政党，能够在如此之短的时间内，成功帮助近一个亿的人口摆脱贫困，这对中国和世界来说，无疑都具有非凡而重大的历史意义。

2020年10月26日至29日，中国共产党十九届五中全会在北京召开，习近平总书记在会上作了重要讲话。全会强调，全党全国各族人民要再接再厉、一鼓作气，确保如期打赢脱贫攻坚战，确保如期全面建成小康社会、实现第一个百年奋斗目标，为开启全面建设社会主义现代化国家新征程奠定坚实基础。全会还提出，优先发展农业农村，全面推进乡村振兴。坚持把解决好"三农"问题作为全党工作重中之重，走中国特色社会主义乡村振兴道路，全面实施乡村振兴战略。

"十四五"规划的战略任务从此拉开了大幕。有了中国共产党领导全国人民矢志不渝地努力和奋斗，中国脱贫攻坚的伟大事业必将成功。

x

"农业强、农村美、农民富"的乡村振兴伟大目标也必将在中国成为光荣的现实,并载入人类共同发展和创造的光辉历程。

本书讲述的就是河南省弯柳树村驻村第一书记宋瑞,带领乡亲脱贫攻坚,建设社会主义新农村的感人事迹。

序　章
为人民服务是最大的事情

从加入中国共产党的那一天起，她就牢牢记住了共产党的宗旨，那就是为人民谋幸福。16岁就加入中国共产党的她的老父亲，曾不止一次地告诫她："进了共产党的门，就一辈子是共产党的人。为人民服务是最大的事情。"

序　章　为人民服务是最大的事情

一

物转星移，白驹过隙。

回望人生之路，感叹时光苍茫。不知不觉，她来到弯柳树这个小村庄，已经整整八年了。

她选择在这里坚守，已经连续做了三任的省派驻村第一书记，如今，该是第四任的时间了。

八年前的那个秋天，四十八岁的宋瑞选择了她这一生非常重要的一件事情。那是 2012 年的 10 月，她作为国家统计局河南省调查总队的一名共产党员、处级干部，主动要求代表单位驻村扶贫。10 月 30 日，作为河南省委组织部选派的驻村第一书记，宋瑞义无反顾地从郑州赶到河南省信阳市息县向县委、县政府正式报到；11 月 2 日，她来到了息县路口乡弯柳树村。

"一进息县坡，道路像鸡窝。"这是人们对息县落后贫穷的印象和评价。息县是个省级贫困县，息县人说："外地人看不起息县，因为息县穷。"

弯柳树村是息县有名的贫困村，全村 460 户人家，2150 口人，其中

光明的道路 弯柳树村奔小康纪实

有146户贫困户。全村没有一条水泥路，晴天一身土，雨天一身泥，大雨大雪天，泥泞难行，村民无法出村。不仅如此，村子到处被垃圾包围，死气沉沉，毫无生机，不堪目睹；村中打麻将成风，村民麻木冷漠，父母兄弟不睦、邻里纠纷，时有发生。整个村子，每天吵骂声不断，麻将声不断，颓废不堪。

更为严重的是，村"两委"班子瘫痪，党在这个村里失去了应有的领导，146户贫困户，包括非贫困的群众，得空都往教堂跑。

宋瑞初来乍到，面对的就是这样一个软弱涣散的村子，一个又脏又乱的村子，一个缺少和气，缺少生机，缺少信仰，缺少精气神，让人看不到希望的村子。

弯柳树村的希望在哪里？ 弯柳树村的道路在哪里？ 如何带着这几千口人挖掉"穷根子"、摘掉"穷帽子"、过上"好日子"？

党把这个重任，交给了宋瑞。

这是千钧重担啊！

二

有的人为财富而奋斗，有的人为仕途而奋斗。

而有的人，一生就是为崇高的理想而奋斗。宋瑞就是那个为理想而奋斗的人。

良好的家教家风，让年轻的宋瑞有了一颗善良而忠贞的心；共产党的引领，让共产党人的宋瑞，选择了一条为党的事业奋斗终身的路。

在弯柳树村，她扑下身子，放下架子，住进村子，访贫问苦，146户贫困户，14个自然村，她走了个遍。

序　章　为人民服务是最大的事情

记得驻村后，她用一个星期的时间，连续走访了37户贫困户。看到不少卧病在床、生活困顿的贫困户，有的家庭破屋烂院，简直无法生活；有的人家甚至连一张像样的床都没有，连吃饭的碗都是烂的。她无论如何也想不到，村里竟有这么苦、这么穷的贫困户！她当时就忍不住心酸落泪。

那天晚上，没有月亮，也没有星星，她住在贫困户邓学芳的家里，望着窗外漆黑的夜，想到走访贫困户看到的情景，内心就突然涌出无限的酸楚，竟忍不住默默地哭了。

中国共产党从1921年成立之初，为百姓谋福祉，为天下穷苦人谋幸福，就成为她的使命、坚定的信仰。中华人民共和国成立这么多年了，因为种种原因，我们还有这么多生活清贫的老百姓。由此可见，习近平总书记领导的这场脱贫攻坚之战，具有划时代的意义，是多么伟大的战略部署啊！它对中国农村、中国农民乃至整个中国的发展，太重要了，它将改变中国，亦将影响世界。

目睹贫困户的艰难，体味老百姓的疾苦，宋瑞的内心翻江倒海，思绪万千，难以平静。她深深地感受到了共产党人所肩负的历史责任，感受到了一个省派驻村第一书记肩头的千钧重担。

她的内心，甚至为此感到隐隐的羞愧和疼痛。

扶贫的路上，不知道有多少艰难险阻。作为一名共产党员，作为省派的驻村第一书记，宋瑞下定了决心，她要在这里投入全部的智慧和力量，坚持到底，奋战到底，不能辜负组织的信任。

都说新官上任"三把火"。但宋瑞在弯柳树村一把火都没点着！

弯柳树村的扶贫咋扶啊？

宋瑞陷入了深深的思索和痛苦之中。

最终，宋瑞顿悟了一个根本的问题，她深刻地意识到：比物质贫困更可怕的是心灵的贫瘠和麻木，是村民文化的丢失和价值观的混乱。如

光明的道路 弯柳树村奔小康纪实

果不改变贫困户长期形成的"等、靠、要、懒"的思想，不引导他们内心形成正确良好的价值观，不激发他们内心沉睡的内生动力，再好的扶贫政策也扶不了根子上的贫，单靠政府的帮扶，即使贫困户脱了贫，也还会返贫，而且得不偿失，难拔穷根。

痛定思痛，迎难而上。宋瑞说："扶贫必须先扶心，扶贫必须先扶志。"

她毅然决然，在村小学的教室里，创立了息县第一个村级传统文化道德大讲堂。一开始，村民不愿意去听课，都在观望。她给村民发毛巾、挂面、牙膏、洗脸盆儿、暖水瓶等礼品，想方设法把他们拉进讲堂里。宋瑞向村民讲古今孝道，讲积德行善，讲邻里和睦，讲做人之道，讲家和万事兴，讲幸福靠奋斗。

宋瑞不仅自己讲，她还把时任息县县委书记余运德、县长金平、宣传部部长余金霞，都请到弯柳树大讲堂来讲，把北京"致良知四合院"的名家请到弯柳树村讲王阳明的"致良知"。

就这样，把传统文化一点一滴地融入了社会主义核心价值观，融入了党和国家制定的每一项扶贫政策，让弯柳树的村民越听越想听，听的人越来越多。

精诚所至，金石为开。宋瑞讲传统文化，在息县无人不知，无人不晓，有企业家深受感动，捐资30万元，为弯柳树村建了能够容纳200多人的"弯柳树村道德大讲堂"。

习近平总书记在党的十九大报告中指出：深入挖掘中华优秀传统文化蕴含的思想观念、人文精神、道德规范，结合时代要求继承创新，让中华文化展现出永久魅力和时代风采。

弯柳树村通过开展道德大讲堂，使传统文化深入人心，化育人心，"天理、良知、人心"逐渐成为村里人评判是非、对错的标准，慢慢形成了"存好心、说好话、行好事、做好人"的氛围。村民从开始的观望、不听课，发展到后来的占座位听课。

在不知不觉中，村民开始不打麻将了，把老人接回家赡养了。对层出不穷的这些好现象，宋瑞会通过村里的高音喇叭进行表扬，把他们的故事和照片，张贴在村文化墙上，号召全村学习。

宋瑞激动地说：通过"开讲堂、讲孝道，树孝风、定孝制"，开展弯柳树村"好婆婆""好媳妇""好村民""十大孝子"评选活动，村民都积极参与，全村的正能量被激发出来了，脱贫致富的内生动力升起来了，村民由过去被动的"要我富"，转变为主动的"我要富"。

一切为了群众，一切依靠群众；从群众中来，到群众中去。宋瑞和老百姓成了最亲的人，她也成了老百姓最信任的人。

她说："在弯柳树村，在弯柳树村的群众中，我终于找到了扶贫的智慧，找到了脱贫的力量。我一次次战胜自己、超越自己、磨砺自己，在脱贫攻坚中锤炼自己的党性，纯粹自己的心灵，共产党员的党性在和群众打成一片的实践中不断得到净化和提升。"

宋瑞还说："乡亲们把我当亲人，我把弯柳树村早已当成了我的第二个故乡。"

三

从那时到今天，整整八年了，宋瑞始终坚守在弯柳树村。

现在，弯柳树村的好多老百姓见人都会说："宋书记好啊，宋书记待俺们亲，宋书记已经连续驻村三任了，八年了啊，一直住在我们村子里，好心疼她啊！"

习近平总书记曾经对全国的党员干部坚定地说："在扶贫的路上，不

光明的道路 _{弯柳树村奔小康纪实}

能落下一个贫困家庭，丢下一个贫困群众。"

宋瑞说："我是共产党员，听党的话，要到党最需要我的地方去。如果我不能圆满完成党交给的扶贫任务，带领乡亲们过上好日子，我有何颜面离开弯柳树村？"

八年的时间里，作为驻弯柳树村扶贫第一书记，宋瑞在这里感悟并实践着习近平总书记重要的讲话精神，努力在探索一条独特而有效的扶贫之路。

采访之中，我有诸多的感慨和感动。宋瑞在弯柳树村创造了脱贫攻坚的奇迹，在这里探索与实践出了一条"以党建为本引领思想，以德孝文化扶心扶志，以精准施策有效脱贫，以生态修复振兴乡村"的长效稳固的脱贫攻坚之路、乡村振兴之路。

或者可以这样说，八年的时间里，宋瑞在弯柳树村探索与实践出了一条从"立足中华优秀传统文化，培育社会主义核心价值观"入手，长期坚持"党建引领，文化扶心，道德育人，改善风气，精准扶贫，产业跟进，脱贫致富"的脱贫攻坚和乡村振兴之路，使弯柳树村发生了翻天覆地的变化，使弯柳树村从一个破败不堪的小乡村，华丽转变为一个村容干净整洁、村风和谐纯朴、家家彬彬有礼、户户敬老孝亲、人人热爱学习、到处生机勃勃的社会主义新农村。

这是多么重要的脱贫攻坚的成果啊，它的意义和价值不可估量！

习近平总书记说："国无德不兴，人无德不立。"引导人们向往和追求讲道德、尊道德、守道德的生活，形成向上的力量、向善的力量。

总书记在党的十九大报告中指出：没有高度的文化自信，没有文化的繁荣兴盛，就没有中华民族伟大复兴。

总书记在党的十九大报告中，先后79次提到文化！

中华民族有源远流长的历史，更有博大丰厚的传统文化。文化的力量是无穷的。

八年的时间里，弯柳树村走出了一条"以文化扶心扶志，激发群众内生动力，精准扶贫，精准脱贫，党员干部群众齐心协力奔小康"的道路。

八年的时间里，弯柳树村以传统文化为载体化育人心，改善民风，激发干劲，荣获了一项项金灿灿的荣誉：被中华孝心示范村工程组委会授牌为河南省第一个"中华孝心示范村"；被民政部老龄事业发展基金会授予"弘扬中华孝道示范基地"；被河南省儒学文化促进会评为"河南省弘扬中华优秀传统文化示范新村"；被信阳市委、市政府评为"信阳市美丽乡村"；被河南省儒学文化促进会评为"河南省德孝文化示范新村"。

2016年，河南省德孝文化乡村建设经验交流会在弯柳树村召开。

2018年10月17日，宋瑞荣获"全国脱贫攻坚贡献奖"。

在全国脱贫攻坚经验交流会上，宋瑞受到汪洋副总理的接见，并在会上汇报了她的扶贫攻坚体会和经验。那一刻，她无比激动和感恩。她感谢党和政府给予她的这一崇高的荣誉，所有的苦和累，在那一刻都化作了幸福和泪水。

宋瑞说："党从没有忘记我们，从没有忘记我们这些在脱贫攻坚一线奋战的党员干部。"

四

今日的弯柳树村，早已今非昔比，发生了天翻地覆的变化。

因为脱贫攻坚，弯柳树村从一个省级贫困村，沧桑巨变发展成为全国知名的文化村、幸福村，农民人均纯收入从2012年的不足2000元，

光明的道路 弯柳树村奔小康纪实

提高到 2019 年的 12000 多元。

如今，传统文化成为这个村的灵魂，基督教堂早已改成了老子书院；如今，党员干部成为老百姓最信任的人，党的政策在这里落地生根，开花结果，村民知党恩、感党恩、跟党走。

67 岁的贫困户邓学芳，通过传统文化的学习，走上了自强自立之路，在宋瑞的鼓励帮助下，她开办了家庭餐馆，很快脱了贫，致了富。她说："我家脱贫了，我不知道用啥感谢国家、感谢党、感谢宋书记。看着宋书记在俺村住这么多年，带着俺们过上好日子，我晚上感动得睡不着觉，就编了一首歌，把憋在心里的话说出来，唱出来。"

从没上过一天学，大字不识一个的邓学芳，因为感动，因为感恩，她整整两天两夜没有睡觉，在心里一遍一遍哼唱，终于唱出了《手拿锄头心向党》这首歌，这是多么淳朴、多么浓厚的感情啊！ 弯柳树村的农民，他们以自己从心底流出的歌，表达全村人对党和政府，对党派到弯柳树村的好书记宋瑞发自内心的感恩之情。现在全村人都会唱这首歌：

东方出了红太阳，手拿锄头心向党；
要问我干劲为啥这么大，习主席带我们奔小康。

东方出了红太阳，手拿书本心向党；
要问我手拿书本学的啥，传统文化记心上。

东方出了红太阳，照到哪里哪里亮；
要问我国家有多好，咱农民种地有补贴还不交粮。

弯柳树村独特的文化扶贫之路，脱贫攻坚之路，奋战小康之路，乡村振兴之路，现在吸引着越来越多的人，引起了社会各界的关注。《大河报》等媒体称之为"弯柳树模式",河南电视台《金色梦舞台》栏目把弯柳树村村民请到直播间现场采访,中央电视台、新华社、《人民日报》《中国日报》《河南日报》等三十多家媒体到村采访报道。全国已有广东仁化县、吉林东丰县、山东禹城区、河南淅川县等 200 多家兄弟县市的县委书记、县长、县委副书记、组织部部长等领导带队,来到弯柳树村学习考察。

中央电视台《送欢乐下基层》总导演、原《乡村大世界》栏目总导演曲良平两次来到弯柳树村。他感慨地说:"因为工作的关系,我曾到过华西村、南街村、大邱庄等全国知名的乡村。来到弯柳树村的第一感受是,这是一个非常贫穷的村,但我聆听了村民们的分享,让我触动很大,在这个小乡村,村民们对党的感恩和对美好生活的追求,都是发自内心最真诚的表达,让我忍不住好几次流下眼泪! 这个小村子,有大文化。我有责任帮助他们讲好弯柳树村的故事。"

2018 年以来,曲良平导演带领创作团队多次走进弯柳树村,创作排演情景音乐报告剧《弯柳树村的故事》。他们计划 2020 年让弯柳树村的农民,带着《弯柳树村的故事》这个节目,进京向首都人民和国家领导汇报演出,还计划带着他们走出国门,沿着"一带一路"代表中国农民出国演出与宣讲。

那一天,并不遥远,也许很快就会实现。以中国农民最精彩的故事,以中国农村最传奇的变化,向世界展示脱贫奔小康时代的中国农民崭新的昂扬的精神风貌,展示中国广大农村决战贫困、摆脱贫困的脱贫攻坚伟大成果,展示新时代社会主义中国的道路自信、理论自信、制度自信、文化自信的强大力量。以中国弯柳树村一个小村的巨大变化,向全世界展示由中国共产党领导的脱贫攻坚这场伟大的战役,带给中国广大农村农民的福祉,带给人类、带给世界无限美好的前景。

当此之时,那该是多么令人激动地场面啊!

光明的道路 　弯柳树村奔小康纪实

　　面对今日的成就，宋瑞并没有满足，更没有骄傲。她认为，今天的一切成就，都应该归功于党组织，没有党的坚强后盾，自己什么也做不成。今天的一切成就，也应该归功于听党话跟党走的弯柳树村的老百姓，他们曾经有过落后的时候，但他们今天觉悟了，他们干劲冲天，他们现在正信心百倍地跟着党和政府奋斗在小康的路上。

　　宋瑞说："我还要继续选择在这里坚守，一直坚守到弯柳树村迈入小康时代。作为驻村第一书记，我有责任光荣地完成党组织交给我的艰巨的任务，在弯柳树村这片土地上，在带领乡亲们摆脱贫困奋战小康的路途上，我要实现我为党和人民努力奋斗、无私奉献的人生理想和价值。我选择坚守，就是要与弯柳树村的父老乡亲们一起在这片土地上奋斗，带领他们过上他们想要的幸福的日子，创造这个小村的历史上从未有过的奇迹。"

　　宋瑞还说："当我离开弯柳树村的时候，我一定要无愧于组织的重托，我要向党中央交出一个脱贫攻坚的样板村、文化自信的示范村、乡村振兴的试点村、奔小康的幸福村；我要在弯柳树这个小村探索与实践出一条脱贫致富、乡村振兴、农民幸福的光明大道来，让弯柳树村带动和影响更多的村庄建成一个个物质文明与精神文明双丰收的社会主义小康村、文明村、幸福村。"

　　这是一个共产党员的铮铮誓言，这是一个驻村第一书记的庄严承诺。

　　沿着这条路，她执着前行，曲折而跌宕。她经历了多少苦、多少累啊！但她从来无怨无悔，唯有永不停息地奋斗与奉献、探索与实践。

五

不忘初心，牢记使命。

作为省派驻村第一书记，2012 年 10 月，48 岁的宋瑞来到了息县弯柳树村。她在这里敢担责、敢担难、敢担险，不怕苦、不怕累，甚至不怕牺牲。在她选择坚守的八年时间里，她扎根农村，深入群众，与老百姓同吃同住同劳动，融入了百姓的心中，受到全村老百姓的爱戴，也受到了全县党员干部的尊敬。

"是那个简陋的小屋，贮存着你到来时的梦想；
是那棵弯弯的柳树，见证着你平日里的几多匆忙。
你手捧着阳光走来，把村子里的树梢房舍照亮。
莺飞鱼跃，善舞歌扬，
你和乡亲们一起耕耘在希望的田野上……"

这是息县第九小学校长张玉龙写的一首赞美宋瑞的歌。其实，像这样写歌、写诗赞扬宋瑞的人，在息县有很多。像张玉龙等人，他们并不是弯柳树村的人，但却被宋瑞的扶贫事迹深深地感动，情不自禁地写诗写歌赞美党派到弯柳树村的这位驻村第一书记。

什么是不忘初心？ 什么是牢记使命？

宋瑞在弯柳树村脱贫攻坚的实践与探索中，以忠诚和信仰、奋斗和奉献，诠释了共产党员的初心和使命，赢得了干部群众的信任与尊敬。

我在息县采访时，参加了息县的"脱贫攻坚巩固与提升千人大会"。

会后，我采访了息县县委书记金平。

金平是一位有胆、有识、有魄力的县委书记。谈到宋瑞，金平言语中充满了同志之间的那种敬佩之情。他十分了解她。他说，宋瑞有一颗赤诚的心，有一腔为民的情怀。2012年，宋瑞选择来息县做驻村第一书记时，她其实已经在南阳卧龙区挂职六年了，她完全有资格回到郑州去工作，但她毅然选择了做驻村第一书记。宋瑞常说，党需要她到哪里去，她就到哪里去。

"宋瑞始终都是听党的话，到党最需要的地方去。"县委书记金平无限感慨地说，"我们党需要更多的像宋瑞这样的干部，我们的群众更需要像宋瑞这样的干部。什么是不忘初心？什么是牢记使命？宋瑞在弯柳树村八年的奋斗之路，生动感人地诠释了这一切。"

六

习近平总书记说："人民对美好生活的向往，就是我们的奋斗目标。"

作为省派驻村第一书记，宋瑞在弯柳树村扎扎实实坚守了八年，带领党员干部群众决战贫困，摆脱贫困，并走上了乡村振兴的道路。宋瑞在村里她的办公桌上，写下了这样一句话：读习近平总书记的书，听习近平总书记的话，把自己的生命，奉献给习近平总书记所领导的伟大事业。此生足矣！

宋瑞说，这是她八年驻村的实践和感悟，也是她的肺腑之言，更是她激励自己的座右铭。

宋瑞在弯柳树村扶贫攻坚的探索与实践，再次有力地证明：贫穷并不可怕，贫穷也并不是不可改变。越是贫穷的地方，人民对决战贫困、摆脱贫困命运的渴望和向往就会越强烈，贫穷有时更能激发人内心潜藏的无穷的精神和力量。因为有了中国共产党的坚强领导，因为有了国家的精准扶贫政策，因为有了传统文化的化育人心，人民群众在脱贫攻坚中爆发出了无穷的能量。

弯柳树村的发展模式，无疑可以给中国广大农村提供学习实践的典范。

让农民真正脱贫，让农民真正幸福，让乡村真正振兴，弯柳树村脱贫奔小康的模式，可谓是"乡村正道"。

这是脱贫之路，这是小康之路，这是乡村振兴之路，这条道路光明而灿烂。

今天，中国农民，中国农村，中国共产党，需要更多的像宋瑞这样的优秀的共产党员、驻村第一书记；中国农民，中国农村，中国的脱贫攻坚和乡村振兴，迫切需要更多的像弯柳树村这样充满内生动力、生机勃勃的村庄。

2020 年 2 月 18 日

第一章
党派她来到弯柳树村

宋瑞毅然决然地说:"哪里需要,我就到哪里去,我有信心,请组织放心。"宋瑞还说:"扶贫是大事,组织派我到哪儿,我就到哪儿,决不给组织提任何条件。党培养了我这么多年,我只有干好工作的份儿。"

弯柳树村的老百姓常说:"感谢党,感谢国家,给弯柳树村派来宋书记这样的好干部!"

第一节 "中华第一县"今昔录

中国有个县,名叫息县。

这个县,名气大得很,被称作"中华第一县",已经有3000多年的历史了。

历史记载,周武王十三年,此地分封为息侯国;周庄王十五年,楚灭息国置息县。或者更清楚地说,公元前1046年,商周时封息侯国;公元前682年,楚国灭息国后开始设县,沿用至今。

在中国2800多个县区中,息县被称作"中华第一县",不是无缘无故的,人家确实够资格。史书上记得很清楚,人家从古到今,3000多年的历史,都不改一个"息"字,初为息国,后为息县,漫漫长长,绵绵延延,亘古不绝,堪称中国"郡县制"的活化石。

"中华第一县"的美誉,是息县人的骄傲。

息县历史上还有不少名人,有"三年不语"的息夫人、"马革裹尸"的伏波将军马援、"清廉刚直"的明代尚书李若星等。革命战争中,涌现出了红色战士王遵义,铁血英雄何万镒,虎穴英豪隐剑、独臂战将廖政国,投笔从戎黎原将军等一大批革命志士。

1947年,刘邓大军在息县抢渡淮河,千里跃进大别山,拉开了人民解放军战略反攻的序幕,留下了"将军试水"的佳话。

光明的道路 弯柳树村奔小康纪实

息县城南有座山，名曰"濮公山"，被大诗人苏东坡称为"东南第一峰"。

息县的息夫人，古往今来，人们都津津乐道。息夫人，原是陈国公主，后嫁到息国为夫人，因容颜绝代，目如秋水，面若桃花，又称"桃花夫人"。

息夫人是春秋时期四大美女之一，她的一生非常传奇，曾辅佐自己的儿子开启了春秋争霸之路。息县人没有不知道息夫人的，她的传奇故事，可以说妇孺皆知。

有句话，很有名："有钱难买息县坡，一半米饭一半馍。"

这句话流传很广，在息县，乃至信阳的很多地方，都知道这句话，也知道这句话的意思。它说的就是息县这个地方，是个土地肥沃的地方，是个出产粮食的地方，甚至可以说是个"鱼米之乡"。

息县这个地方，还有一条知名的河流，穿境而过，那就是淮河。自古以来，淮北种小麦，淮南种稻子，而息县出产的一种特产稻子叫"香稻丸"，史书上说早在宋朝时就已有种植，明清息县志上的记载，称之为"烷稻"，是宫廷的贡品。1914 年，在旧金山万国商品展赛会上，息县的"香稻丸"，博得好评，因之名播八方。

说了这么多息县的好，但还是绕不过一个事实，那就是息县后来的发展落伍了，被列入河南省的省级贫困县。

贫困县有多贫困呢？有一句话，听起来很扎心，但却最能说明问题。

"一入息县坡，道路像鸡窝"。这是外地人对息县的讽刺，说的是息县没有一条好路可以走，城里道路高低不平，乡村道路坑坑洼洼，晴天是土，雨天是泥，息县给人的印象，就是"脏、乱、差"。

历史有时很残酷。一个历史上很有名的县，甚至是"鱼米之乡"，因为种种原因，今天却沦为有名的贫困县，这是息县人不愿意看到的事情。

息县人一直在寻找历史的机遇，要改变他们的贫穷落后的面貌。后来，就有了轰轰烈烈的脱贫攻坚之战，息县人真干、实干、苦干，加上拼命干，"5+2""白加黑"，息县人豁出去了。

2019年5月9日，息县达到了脱贫摘帽的标准，正式退出了省级贫困县的序列。

息县有个路口乡，路口乡有个弯柳树村。弯柳树村是个省级贫困村，这个村2015年就脱贫摘帽了，比息县全县整体退出省级贫困县序列，整整提前了4年。

一个小村庄，何以有如此的力量？为什么能够在息县率先4年就脱贫成功了？

不仅仅如此，今天的弯柳树村，不仅在息县，甚至在河南，在中国，已经成功探索与实践出了一条独特而扎实的脱贫攻坚之路和乡村振兴之路。

弯柳树村之所以有美好的今天，有独树一帜的脱贫成就，是因为这里有一位叫宋瑞的省派驻村第一书记。

是她，在弯柳树村扎下根来，坚守八年，走出了一条"党建为本领思想，传统文化扶心志，精准扶贫奔小康"的光明之路、幸福之路。

弯柳树村的老百姓常说："感谢党，感谢国家，给弯柳树村派来宋书记这样好的干部！"

第二节 哪里需要，我就到哪里去

2012年10月19日，宋瑞来到了息县。

宋瑞是国家统计局河南调查总队的一名处级干部。在此之前，她已

光明的道路 弯柳树村奔小康纪实

经在她的老家南阳市卧龙区做挂职干部两年了，正当她要结束挂职锻炼准备回郑州时，单位开始选拔驻村第一书记的人选。单位人少，一时抽调不出合适的人选。

宋瑞知道这一情况后，跟单位领导说："我熟悉基层的情况，就派我去吧，我能行。"

宋瑞已经下基层挂职锻炼两年多了，而且是个女同志，怎么能让她再去驻村？毕竟驻村的条件非常艰苦。单位领导一时拿不定主意。

宋瑞毅然决然地说："哪里需要，我就到哪里去，我有信心，请组织放心。"

就这样，宋瑞的名字被报到河南省委组织部，她成为省派驻村第一书记。驻村扶贫的地点，就是河南省信阳市息县的弯柳树村。

就这样，挂职了两年多的她，还未正式回到郑州工作，就又回到了基层，只是挂职的地方是她的家乡，这次驻村扶贫的地方是她并不熟悉的地方。

宋瑞说："我挂职的卧龙区，距离我的老家南召县，只有30多公里，而我这次驻村扶贫的息县弯柳树村，距离我的老家，足足有380多公里。距离郑州也有将近400公里，无论是回老家，或是回郑州的家，都不容易啊。"

宋瑞还说："扶贫是大事，组织派我到哪儿，我就到哪儿，决不跟组织提任何条件。党培养了我这么多年，我只有干好工作的份儿。"

时任息县县委书记余运德，应该说对宋瑞还是比较了解的。在宋瑞来息县驻村之前，他就曾去南阳市卧龙区找过宋瑞。

宋瑞当时在南阳市搞传统文化教育，搞得风生水起，影响很大。2010年9月，南阳市正在筹备全国农运会，为提高南阳市民的综合素质，倡导文明新风，为农运会营造良好的氛围，宋瑞在市委市政府的支持下，筹备了一场为期三天的"迎农运讲道德树新风，弘扬传统文化做有道德的南阳人"的传统文化大讲座，当时听讲的人很多，效果也非常好。

宋瑞说，68岁的农民张广印，是个老上访户，已经连续上访了38年。他偶然在郑州碰上了一个来南阳参加传统文化讲座的人，然后就被带到了宋瑞在南阳市组织的传统文化大讲堂，听了两次传统文化的讲座，他连声说好，赞不绝口。后来，他突然要求上台讲话，但是大家都有些不放心，不知道这个老上访户会讲出什么样的话。最后宋瑞考虑再三，还是决定让他上台发言。结果，他在台上诚心诚意地说，听了传统文化的课，我大受教育，幡然醒悟，知道他38年的上访，不是政府的错，是他错了。打现在起，他再也不会上访了，再也不会给政府添乱了，他要种好地，打好粮，过好他家的日子。

宋瑞咋也没有想到，传统文化的影响力竟然这么大，能让一个68岁、上访了38年的老上访户，认识到是自己的错，从此不再上访了。这让宋瑞对传统文化强大的能量，认识更加深刻，并坚定了她普及传播传统文化的信心。

息县县委书记余运德，对传统文化也非常认可，那时他与宋瑞素不相识，但他听说了宋瑞在南阳搞传统文化的名气，就想拜访宋瑞，请她到息县来讲传统文化。2012年9月中旬，全国农运会在南阳召开的前夕，余运德慕名来到南阳拜访宋瑞，诚心诚意地邀请宋瑞在合适的时候，到息县讲传统文化课，帮助息县举办传统文化大讲堂。

余运德说，中华民族的传统文化源远流长，力量无穷，息县要在全县推广宣传传统文化，以传统文化化育人心，提升息县人文明素养、综合素质，为息县干事创业营造良好氛围。

虽然是初次相见，但因为志同道合，两个人谈得非常愉快，宋瑞也答应抽时间到息县去。

让余运德想不到的是，时间仅仅过去了一个月，宋瑞就被组织上派到了息县，这真是天意与人意的巧合。

宋瑞来到息县后，担任了息县人民政府党组副书记。

在县委书记余运德的倡导与支持下，息县成立了"息县德孝传统文化宣传领导小组"，办公室就设在息县县委宣传部。部长是个女同志，名叫余金霞，她担任了德孝传统文化宣传领导小组的主任。

宋瑞也在这个小组里担任了领导职务。因为弘扬宣传传统文化的缘分，宋瑞与余金霞工作上合作得十分愉快，感情上处得就像亲姐妹。

在这样的环境里，宋瑞觉得传统文化在息县可以大有作为，由此也使她对息县、对弯柳树村的扶贫攻坚工作充满了信心。

作为息县的县委书记，余运德对弯柳树村这个省级贫困村，还是比较了解的。宋瑞这次到弯柳树村驻村扶贫，不是一两天的事情，一个任期就是两三年的时间，宋瑞是个女同志，村里条件又很艰苦，困难有很多，扶贫的难度实在很大。

余运德对宋瑞说："宋瑞，弯柳树村是省级贫困村，村里有100多户贫困户，村里存在的问题也很多，扶贫的难度很大啊，你要有充分的思想准备。"

宋瑞笑了笑，对余运德书记说："我的任务就是来扶贫，有上级组织的支持，有县委、县政府的支持，啥困难都能克服，再难也不怕。"

余运德点点头，竖起了大拇指。

其实在县委书记余运德的心里，对于宋瑞到弯柳树村做驻村第一书记扶贫，他还是为宋瑞捏着一把汗。但他出于对宋瑞的了解和信任，又对宋瑞充满了希望和信心。

他内心总是隐隐觉得，总是微笑着讲话的宋瑞，在女性柔美的外表之下，有一颗坚忍坚强的心。

他曾对宋瑞说："你身上有强大的正能量，什么困难都挡不住你前进的脚步，弯柳树村就是你人生的大舞台，相信你一定能够在那里大有作为。"

有县委书记的信任和支持，有息县这种干事创业的氛围，宋瑞对弯柳树村的扶贫，满怀坚定和信心。

第三节　贫困的村庄，不堪目睹

时令，已是深秋。

凉风骤起，枯叶飘落。大自然真是变幻莫测啊。原本是硕果累累的大地，转眼已是草木枯萎，一片萧瑟之景象。

息县城距离弯柳树村并不远，只有七八公里的路。但去弯柳树村的路却并不好走，国道230坑坑洼洼，高低不平，人坐在车上，颠来颠去，有时感觉五脏六腑都要被颠出来。

从车子里望出去，天色灰蒙蒙的，车窗外都是扬起的灰尘，一辆一辆的大货车走过，不仅仅是发出刺耳的咣咣当当的声音，腾起的尘土更是像雾一样遮挡视线，直将国道两旁的沙松林都淹没进去了。

今天，宋瑞带着铺盖，带着锅碗瓢勺，由县委宣传部部长余金霞一道陪着，来到了弯柳树村。

说起弯柳树这个小村，其实有很久远的历史。查阅息县县志和历史资料，发现弯柳树村是个古村，历史上很长一段时间村名曾叫"竖斧村"。源自古息国八景"竖斧春耕"的典故：晋朝著名的道教学者、医药学家葛洪，自号"抱朴子"，他在古息县大地上留下不少遗迹。其中一处就是，他曾居住的息县城北的竖斧村。相传，每年开春耕种时节，村民们在凌晨时分，常能听到砍树伐薪之声、喝牛耕种。而每当村人开门循声望去，却又四下无人。时日既久，村人有所顿悟，知道这是仙人葛洪恐村人耽误农事，故而作法，以此催耕。于是，每次春耕时节，竖斧

光明的道路 弯柳树村奔小康纪实

村家家闻声而起,人人勤勉耕作,村人遂富裕美满,此事传为佳话。

因为村头有几棵弯弯的大柳树,后来,竖斧村改名成了弯柳树村。据村里的老百姓说,那几棵大柳树,1958年大炼钢铁时,被村里人砍掉了。

宋瑞记得,余金霞部长陪她来弯柳树村那天,是2012年的11月2日。从这一天起,宋瑞就住进了弯柳树村,开始了和弯柳树老百姓同吃、同住、同劳动的扶贫岁月。

驻村之后,宋瑞开始走访贫困户,连续一个星期,从上午到下午,一直到晚上,她先后走访了37户贫困户。宋瑞发现,村里的这些贫困户,有的是因为伤残,丧失劳动力导致家庭贫困;有的是因为得了大病,导致家庭贫困;有的家庭是因为老的老、小的小,家庭负担重导致贫困;也有的家庭,是因为懒惰,不好好种地,又不愿出外打工,导致家庭贫困。

宋瑞看到,有的贫困户,家里一贫如洗,甚至连一张像样的床,一个像样的碗都没有。许多贫困户的房子都是破破烂烂的,没有挡风的院墙,没有做饭的厨房,家里乱七八糟的东西堆满了院子和屋子,屋子里、院子里散发着难闻的气味,没有下脚的地方,没有坐的地方,到处是脏兮兮、乱糟糟的样子。

女人天生都有一颗柔软的心,善良的心,宋瑞走一家,看一家,越走腿越沉,越看心里越难受,走走,看看,走着,看着,宋瑞的眼圈儿红了,忍不住心酸落泪。

宋瑞就住在贫困户邓学芳的家里。那天夜里,她躺在床上,翻来覆去,辗转难眠。走访37户贫困户的情景,一家一家,一幕一幕,触动着她那颗最柔软的心,让她在那个没有月亮,也没有星星的深夜里,止不住泪水横流。

宋瑞说:"那一夜,想起贫困户的苦,心疼他们的生活,心里酸溜溜的，眼泪就止不住扑簌簌地流下来。"

要想在弯柳树村扎下根来扶好贫，就要扑下身子摸清楚村里的情况，厘清思路制订出切实可行的扶贫方案。

在接下来的一段时间里，宋瑞继续走访群众，看望贫困户，她将弯柳树村14个自然村一一走遍，知道了弯柳树村群众的思想状况和整个村庄贫穷落后的现状：

弯柳树村位于息县路口乡南6公里处，省道213线穿村而过，但因为路面年久失修，坑洼不平，出行困难。村子里的路全是土路，14个自然村没有一条水泥路，这些土路，有人走，没人修，下雨一身泥，晴天一身土，老百姓说这就是弯柳树村的"水泥路"。

弯柳树村全村总人口460户2100多人，耕地3500亩，共有14个自然村，17个村民小组。2012年全村贫困户共146户625人。村里祖祖辈辈以种小麦、水稻、玉米、红薯为生，没有产业，农民人均年收入也就一千多元。

村子里里外外、家家户户，给人的印象就是"脏、乱、差"，令宋瑞震惊。房前屋后、道路两旁、河渠坑塘中，处处是成堆的垃圾，夹杂着农药瓶、塑料袋、烂衣服破皮鞋，散发着臭味；红的、黑的、白的、绿的各种颜色的塑料袋，挂在树枝、电线杆上，农家门口的小菜园用各种破烂床单、废弃广告横幅七零八落地围着。

宋瑞知道垃圾围村是目前很多农村的现状，但没想到如此触目惊心。

这个村子，打麻将成风，男女老少好多人都会打麻将，好多人打麻将成瘾，一会儿不打麻将就坐立不安，为了打麻将，衣服可以不洗，农活可以不干，饭也可以不做，孩子上学不上学更可以不管。走进村里，你会看到一桌又一桌麻将打得震天响。

不赡养老人的不良现象，在这个村里也很严重。父母为儿女辛辛苦

光明的道路 弯柳树村奔小康纪实

苦一辈子，为了给儿女们结婚的事情，又掏彩礼又盖房，儿女们结婚之后住了新房子，却让老人住进低矮潮湿的破旧房子里，甚至搭个草庵让父母住。看到白发苍苍的老人们，孤孤单单地过日子，少有人管，少有人问，让人心酸。

除此之外，村里的邻里纠纷、兄弟不和、打架斗殴事件时有发生，简直就是家常便饭，整个村子给人的印象就是杂乱无章，破败不堪，缺少生机。

如果说这些现象发生在一个省级贫困村里，还能理解的话。那么在弯柳树村，还有一种更为严重的现象，那就是村两委处于瘫痪状态。党在这个村里失去了应有的领导，干部在群众中没有威望，大家得空都往教堂跑。

宋瑞初来乍到，面对的就是这样一个软弱涣散的村子，一个又脏又乱的村子，一个缺少和气，缺少生机，缺少信仰，缺少精气神，让人看不到希望的村子。

弯柳树村的希望在哪里？ 弯柳树村的出路在哪里？ 如何带着这几千口人挖掉"穷根子"、摘掉"穷帽子"、过上"好日子"？

党把这个重任，已经交给了她这个驻村第一书记。

这是千钧重担啊！

宋瑞在村里，找不到村干部，找不到党员，村两委已经不知道有多少年没有办公了，村委会的房子破破烂烂的，房前的灌木和杂草有一人多高，已是秋末冬初的时节，枯黄的草木依然淹没着破破烂烂的村委会的房子。

老百姓说，多少年都没见村干部来过了，能不长杂七杂八的杂草？能不长灌木条子、野树苗子？ 没人烟了，啥东西都会长，保不定哪一天还长出野鸡、野鸭、野兔哩。你一个村委会，成年累月不见干部的影子，老百姓还能指望他们干什么？

听到的，看到的，都是实情。宋瑞了解到，弯柳树村现在只有两个村干部，一个只管自己搞副业养猪，一个干脆在城里安家住。两个人名义上是村干部，但很少在村里露面，很少管村里的事情。村两委实际上常年没人管，处于严重瘫痪的状态，群众怨声载道。

一个村庄，14个自然村，几千口人，146户贫困户，多年面对的是软弱瘫痪的村两委。群众有事情找谁？贫困户有困难找谁？

党支部是中国共产党在基层设立的最根本、最基础，也是最重要的基层组织，肩负着领导群众解决问题、发展生产，带领人民群众过上好日子的重任。

可是在弯柳树村，已经找不到党支部和村委会的干部，一般的党员就更找不到了。也许群众对这种现象早已麻木，但这却是一个很严重的问题。这个村之所以出现一大堆的问题，之所以这么多年还是省级贫困村，村容、村貌、村民的生活质量，一年一年不能改变，与村两委的瘫痪，肯定有重大的关系。

弯柳树村的这种现象，其实在脱贫攻坚之前，中国许多地方的村庄都是大同小异，村两委处于瘫痪状态的不在少数。往轻了说，党员干部在农村已经失去了模范带头作用；往重了说，共产党的领导作用在这些村子里已经被严重弱化了。老百姓与村干部有了严重的隔阂，也失去了那种曾经的鱼水之情，干群之间蒙上了阴影，干群关系形成了"两张皮"。

这是农村中存在的最严重的问题！也是最可怕的问题！

宋瑞为此忧心忡忡，她思考了很多，深感不安。

宋瑞感到庆幸和安慰的是，党和国家这些年正在逐步开始重视这些问题，正在推出一系列的扶贫攻坚的战略措施，正在派出大批的党员干部下乡驻村，正在努力解决着农村中长期积存的一系列的问题，努力改变着农村农民的生存状态。

光明的道路 弯柳树村奔小康纪实

改革开放几十年了，我国社会和经济发展取得了前所未有的成就，经济总量仅次于美国，位居世界第二位。在物质极大丰富、人们的生活水平不断提高的同时，人的道德水准却在不断滑坡。急功近利，人心浮躁，环境污染，已经危及每一个人的生活，毒奶粉、毒馒头、毒大米、地沟油防不胜防。

一个国家，一个民族，光有物质的富足是不够的，更要有精神的富足，国家和民族才会有光明的前途。

曾经山清水秀的农村，曾经淳朴厚道的农民，现在为什么越来越少？为什么现在的贫困村、贫困人口这么多？弯柳树村的现状，不仅是息县、也是中国许多农村的缩影，即使在沿海发达地区，不少农村也大概如此，存在着一系列类似的不良问题和现象。

习近平总书记指出："国无德不兴，人无德不立。"必须引导人们向往和追求讲道德、尊道德、守道德的生活，形成向上的力量、向善的力量。

走在访贫问苦的路上，睡在贫困户家里的床上，宋瑞的内心始终不能平静，她始终在想着驻村扶贫的事儿。

她越来越感觉到自己肩头的责任是如此之重，自己面临的问题和困难，远远超过自己的想象。

如何按照省委部署和总队党组的要求，真正把弯柳树村扶起来？如何在弯柳树村找出一条解决现阶段中国农村问题的出路？面对这些现状，如何迎难而上做出探索与实践？

宋瑞说："正是这些困惑和迷茫，让我意识到面临的困难和肩上的责任，激起了我不辱使命的信念和树好共产党员形象的决心、克服眼前一个又一个的困难，就要依靠群众，发动群众，从群众中找到力量，找到智慧，在弯柳树村扶贫攻坚的路上，一定要带着使命和责任，勇于探索和实践，蹚出一条让群众满意，让群众摆脱贫困过上幸福生活的道路来。"

扶贫之路，何其艰巨！

扶贫之路，何其难矣！

第四节　为人民服务是最大的事情

1964年10月，宋瑞出生在南阳市南召县城郊乡的一个小山村。

宋瑞的父亲，是一位老党员，中华人民共和国成立之初，他就加入了中国共产党。宋瑞说，她的父亲名叫宋家俊，是20世纪30年代的人。他不仅家风家教好，党性修养也很高。

从小，父亲就很喜欢宋瑞，喜欢她聪明伶俐又乖巧。父亲说，这丫头长得白白净净，又是属龙的，好好栽培栽培，将来还是棵好苗子哩。

后来，宋瑞一路上学，一直到省城工作，再后来还当了干部，可父亲却很少有夸奖的话了。

宋瑞的父亲当过村干部，也在企业里当过负责人，经他管过的事儿，全都"汤是汤，水是水"，一清二楚。据说，有一次村里的账目错了几毛钱，父亲和村里的会计打了一夜的算盘，对了一夜的账目，才将账找平了。

因为他的认真、严谨，也因为他的两袖清风，父亲在村里、在城郊乡，名声都很高。

父亲对宋瑞她们姊妹几个人要求很严，从小要求她们做老实人，办老实事儿，不要贪便宜，不要怕吃亏。

宋瑞说："过年贴对联，人家的对联年年都换新的内容，我们家的对联，年年内容都一样，而且是父亲亲自用毛笔写的。上联为：量大福也大；下联为：天长人亦长；横批为：吃亏是福。"

光明的道路 弯柳树村奔小康纪实

父亲的毛笔字好,每年春节都会给乡亲们写对联,每年都给人家写内容不同的对联,唯有自己家的对联,内容几十年不变。所以"量大福也大,天长人亦长,吃亏是福",这副对联早已刻进了宋瑞的心里,她也明白了父亲的用意。

这就是一个老党员的胸怀,这就是一个老人的包容,这也是他们家的家教家风。这位老党员,老父亲,用自己的言行,教会了孩子们做事做人。

宋瑞记得,1998年,她在单位被提拔为副处级干部,她老公,还有她妹妹的老公,也都是副处级干部。那一天他们高兴地结伴回到南召县的家里,宋瑞将自己刚刚被提拔为副处级干部的好消息告诉了父亲,她以为父亲会好好地夸夸她。

父亲听了,很平静,对他们几个人说:"提拔了是好事,干不好就是坏事,你们记着,进了共产党的门,就永远是共产党的人,就要全心全意为人民服务。为人民服务是最大的事儿。"

从此,宋瑞牢牢地记住了老父亲的话,记住了一个老共产党员的谆谆教诲。

这让宋瑞受益了一生。

2012年9月27日,宋瑞的老父亲宋家俊因病去世。父亲临终前还告诉宋瑞,他的丧事要简办。宋瑞记着父亲的话,她与姊妹几个商量之后,做通了她们的思想工作,最后决定父亲的丧事简办,一律不收礼金。

有人说宋家这样办事,损失了多少钱,吃了多大亏啊?

宋瑞说:"我父亲一辈子都说,吃亏是福!"

送走父亲仅仅不到一个月的时间,2012年10月,宋瑞就作为省派驻村第一书记,来到了信阳市息县弯柳树村,从此开始了她的扶贫之路,开始了她连续选择坚守三任驻村第一书记的扶贫岁月,在这里探索与实践出了一条文化扶贫的道路。

宋瑞说:"如果说在弯柳树村的扶贫取得了一些成就,我认为这应该归功于组织的支持,归功于弯柳树老百姓的支持。"

其实,宋瑞的成长,她今天的成就,也应该有她的老父亲,那个老共产党员宋家俊的一份功劳。

宋瑞曾经满含深情地说:"从老父亲身上,我学到了很多做人的道理,做事的方法;从老父亲的身上,我学到了作为一个共产党人,要一辈子全心全意为人民服务的精神。为人民服务是我这一生最大的事儿!"

今天,面对弯柳树村存在的种种问题,重重困难,宋瑞的扶贫,该怎么办? 她能顺利地推进弯柳树村下一步扶贫的工作吗?

既来之,则安之!

既来之,就要干!

第二章
新官上任"三把火"

新官上任"三把火",对于宋瑞来说,这三把火都没有烧好。宋瑞说:"比物质贫困更可怕的,是心灵贫瘠、价值观扭曲。人心不变,思想观念不变,再好的扶贫政策,也扶不了根儿上的贫。"弯柳树村的扶贫之路,远比想象的要困难得多!

第一节 慰问贫困户，竟被群众围堵

2012年年底，河南调查总队的领导，为了支持宋瑞在弯柳树村的扶贫工作，决定由副总队长宋明建，带队从郑州赶到息县弯柳树村，慰问贫困户。

事前，领导专门跟宋瑞联系，让她挑选最贫困的贫困户五六户，到时由宋明建副总队长分别去家里看望慰问，再另行安排其他十几家情况比较特殊、家庭比较困难的贫困户，由宋瑞将慰问礼品送给他们。

总队领导说，村里贫困户多，一般群众也多，不少群众觉悟也不高，一定要保证慰问贫困户时，不会惹来啥麻烦！

宋瑞满口答应，并在村里精挑细选了5户最困难的贫困户，又选了其他15户情况比较特殊的贫困户，并很快报给了总队领导。

2012年12月月底的那天，宋明建副总队长和总队的其他同志，长途跋涉将近400公里，来到弯柳树村扶贫慰问。

宋瑞单位的领导要来弯柳树村扶贫慰问的消息，很快传遍了弯柳树村。宋瑞他们不知道，几个不是贫困户的弯柳树村群众，此时却准备着围堵从郑州赶来弯柳树村扶贫慰问的领导。

果不其然，宋明建在宋瑞的陪同下，刚刚慰问了一家贫困户，就从村里出来几个群众，将宋明建副总队长围了起来。

"为什么给他们发东西？为什么不给我们发东西？他们家穷，我们家也不富裕。"

"你们家是贫困户吗？"

"不是贫困户，但我家比贫困户也好不到哪儿去，我们家也需要慰问。"

现在，对村里的情况，特别是贫困户的情况，宋瑞已经掌握得清清楚楚了。其实，这几个参加围堵的群众，他们在村里算是经济条件比较好的，有一个群众他家里还住着楼房。

为了堵住这几个群众的嘴，不致有更多的群众跟着起哄，宋明建副总队长果断决定，除了按计划慰问贫困户外，给这几个跟着起哄的群众，每家发了200块钱。这样，几个围堵宋明建副总队长的群众才散去。

慰问结束后，宋明建安慰宋瑞说："总队提前跟你联系，一再嘱咐，让你挑好扶贫慰问对象，就是怕出现这种现象，结果还是出现了。这次问题不是出在贫困户，反而是非贫困户出来围堵我们，问我们要慰问品，我看这也是意想不到、防不胜防的事情。这个村的贫看来不好扶啊，群众的思想觉悟有点低，情况有点复杂，你的工作量很大啊。"

宋瑞说："这次慰问还是我的工作没有做到位，初来乍到，我的工作还是没有得到群众的认可。但请总队领导放心，有组织的支持，我有信心克服困难，做好弯柳树村的扶贫工作。"

"总队就是你的坚强后盾，以后这里有什么困难，有什么问题，多给总队汇报，总队会帮你解决。"

"我有基层工作的经验，我不怕困难，有总队领导的支持，有地方政府的支持，我会发扬蚂蚁啃骨头的精神，把弯柳树村的扶贫任务完成好。"

"好，组织相信你，组织会全力支持你！"

总队领导的话，让宋瑞感受到组织的温暖和力量。

那天，送走总队的领导，宋瑞的心里，有失落，有遗憾，有安慰，五味杂陈。

人都说，新官上任"三把火"，宋瑞想不到，自己在弯柳树村的第一把火，就冒了"青烟"。

第二节　40万扶贫资金，竟然没人愿意要

农村、农民，他们的资产、他们的财富、他们的根本，就是土地。如何在这片土地上创造财富？最基本的还是要发展种植业和养殖业。

为了帮助弯柳树村的乡亲们依靠土地创造财富，宋瑞跑县里、跑市里、跑省里，为弯柳树村争取种植业和养殖业的扶持款。

2013年的春天，当一场春雨飘飘洒洒到来时，弯柳树村的好事也来了，上面给弯柳树村下拨了40万科技扶贫资金，支持弯柳树村的贫困户发展种植业和养殖业。

弯柳树村的老百姓听到这个消息，很多正在打麻将的贫困户高兴地说："这下有钱了，这下有钱了。"

想到马上手里就要分到钱了，大家的心里美滋滋的。

"听说这回下拨了40万块钱啊，还是扶贫好啊。"

"等分了钱，我再打牌就放开了打。"

"这啥时候能分钱呢？这村里也不开会说说？"

"开啥会？村里多少年没开过会了？你还想开会？村干部在哪里？你不提上礼物你能找得到？还给你开会？"

"那现在不是村里有了驻村第一书记,是省里派来的领导,那肯定会开会说说这事儿哩。要不这钱咋分?"

这些村民最后没有等来开会,但却等来了村里的通知:这笔扶贫资金不分了,是专门扶持搞养殖、种植的贫困户的,哪家哪户想搞养殖、种植了,找宋瑞书记说清楚你要种啥,你要养啥,再签个合同,按个手印,宋书记就会根据项目的扶持政策,发给你相应数目的扶持资金。如果你领了钱,不搞养殖和种植,那你就是欺骗国家,将来钱是要追回来的,责任也是要承担的。

这消息发布后,贫困户炸开了锅。

"啥种植? 啥养殖? 我们也不会种,也不会养,直接发给我们不就成了。"

"领个钱,还要签啥合同? 还要担啥责任? 这钱我不敢要,我不签,我也不要,我就看看这钱最后咋办,还能退回去?"

"咱都不去签合同,那最后钱还得分给咱,这是上面的扶贫款。"

"说这是啥科技项目扶贫款?"

"你别管啥扶贫款,那就是上面给咱们的,最后肯定得分给咱们,就是少分给咱们一些,也得分,不会说退回去哩。"

关于这笔40万元的扶贫资金,老百姓说啥的都有,但就是没有一家一户找宋瑞来签合同领钱的。

宋瑞亲自到贫困户家里做工作,他们都忙着打牌,对宋瑞是带理不理的,只告诉宋瑞,你把钱赶快分给他们就行了,别再说啥签合同的事。

就这样,一个多月过去了,钱一分没有发出去,也没有一家贫困户来问过宋瑞如何种植、如何养殖的事。

宋瑞心里清楚,这笔资金是科技项目扶持资金,如果村里没有贫困户搞种植和养殖,那这笔资金最后是要退回去,转到其他地方的。

又是一个多月过去了,还是没有一家贫困户来申领科技扶贫资金。

最终，这笔40万元的科技扶贫资金，又被上级部门划拨到了其他地方。

村民听到这个消息，又一次炸开了锅。

村里面有的说："宋书记，你是我们弯柳树村的驻村第一书记，这40万块钱你不分给我们，你却胳膊肘往外拐，把资金给了其他地方。你不给我们钱，你在村里咋扶贫？"

还有的说："听说人家其他村，上面拨了钱，大家都平均分，宋书记，以后你可不能这样了，这到手的"鸭子"，咋能让飞了？40万元转给其他村，多可惜啊！"

宋瑞给村民不厌其烦地解释，告诉他们这是科技项目扶贫资金，不能平均分，分了是违规违纪违法的，最后才算平息了村民的议论。

跑了多少腿？走了多少路？费了多少心？好不容易争取来的40万元资金，最终没能给弯柳树村的扶贫帮上一点忙，这让宋瑞很失望。

宋瑞曾经不止一次地感叹说："给钱都不要，这贫咋扶啊？"

弯柳树村的村民，"等、靠、要、懒"的思想太严重了！面对这种状况，宋瑞陷入了深深的思虑之中。

第三节　修路，惹来群众告状

要想富，先修路。

走遍弯柳树村的14个自然村，没有一条水泥路，全都是坑坑洼洼的土路，一遇上下雨下雪天，这些土路泥大水深，老百姓想走出村就十分困难。

宋瑞想，一定要想办法把村里的道路修成水泥路，让老百姓不管是雨天还是雪天，都能不踩泥来不蹚水，出出进进都方便。于是，宋瑞不

光明的道路 弯柳树村奔小康纪实

厌其烦地找有关部门，汇报弯柳树村的困难情况，向上级部门争取修路资金。

2013年夏秋之际，上级给弯柳树村拨来了66万元的修路款。

弯柳树村的老百姓听说要修路了，大家都高兴得很，对宋瑞这个驻村第一书记也高看了一眼。

有的老百姓说："上次40万元扶贫款虽然没发下来，但她宋书记很快又给村里争取来了66万元修路款，要这样看这书记还是行的。"

也有老百姓说："咱村这情况，修路的钱是有了，但这路能修好吗？这路能好好修吗？"

还有老百姓说："这是政府专门拨的修路款，谁敢不修路？路不修好，那是要出事的。"

为了把修路这件事情做好，宋瑞便找到村里的两个干部，一个村支书，一个村主任，嘱咐他们俩一定要好好操心，用这笔修路款，把村里的路好好修起来，给老百姓办点实实在在的事。

村干部说："宋书记你就放心吧，有了这笔资金，我们肯定能把村里的路修起来。"

钱有了，村干部也找来了，事情也交代了，宋瑞就放心地忙其他工作了。

很快，村里找来了施工队，运来了水泥、沙子、石灰等材料，弯柳树村真正的水泥路，在老百姓的期盼中，开始动工了。

村里的路修了一段时间后，老百姓发现了问题：村里的主干道还没有完全修通，而村支书所在的小自然村，不但主干道修通了，还围绕村子修了不该修的几条路。而此时，修路款已经用完。

老百姓愤怒地说："该修的路不修，不该修的路却修了又修，这是明打明地侵害大伙的利益，我们告他去。"

带着怒火，村里的群众就将村干部告到了县政府。县政府派人来到弯柳树村调查，果然发现群众告的状是实情。

宋瑞也去看了，发现那个小村都修成了"环城路"，真是如群众所言，该修的也修了，不该修也修了。

宋瑞想不通，这村干部怎么能自私自利、不顾大局、明目张胆地损害群众的利益呢？

宋瑞对村干部进行了语重心长的批评，教育他们以后做事要首先考虑群众的利益，千万不能为自己谋私利，不然容易出事的。

后来，县政府责成村支书，让他带头在他所在的那个自然村，兑出一部分资金，将村里剩余的主干道修通了，这才平息了群众的不满情绪。

虽然修路惹来了群众上访告状，但最终，村里的路还是修起来了。弯柳树村从此告别了没有水泥路的历史，老百姓从此再也不用走那高低不平、坑坑洼洼的土路了，再也不用担心"晴天一身土，雨天一身泥"的事情了。

村里修了水泥路，老百姓看得见、摸得着、方便得很，是实实在在的 好事。

老百姓开始改变他们对宋瑞的看法，他们说："从修路这件事看，这宋书记你别看她是女同志，还真是能给咱弯柳树村办实事、办好事哩。要是咱村的村干部，也像宋书记这样为咱老百姓办好事，办实事，那弯柳树村，就不会像现在这样穷、这样落后了。"

老百姓的话传到宋瑞的耳朵里，让她心里有安慰，又有担忧，安慰的是，作为干部，只要你真心为老百姓办一点实实在在的事，老百姓就会实实在在地认可你；担忧的是，弯柳树村的村干部，缺少一颗公心，缺少党员干部为民服务的真情，缺少党员干部所应有的责任感，与老百姓争利，让老百姓不满意，导致干群矛盾不断产生，致使干部和群众"两张皮"。

从总队领导来弯柳树村慰问贫困户遭遇围堵，到 40 万元科技扶贫款没有一家贫困户申报，再到村里修路惹来群众上访告状，宋瑞在弯柳树村烧的"三把火"，都冒了"青烟儿"。

新官上任"三把火"，对于宋瑞来说，这"三把火"都没有烧好。

宋瑞感慨万端，她说："比物质贫困更可怕的是心灵贫瘠、价值观扭曲。人心不变，思想观念不变，再好的扶贫政策，也扶不了根儿上的贫。"

弯柳树村的扶贫之路，远比想象的要困难得多！

"身之主宰便是心，志向远大，内心净化，便力量无穷"。宋瑞说："我决定尝试引入中华优秀传统文化，培育村民的核心价值观，扶贫从扶心扶志开始，探索一条扶贫的新路子。"

第三章
突围之路：扶贫先要扶心志

要通过传统文化的宣讲，让村民们的心动起来，更让他们的心活起来，思想觉悟提升起来，精神振作起来，把他们培养成有思想、有觉悟、有道德、有良知的新时代的农民。宋瑞说："只要老百姓的内生动力起来了，有党的领导，有国家精准扶贫的好政策，扶贫攻坚就一定能成功。"

第一节　一屋不扫，何以扫天下

古人说，一屋不扫，何以扫天下。

面对弯柳树村积攒了多年的垃圾，宋瑞决定，治理村子，改变村子，先从清扫垃圾开始。她将这一想法，跟息县的县委宣传部部长余金霞进行了沟通。

余金霞既是县里推广德孝传统文化的负责人，又是息县开展美丽乡村活动的指挥长，她非常支持宋瑞的想法。

2013年夏末秋初的一天，余金霞从城里带着志愿者，来到弯柳树村帮助打扫卫生，清扫垃圾。当这些志愿者热火朝天地帮着村里干活时，村里的群众，却站在那里看热闹；有不少村民，继续围着麻将桌打麻将。

有的人还说风凉话："这都是来搞形式的，弯柳树这么多垃圾，他们能帮着清完？那得费多大劲儿？"

宋瑞找到村里的两个干部，劝他们参加劳动，给群众起个模范带头作用，也想劝一部分群众参加垃圾清扫的劳动，但没有人愿意参加，有的人甚至连理也不理。

退下来多年的老支书陈文明，已经是70多岁的老人，他实在看不下去，穿上打鱼的皮裤，亲自下到齐腰身的臭水沟里清理污泥。

他对站在沟旁看热闹的村民们说："你们这些人啊，还能看下去，人家都大老远跑来帮咱们干活，你们都不说帮一下，干一下！丢不丢人啊？"

对于老支书说的话，看热闹的村民根本不在乎，有人跟老支书说："老支书，你是老党员啦，你是老先进了，也就跟他们一块儿干吧，我们是群众，干不干都一样。"

老支书骂道："你们不干活，别在这儿看热闹，都滚远远的去。"

没人把老支书的话真当回事，该看只管看，该说只管说。

老支书的家属李桂兰老人也来帮着清理垃圾，她是个快人快语的人，她一边干活一边对看热闹的村民说："你们的脸皮真是比城墙都厚，外人都来咱村里帮着咱打扫垃圾，干着又脏又累的活，你们就看得下去？快帮着干活吧！"

在老支书和家属李桂兰的劝说下，最后好歹有几个人，开始帮着清理垃圾。

连续几天，志愿者每天都从城里赶到弯柳树村清理垃圾，在宋瑞和老支书的影响下，村里陆陆续续又有一些人，开始和志愿者一起劳动。

宋瑞说："这次打扫卫生，清理垃圾，一共清理出垃圾100多车啊！村子真是大变样，村里的老百姓都说，想不到老几辈子的垃圾，这回都被拉走了，这宋书记别看是个女书记，还真是来弯柳树村干事儿的，看来真不简单呀！"

这次垃圾大清理，卫生大扫除，让弯柳树村彻底变了样，村容村貌一下子成了周围村子学习的榜样，受到了乡里、县里的表扬。

看着干净整洁的道路，看着臭水沟、臭水塘变成了清水沟、清水塘，村里再也闻不到臭烘烘的气味儿，村民们感觉是恍然一梦，从来没有想到有一天自己的村庄会变得这样干净。

趁着这股劲儿，宋瑞倡导在村里成立了义工团，老支书陈文明的家属李桂兰老人，自告奋勇当了义工团的团长。

从此，在李桂兰老人的带领下，义工团从最初的七八个人，发展到最后的30多个人。义工团分宣传部、组织部、后勤部、孝心部，组织分工明确，每个部都有负责人，他们每天天不亮就起床，在村里打扫卫生，清理垃圾。

李桂兰老人对村里的"麻将队长"许兰珍很熟悉，两人相处得也好，最后她竟然利用种种办法，将许兰珍也拉进了义工团，而且许兰珍后来还成了第二任的义工团团长。

接任义工团第三任团长的是汪学华，他现在已经是村里的村主任；第四任义工团团长是李凤，过去有"麻将队副队长"的称呼。现在弯柳树村的义工团，团长已经接任到了第五任，是从外省嫁到弯柳树村的好媳妇儿，名叫蔡志梅。

义工团有一位副团长，名叫赵海军。当初赵海军加入义工团，就是因为跟人打赌。当初宋瑞来到村里时，他对人说："我敢打赌，她在村里住上三个月，我就拉棍出去要三个月饭。"结果他输了，村里成立义工团时，他就主动加入了义工团，参加义务劳动。他笑着说："这年头也不兴要饭了，我干脆就义务劳动吧。"后来他又跟人打赌，他说宋书记一年不走，我就做一年义工，如果三年不走，我就做三年义工。

结果，赵海军又输了。宋瑞现在已经在弯柳树村住了八年，那赵海军也就一直做着义工，最后还当上了义工团的副团长，干活十分积极。

他现在对人说："有宋书记这样的好书记，我愿意一辈子做义工，一辈子为弯柳树村义务劳动。咱过去没见过这样的党员干部，咱现在亲眼见了，咱愿意跟着她干，再苦再累都不怕，都心甘情愿。"

其实，义工团这些人，每个人都有故事……

第二节　开讲堂，传播德孝文化

打扫卫生，清理垃圾，改变的是村里的形象，是引导村民改变思想、改变行为的第一步。

弯柳树村"垃圾围村""水土污染"的难题，现在通过义工团的清理，正在一步一步解决，村容村貌正在一天天好起来，但要想带领村民摘掉穷帽子，拔掉穷根子，光靠清理垃圾肯定是不行的。

如何彻底解决弯柳树村群众长期形成的"等、靠、要、懒、怨"大难题？

如何找出一条有效解决弯柳树村"基层组织薄弱涣散""村民自私冷漠""孝道缺失""邻里不和""赌博成风"的难题？

如何解决在带领村民实现物质富裕的同时，净化人心、改善民风，在基层群众中培育和践行社会主义核心价值观，实现物质脱贫和精神脱贫双丰收的难题？

如果这些问题不能一一解决，那自己在弯柳树村将如何扶贫？那扶贫又何谈成功？当驻村结束的时候，自己又将如何向党组织交出一份满意的答卷？

宋瑞再三思虑，她觉得自己现在已经是冲上前线的一名冲锋的战士，不成功便要成仁。

宋瑞要把弯柳树村作为自己扶贫攻坚的实践与探索之地，在这里实践与探索出一条扶贫攻坚的新路子。

而这条路子，就是引入中华优秀传统文化，让弯柳树村的老百姓学习传统文化，扶贫从改变人心入手，扶贫先扶心和志！

宋瑞为自己的这个决定和想法激动不已。

弯柳树村村民现阶段存在的最严重的问题就是，群众信仰严重缺失，精神萎靡不振。

宋瑞了解到，当时的息县，光是基督教堂就有上百个，而中国本土儒家、道家的道场，除了历史遗留下来的两三处遗迹外，几乎没有任何活动场所，中国的传统文化在这里奄奄一息。农村三分之一的村民自发捐款建有基督教堂，每个礼拜日，信教群众会风雨无阻，赶到村里教堂做礼拜。与此相比，中国本土的儒家书院、道家道观，息县却没有一处。

拿弯柳树村来说，村西远离村庄的地头，有一个不足三平方米、人低头弯腰才能进入的低矮小房子，里面供奉着一尊一人高的石雕坐像，被群众称为"赵庙"。即使这样一个小庙，每年春节期间，附近十里八村来烧香祈福的人竟达两万多人，每月初一、十五，也有群众烧香放鞭炮。

基层群众信仰如此饥渴！而我们却没有给群众提供学习传统文化的场所，致使社会主义核心价值观的教育，只能成为写在墙上的口号和领导干部讲话中的词语，没有与群众的生活和利益密切相连。

习近平总书记指出："国无德不兴，人无德不立。"引导人们向往和追求讲道德、尊道德、守道德的生活，形成向上的力量、向善的力量。

2004 年，习近平总书记还在担任浙江省委书记期间就曾说："人而无德，行之不远。没有良好的道德品质和思想修养，即使有丰富的知识，高深的学问，也难成大器。"

宋瑞是国家二级心理咨询师，曾接受过传统文化方面的系统培训，深谙"孝、悌、忠、信、礼、义、廉、耻"的传统美德。宋瑞坚信：用中华优秀的德孝传统文化来引导弯柳树村的村民，就可以转化乡情民风，养成正能量，改变村民们的不良风气和坏习惯，树立良好风尚，养成向上向善的品德，久而久之，把弯柳树村打造成为精神文明和物质文明双丰收的脱贫攻坚样板村。

光明的道路 弯柳树村奔小康纪实

针对弯柳树村的情况，宋瑞想了很久很久，她最后做出了一个大胆的决定：她要在村里开一个德孝文化大讲堂，大张旗鼓地宣传德孝文化，宣传传统文化。要通过对传统文化的推广和宣传，让社会主义核心价值观，慢慢融进村民的心，起到春风化雨的作用，起到化人润物的作用。要通过传统文化的宣讲，让村民们的心动起来，更让他们的心活起来，思想觉悟起来，精神振作起来，把他们培养成有思想、有觉悟、有道德、有良知的新时代的农民。

2013 年 11 月，宋瑞在村小学废弃的教室里，开办了她的"德孝大讲堂"，开始了她的"幸福人生讲座"。虽然一开始听讲的人并不多，但宋瑞下定了决心，要把大讲堂在弯柳树村办起来。

群众一开始不理解"德孝大讲堂"，觉得农民开啥大讲堂？讲讲课听听课，能当吃？能当喝？有了这种想法，村民主动去大讲堂的很少。

为了让更多的村民能到大讲堂听课，宋瑞想了很多办法，一是自己不厌其烦地到村民家里做工作，劝说他们到大讲堂去；二是发动比较积极的党员群众，像老支书陈文明和他的家属李桂兰等人，让他们以乡里乡亲的名义，劝说一部分村民到大讲堂去。这些办法最终还是起到了一定的作用，一些村民开始到大讲堂听课，但听讲的村民还不够多。

后来，宋瑞想到了一个办法，那就是用物质刺激的办法。宋瑞想，人家江湖卖艺的，还知道用送东西的办法聚人气，大讲堂也可以用这个办法吸引人。要让农民得一些实惠，让他们明明白白看到听课的好处，才能吸引更多的村民来听课。

于是，大讲堂开始给前来听课的群众，发暖瓶，发挂面，发脸盆儿，发各种各样的小东西，这样一下子就吸引了不少村民来听课。

但还有一些赌博成瘾的村民，无论你采用什么办法，他就是不去听课。

宋瑞想，越是这样的村民，越是要想尽办法让他们来到大讲堂，让

第三章 突围之路：扶贫先要扶心志

他们在大讲堂里接受传统文化的教育。

于是，宋瑞就挑选学习传统文化的积极分子，让他们选择自己比较熟悉、关系比较好的对象，或者选择自己的亲戚，有针对性地去做工作，想办法把他们劝进大讲堂。

义工团团长李桂兰，平常跟许兰珍处得比较好。这天，她来到了许兰珍家。此时，许兰珍正在打麻将，见李桂兰去了，直接就说："又来劝我去大讲堂里听课？"

李桂兰是个说话利索的人，她说："咋啦？还有点不耐烦？打个麻将，架子不小啊！叫你去大讲堂听听传统文化课，不比你天天打麻将强？"

许兰珍说："听啥课？啥大讲堂？有啥用？我也不稀罕那些小礼品，我也不去，别耽误了我打麻将。"

李桂兰说："你跟我去吧，听听好处多，听听你就不打麻将，不输钱了，听听你的家庭就越来越幸福了。"

许兰珍不信李桂兰的话，她说："我就不信，听听课，就能让我不打麻将！谁能把我的赌博瘾打戒掉？！那得多大的本事？！"

李桂兰将她的军，说："你只要去大讲堂听课，我保证能打掉你赌博的瘾，不信你就去试试，试试也不让你掏一分钱，也不少你胳膊少你腿儿啊！"

李桂兰的激将法，已经对许兰珍起了作用。许兰珍从麻将桌上站起来，说："去就去，试试就试试，我倒要看看大讲堂有啥本事？"

李桂兰趁势说道："那现在咱就走？"

许兰珍说："走就走。"

就这样，许兰珍跟着李桂兰去了大讲堂。

那天晚上，许兰珍听到了宋瑞讲课，听到了宋瑞在大讲堂上讲的故事：

有个木匠，家里很富裕，可儿子和儿媳对父亲不孝顺。儿子给父亲做了个小木碗，让亲生父亲去讨饭。木匠五岁的儿子见了，让父亲再做两个同样的碗，木匠不解地问儿子为什么要做两只碗？儿子天真地说："等你和妈老了，我也给你们两个人一人一个小碗，让你们去讨饭。"木匠夫妻顿时醒悟，从此开始全心全意地对自己的老父亲孝顺起来。

接着，宋瑞又讲"乌鸦反哺""羔羊跪乳"的故事，还讲了山东枣庄的田世国"捐肾救母"的故事。宋瑞说，动物都知道感恩，人作为最高级的动物，更要懂得尽孝，而且德孝双全的人，都会有好报。

宋瑞说，田世国因为"捐肾救母"的感人事迹，他后来被评为山东省首届十大孝子，荣获感动中国"十大人物"，以田世国为原型的电视剧《温暖》，在中央电视台热播，田世国成为全国人民学习的孝子榜样。

宋瑞学过心理学，曾组织参加过多次传统文化演讲，她在道德大讲堂上讲故事，讲得有声有色，引人入胜，村民们听得津津有味，不知不觉她已经将中国传统文化的种子植入了村民们的心里。

许兰珍自从听了一次宋瑞的传统文化课，她便被吸引住了，后来经常自觉地往课堂跑，再后来人也有了大变化，自己戒掉了赌博的瘾，还为90多岁的母亲端来洗脚水洗脚，感动得母亲眼泪汪汪的。母亲又高兴又激动地说："妮子呀，自从你听了课，知道孝顺了，将来你会有福报的。这宋书记到底讲了啥好东西？让你变化这么大，啥时候也带上我去听听吧。"

许兰珍说："原来我以为，管好老人的吃喝，就是孝顺，现在明白了，这不算真孝顺，做儿女的，不但要管好老人的吃喝，还要多陪陪老人，跟老人说说话，聊聊天，给老人剪剪指甲，修修脚，让老人不孤独，天天心里高兴，这才是真孝顺。"

许兰珍知道母亲真想去大讲堂听听，后来她果真就带着母亲，也来到大讲堂听课了。

再后来，许兰珍不仅彻底不打麻将了，而且加入了村里的义工团，还接替李桂兰，担任了第二任义工团的团长。

　　传统文化的学习，让村里的许多村民都受到了德孝的教育，很多人、很多家庭发生了意想不到的变化。

　　村里有一家，亲兄弟三人，都在县城卖肉，案板挨着案板，都说"同行是冤家"，因为生意的事儿，三兄弟长期不和睦，甚至曾因争抢买主而动过刀子。经过学习培训和身边榜样的带动，三兄弟慢慢都悟出了为人处世的道理，也慢慢地就和好了，再也不为挣多挣少的事，再也不为争顾客的事，打打闹闹了，大家都说，这三兄弟现在好得跟一个人一样。

　　村民杜继英的丈夫骆同军，兄弟四人成家后，养儿育女，各过各的，各忙各的，八十多岁的老母亲却独居在破旧的老房子里，一个人孤零零地过日子，兄弟妯娌几个轮流给她送些吃的和用的，从没觉得有什么不妥。

　　杜继英自从到大讲堂里听传统文化课，听宋瑞讲的那些故事，听着听着心里就发生了变化。一次，她同丈夫去给婆婆送饭，看到婆婆孤零零一个人住在低矮潮湿的小房子里，脸上一点高兴的表情都没有，心里一下子觉得老人很可怜。

　　杜继英跟丈夫骆同军商量了一下，决定将婆婆接回自己家里来照料。杜继英的婆婆自从被接回儿子的家里后，那张满是皱纹的脸开始有了笑容，眼睛也比以前有了精气神。

　　骆同军的几个兄弟后来都醒悟了，知道老母亲辛苦了一辈子，老了却让她一个人过苦日子，是他们这些做子女的做得不对，是对母亲不孝，兄弟四人主动聚在一起商量，让母亲轮流到各家住住，每一家都要尽尽孝心。

　　从此，老母亲过上了开心幸福的生活。她逢人便说："大讲堂真是好啊，宋书记真是好啊，让我的儿子儿媳们都知道了孝顺。"

　　文化引领，德孝育人。宋瑞从几户村民的变化，认定传统文化可以改变弯柳树村的村风和民风。从最基本的孝顺父母公婆、爱护媳婿儿孙这些家庭孝道入手，就能触动村民们原本冷漠的心，让他们主动学习中华传统文化，养成文明礼让、邻里和睦、知恩图报、尊老爱幼等良好的向上向善的社会风尚。

为了更好地以德孝培育人心，让孝敬老人成为一种风尚。由宋瑞倡导并首先捐资，成立了弯柳树村"德孝基金会"。由基金会出资，由义工团出人，在弯柳树村开办了孝敬老人的"饺子宴"。每月的初一和十五，村里的义工都会聚到一起包饺子，下好了饺子给村里60岁以上的老人送过去。

后来，为了让老人们聚到一起能够说说话，聊聊天，开开心，每逢初一、十五的时候，儿孙们都会把老人送到村里，集中在一起吃饺子。

包饺子、吃饺子的地点，很多时候都在村民杜继英和骆同军的家里，因为他们家院子大，家里还开上了农家餐馆，条件比较方便。他们不怕烦，不怕累，不怕吃亏，愿意为村里的孝心饺子宴做点事、出把力。

"宋书记常说，积善之家，必有余庆，那意思就是，多做好事，必有好报。"骆同军和杜继英夫妻俩常说，"咱过去孝敬老人做得不够，咱现在要做个榜样，孝敬全村的老人，给儿孙们做个好榜样！"

传统文化的种子，已经在弯柳树村这片土地上播撒，已经在老百姓的心里生根发芽，开花结果。

第三节　创建"中华孝心示范村"

一个省级的贫困村，开办了德孝文化大讲堂。

2013年，宋瑞在弯柳树村创建的德孝文化大讲堂，当时在息县、在信阳、在河南省，据说都是首创，在全国也不多见。

弯柳树村的德孝文化大讲堂，吸引了很多人，也感动了很多人，后来竟吸引了外地的人慕名前来学习，影响越来越大。

大讲堂当初没有地方讲课，宋瑞只好把讲堂设在村小学废弃的教室里。2014年4月，有爱心企业家一下子给村里捐了30万元，支持弯柳树村专门建设一个大讲堂。后来，村里填平了村南头的一个的垃圾坑，建起了一个可容纳200多人听课的道德文化大讲堂。

这个大讲堂建好后，宋瑞不仅自己讲课，还邀请全国知名的传统文化专家来弯柳树村讲课，对村民进行个人品德、家庭美德、社会公德的教育。

宋瑞在大讲堂里长期开设《幸福人生讲座》课程，利用光盘教学每周开课，播放《弟子规》《孝经》《大学》《论语》《感动中国道德故事》等内容，讲授"媳妇道""婆婆道""丈夫道""儿女道"的传统美德。大讲堂还制定了"村民学习公约"，引领村民积极学习新风尚，引导村民人人争做学习型、创业型、有道德、有文化的新时代农民。

大讲堂的课深入浅出，故事性强，村民只要听过一次，就愿意听第二次，也会帮着宣传传统文化的好。慢慢地，村民对传统文化课有了好感，有了兴趣，由最初的不理解，甚至抵触，直到后来的积极参与，积极学习。

再到后来，人来得多了，村民要提前到大讲堂占座位，不然去晚了，就没有座位，只能站着听了。

在弯柳树村的德孝文化大讲堂里，宋瑞以社会公德、家庭美德、个人品德为主线，带领村民学习孝道、礼仪、诚信、友善这些传统文化。她还发动村民在大讲堂里，讲自己学习传统文化的故事，讲自己身边发生的故事，以此更好地普及道德理念，弘扬道德精神，展示传统文化的力量。

光明的道路 弯柳树村奔小康纪实

此时，息县县委、县政府开始在全县开展"大力弘扬中华优秀传统文化，打造文明道德息县"的活动。宋瑞发现，活动里有一项具体内容，是息县与"中华孝心示范村工程组委会"协调合作，拟在息县选一个村进行"中华孝心示范村"创建试点，为息县树一个"孝心示范村"的样板。

宋瑞得知这个消息，觉得这是一次大好的机会，是利用传统文化的力量，改变弯柳树村村风民风的良机。她立即赶往县城，找到时任息县县委书记余运德，将弯柳树村要努力创建"中华孝心示范村"的想法向余书记做了汇报。余运德书记觉得宋瑞在德孝文化的传播方面已经做了很多扎实有效的工作，弯柳树村现在已经有较好的传统文化基础，就同意把息县创建"中华孝心示范村"的试点放在弯柳树村。

很快，中华孝心示范村工程组委会选派了薛立峰等五名爱心志愿者，来到弯柳树村，帮助弯柳树村建设"中华孝心示范村"。

时任息县县委书记余运德、县长金平、县委宣传部部长余金霞，也经常带着相关人员到弯柳树村帮助落实相关事宜。余运德同志先后五次到弯柳树走家串户访贫问苦，了解传统文化在弯柳树村的推广情况。

2014年5月6日上午9时，县委书记余运德带领县委常委会来到弯柳树村，在弯柳树村的村部召开了由党员干部群众代表参加的县委常委会议。县领导在这里听取群众代表就孝心村建设、乡村清洁、民生等方面的意见。当天，常委们纷纷为弯柳树村的"中华孝心示范村"创建捐款。

县委常委会在村庄召开是史无前例的，常委们给予村庄的关爱让村民倍感温暖，更加增进了村民乡村创建的热情。

弯柳树村的"中华孝心示范村"创建活动，也得到息县及各地爱心企业家和爱心人士的大力帮扶。在乡村创建活动中，有来自息县机关、学校和邻近乡村的近千名义工参与了清洁工作，一些民营企业家主动为弯柳树村捐款捐物，还有一些企业家带领员工在村里帮助清洁整治。

在宋瑞的倡导组织下，2014年5月8日，以"城市有我们的梦想，农村住着我们的爹娘"为主题的"为了母亲的微笑"乡村公益演唱会暨中国民营企业家孝道文化论坛启动仪式在这里隆重举行，来自全国各地的百余名企业家会聚一堂，与村民互动，组成了一个相亲相爱的大家庭。

有县领导及各界人士的大力支持和中华孝心示范村工程组委会的具体帮助，宋瑞更是信心满满。那些日子，宋瑞、薛立峰和乡、村的干部一起，不分白天黑夜，按照创建"中华孝心示范村"的标准条件抓落实。

宋瑞经过精心准备后，充分利用村里的德孝文化大讲堂，定期举办《孝行天下，幸福人生系列讲座》。

宋瑞的系列讲座的第一课，题目叫《学习弟子规，做幸福弯柳树村人》。《弟子规》是儒家基础经典，核心思想是"孝、悌、忠、信、礼、义、廉、耻"的做人八德，至今已流传了数百年之久。

《弟子规》的内容丰富，言简意赅，通俗易懂，道理深刻："弟子规 圣人训 首孝悌 次谨信 泛爱众 而亲仁 有余力 则学文。"古今之人，学之无不受益：

父母呼　应勿缓　父母命　行勿懒
父母教　须敬听　父母责　须顺承
冬则温　夏则凊　晨则省　昏则定
出必告　反必面　居有常　业无变
事虽小　勿擅为　苟擅为　子道亏
物虽小　勿私藏　苟私藏　亲心伤
亲所好　力为具　亲所恶　谨为去
身有伤　贻亲忧　德有伤　贻亲羞
亲爱我　孝何难　亲憎我　孝方贤

亲有过　谏使更　怡吾色　柔吾声
谏不入　悦复谏　号泣随　挞无怨
亲有疾　药先尝　昼夜侍　不离床
……

宋瑞之所以讲《弟子规》，是因为她事先对村民做了详细了解，弯柳树村的村民几乎都认为学习《弟子规》，那是小孩子的事，大人没有必要学习。宋瑞觉得，弯柳树村村民的现状，恰恰更应该学习《弟子规》的丰富内容，从中感悟为人处世、尊老爱幼、孝行天下的道理。

宋瑞从不干巴巴地向村民讲课，她会想方设法把课讲得生动感人。为了把课讲得更加生动，她尽可能在讲课中将生活中发生的生动的事例融到传统文化中，她曾经将中央电视台的一则公益广告用视频的形式推送给听课的村民们：一个稚气可爱的小男孩，看见辛苦一天的妈妈为坐在椅子上的奶奶洗脚，竟也效仿妈妈的样子，从厨房里端来一盆水，步履不稳地走来，走动中盆里水花溅在小男孩脸上，令人心动。随着一声"妈妈，洗脚"的童稚声音，传来了"其实，父母是孩子最好的老师"的话外音。

宋瑞觉着这个公益广告的故事情节特别好，她后来在弯柳树村的大讲堂上，曾不止一次地推送这个故事，目的就是让村民们从这个故事中，感受到学习《弟子规》的意义和作用，明白学习德孝文化的重要性，不仅小孩从小要学，大人父母更要学习并身体力行，这样才能将中华民族优秀的传统文化一代一代传下去。

在课堂上，宋瑞常常带领村民，朗读1080个字的《弟子规》全文，然后将其中的113件事通俗易懂地讲给村民。为了能让村民记得住，她便用生活中的故事对比着讲解。

很多听课的村民说："宋书记讲《弟子规》讲得真是好，讲传统文化讲得真是妙，有文化、没有文化的人都能听懂，听了都能入心。"

"天地重孝孝当先，一个'孝'字全家安。
自古忠臣多孝子，君选贤臣举孝廉。
堂上父母不知孝，不孝受穷莫怨天。
志不立，天下无可成之事。
圣人无常心，以百姓为心。
己欲立而立人，己欲达而达人。
大道之行也，天下为公。"

小孝孝自己父母，中孝孝祖国母亲，大孝孝天地父母。

宋瑞在大讲堂上讲的这些传统文化的内容，打动了一个又一个村民，让他们的内心开始自省，开始觉悟，开始自信。

为了创建"中华孝心示范村"，弯柳树村以传统文化为引领，以"孝道教育"为切入点，通过讲孝道、树孝风、定孝制、评孝子等活动，先后评选出弯柳树村的"十大好媳妇""十大好婆婆""十大孝子"等先进人物，村里对他们进行隆重的表彰，并将他们的事迹、他们的照片，大张旗鼓地放入村里设置的光荣榜，让全村人都知道他们、学习他们，让外地来弯柳树村的人，也能通过光荣榜，知道他们光荣的事迹。

不仅如此，为了活跃村民的文化生活，提振村民的精气神，在"中华孝心示范村工程组委会"派驻弯柳树村的志愿者、爱心大使薛立峰的帮助下，2014年村里成立了"弯柳树村德孝文化歌舞团"，由村民自编自导，编排了很多反映弯柳树村新人新貌的节目。他们还走出村子，被全县好多村庄邀请去演出。

2014年夏天，村里还举办了"中华青少年德孝感恩乡村第一届夏令营"活动，利用传统文化教育那些在家里、在学校叛逆的孩子。这样的

光明的道路 弯柳树村奔小康纪实

夏令营，后来他们办了 10 多期，参加的孩子有 1000 多人，很多所谓的"坏孩子"，在这里接受传统文化的教育，重塑了人生，变成了讲卫生、爱父母的好孩子。

宋瑞讲了一个十分感人的例子。

息县的富二代李建锋，十七八岁，号称息县的十大恶少之首，白天在县城逛荡，见谁不顺眼就骂，谁敢还嘴就打，晚上到歌舞厅喝酒、唱歌，喝醉了还砸歌舞厅。他父母开了一家食品厂，生意做得红红火火，可遇上个这样的儿子，心里也发愁。当听说弯柳树村办起了德孝感恩夏令营时，立即就把李建锋送到了这里。

李建锋刚到这里的时候，像所有叛逆的孩子一样，并不愿意听老师的话，但当他学了《弟子规》、学了《孝经》、学了《大学》等传统文化课之后，李建锋变了，变得乖了，变得孝顺了，变得爱劳动了，也变得和善了。

有一次，他回到家里，默不作声地端来了洗脚水，给他的父亲母亲，每人都洗了脚。那一刻，他的父亲泪流满面，他的母亲泣不成声。

后来，他的父母拉来一大车东西，赠送给弯柳树村。父母二人特地来见驻村第一书记宋瑞，表达他们内心无限的感激之情。李建锋的父亲说："宋书记，你们是我的恩人啊！我送过来一个'坏孩子'，你们还给我了一个好儿子，太感谢了，以后你们需要什么东西就跟我说，我无代价地送过来。"

李建锋的母亲哭着说："宋书记啊，你们的德孝感恩夏令营太好了，你们的传统文化可太好了，你们能把我家愁死人的孩子，教育成这样识大礼、懂感恩、有孝心的好孩子，这是多大的功德啊！我们都不知道说什么好了！太感谢了！"

弯柳树村的传统文化大讲堂、德孝感恩夏令营、农民歌舞团、农民义工团影响越来越广，越来越大，各地前来弯柳树村参观学习的人越来越多。

河南省范蠡商文化促进会副会长许宪魁一行在参观了弯柳树村之后，感到非常振奋，他们特地给息县县委、县政府写了一封信，信中说："感谢息县领导和百姓的厚待！我们不但被息县百姓感动着，被息县的乡情感动着，被息县领导下决心弘扬传统文化、改变息县人民的生活感动着。也深深认识到，人心的改变需要无私奉献、需要全社会的不懈努力，需要立足长远发展。这不只是几个领导的事，也需要企业界的支持与帮助、需要爱心志愿、需要做好战略规划。同时，也深切感觉到，传统文化是我们中华民族崛起急迫需要的，是我们每个人、每个企业急迫需要的，是我们的社会转型急迫需要的！我们相信也坚信：传统文化的学习、践行、弘扬，不但会改变我们的国家和人民，也能产生巨大的生产力。孝亲文化系列产品，将伴随着息县民风的改变而名扬天下！"

弯柳树村扶贫先扶心，以文化心，以德育人，唤起了村民心中的真善美，自觉孝养老人、善待邻里，自觉奉行"诚信友善爱国敬业"的理念渐成风气，使社会主义核心价值观真正在一个小村落地了。

有人说，传统文化是一种伟大的力量。一个贫穷落后、软弱涣散的弯柳树村，一个垃圾成山、臭气熏天的弯柳树村，一个人心不古，打麻将成风的弯柳树村，靠着传统文化的力量，竟在不很长的时间里，发生了意想不到的变化。天蓝了，地绿了，空气清新了，人的心变好了，人的精气神有了，村庄有了新面貌，村民开始劳动致富了。

以优秀传统文化化育人心，以文化扶贫带动产业形成，以精神扶贫带动物质脱贫。扶心扶志，改变了弯柳树村的人心，激发了弯柳树村人的内生动力，快步改变了弯柳树村的贫穷面貌。弯柳树村的巨大变化，吸引了全国各地的人前来参观学习。

2014年6月18日，湖北省委宣传部副部长喻立平一行10余人，来到弯柳树村考察学习，他们专门邀请宋瑞一起合影留念。

2014年8月19日，著名传统文化老师芦国生一行来到弯柳树村参观村民家中的孝道文化墙的布展内容和布展形式。

2014年9月15日，台湾著名传统文化老师张钊汉来到弯柳树村参观，并在村中的大讲堂为弯柳树村的村民讲课。

2014年9月17日，中央党校教授张希贤来到弯柳树村参观，并在村里的德孝大讲堂为村民们讲了一节传统文化课。

……

德孝文化育人心，汗水浇开幸福花。

2014年8月，"中华孝心示范村工程组委会"在弯柳树村隆重授牌，宣布河南省息县弯柳树村正式成为全国第十七个、河南第一个"中华孝心示范村"。

2014年12月5日，信阳市委常委、政法委书记王乐新来到弯柳树村调研，他看到了弯柳树村崭新的村容村貌，看到了弯柳树村农民学习传统文化后的精气神，也看到了弯柳树村扶贫先扶志，带动产业同发展的后劲儿。他十分激动，对弯柳树村的发展变化连连称赞，他认为，驻村第一书记宋瑞在弯柳树村探索的这条扶贫新路子值得肯定，值得推广。

回到信阳后，王乐新这位信阳市委常委、政法委书记，按捺不住激动的心情，给时任息县县委书记余运德发了一条信息：

余书记：前天去弯柳树村很受鼓舞、很受启发。村里搞道德教育时间不长，效果不错。不仅是村容村貌变了，更重要的是人们的精气神在变。婆媳关系好了，邻里和睦了，社会和谐了，少了矛盾和纠纷。对下一步工作建议：一是组织村民制定乡规民约，把好的道德规范固化为有约束力的条文，用规范的制度保障优良道德的传承。这就是依法治国与以德治国相结合。二是要培养本土人才，留下一支永不走的工作队。三是总结提高，认真考虑如何复制和推广，如果息县每一个乡镇都有一个弯柳树村，那将是一个什么局面？

县委书记余运德看到王乐新书记的信息，同样十分激动，因为息县县委、县政府，已经在考虑弯柳树村这个典型的学习和推广问题了，这与王乐新书记的意见，不谋而合。

2015年春天，弯柳树村在息县率先退出了省级贫困村，从此摘掉了贫穷的"帽子"，斩断了贫穷的"根子"。

弯柳树村的扶贫经验，得到息县县委、县政府的高度肯定，被写入《2015年息县政府工作报告》并向全县推广：学习推广路口乡弯柳树村经验，引入社会主义核心价值观和传统文化教育，建设一批民富村美、崇德向善、生态宜居的美丽乡村。

那时那刻，弯柳树村的老百姓，感到一种从未有过的骄傲和自豪。他们扬眉吐气，他们喜笑颜开，他们感恩党和政府。

义工团团长李桂兰老人说："俺们弯柳树村有今天，最应该感谢共产党，感谢人民政府，感谢党为俺们弯柳树村派来的好干部宋书记！"

第四节　手拿锄头心向党

传统文化扶心志，精准扶贫奔小康。

作为驻村第一书记，宋瑞在弯柳树村，就代表着党的领导，她在这里推广传播传统文化，以传统文化扶心扶志，点燃了村民潜藏于心的正能量，激发了他们脱贫致富的内生动力，让广大村民由过去被动的"要我富"，转变为现在主动的"我要富"。

知党恩，感党恩，跟党走。村民们的精气神焕然一新。

如今，村里不仅成立了村民义工团，还成立了村民歌舞团，他们以歌声表达对党和政府的感恩之情。《没有共产党，就没有新中国》《再唱山歌给党听》《五星红旗》《手拿锄头心向党》《婆婆也是妈》《重回汉唐》

等歌舞节目，多数都是村民自编自演的，深受村民喜爱。

因为村里的歌舞团演出的节目好，弯柳树村歌舞团被息县县委宣传部选为文化下乡优秀演出团队在全县巡演，成为村民创收和村集体经济发展的文化产业项目。

连续两年，弯柳树村歌舞团组成"传德孝　感党恩　奔小康　圆梦想——核心价值观　百姓好活法"宣讲团到全县各个村庄去演出，他们的节目通过"学习篇""觉醒篇""改变篇""发展篇"，把村民的变化和幸福展现给了全县人民。

他们演出的节目丰富多彩，有《游子吟》《婆婆也是妈》《夸亲家》《手拿锄头心向党》《没有共产党　就没有新中国》等歌舞，还有反映村民自己学习传统文化后发生变化的演讲《从赌博队长到义工团长——许兰珍》等，这些节目生动、亲切、接地气、接人气，演到哪里都吸引人、感动人。

2015年2月10日下午，"息县农民迎新春联欢晚会"开幕。这场晚会由中共息县县委宣传部主办，协办单位是息县路口乡党委政府、弯柳树村驻村扶贫工作队、息县天福置业有限公司和息县弯柳树孝爱文化传播有限公司；总策划是息县县委宣传部部长余金霞和弯柳树村驻村第一书记宋瑞。

而这台春节联欢会的所有的节目内容，全部由弯柳树德孝歌舞团演出。整台晚会分四大部分内容：第一部分是"学习篇"，由弯柳树村小学的学生朗诵了《弟子规》和三句半《百善孝为先》；由弯柳树村德孝义工团展示团队的风采；由弯柳树村青年歌舞团表演音乐剧《游子吟》。

晚会的第二部分是"改变篇"，由弯柳树村老年歌舞团演出了手语舞蹈《生命之河》《快乐春耕图》；由弯柳树德孝义工团团长李桂兰演讲了《弯柳树的变迁》，李桂兰还演唱了由她自己创作的歌曲《弯柳树之歌》；由弯柳树村德孝义工团副团长许兰珍演唱了歌曲《夸亲家》；由弯柳树村德孝义工团副团长李红演讲了《孝道让我收获了幸福人生》，弯柳树村德孝义工团孝亲部副部长赵秀英演讲了《我的肾病是怎样好起来的》，弯柳树村德孝义工团副团长赵海军演讲了《清洁乡村，清扫心灵》，弯柳树村德孝义工团的团员赵中珍演讲了《传统文化让我生命重生》，弯柳树村驻村志愿者薛立峰演唱了由他作词作曲的歌曲《美丽的河南我的家》。

晚会的第三部分是"感恩篇"，由"弯柳树村十大好媳妇特别奖获"得者焦艳与"弯柳树村十大好媳妇"获得者蔡志梅、何桂仙、孙露华联合表演了歌舞《婆婆也是妈》；由弯柳树村青年歌舞团表演了手语舞蹈《谢谢你》；由息县农开办爱心志愿者简在峰朗诵了诗歌《传统文化让我重新站起来了》。

晚会的第四部分是"发展篇"，由弯柳树村德孝义工团组织部部长邓学芳领唱、弯柳树村青年合唱团合唱了由邓学芳作词作曲的歌曲《手拿锄头心向党》；由弯柳树村德孝义工团党员义工队演唱了歌曲《没有共产党就没有新中国》；弯柳树村人在舞台上用图片展示了他们村脱贫攻坚中的巨大变化和未来美好的发展蓝图。

这台晚会，内容丰富多彩，表演生动感人，晚会之中赢得了阵阵雷鸣般热烈的掌声。

弯柳树村的歌舞团名气越来越大，他们不仅经常被息县的企业庆典、乡镇文化活动邀请演出，还应邀到北京、郑州、新乡、重庆等十多个城市演出，所到之处好评如潮。

弯柳树村歌舞团的村民也因此见了世面，坐着飞机、高铁、地铁去传播德孝文化，他们回村后激动得不得了。

第一次出门坐了飞机、坐了高铁、地铁的许兰珍说："俺们村多少年了，从没有这么干净过，从没有这么和睦过，从没有这么出名过，从没有这么精神过，从没有得到这么多人关心过。俺们村的人要不甩开膀子干出个样，那就对不起国家对不起党！对不起为俺们村操心操劳的宋书记！"

光明的道路 弯柳树村奔小康纪实

因为有精准扶贫的好政策,因为有传统文化的培育,弯柳树村的老百姓,不但开始过上了好日子,而且用感恩的心,说感恩的话,唱感恩的歌。

第一个用歌声表达感恩之心的村民,就是义工团的第一任团长李桂兰老人。老人虽然不识几个字,却发乎于心,感之于情,编写了《弯柳树之歌》这首表达老百姓热爱自己家乡的歌曲:

往年的弯柳树,垃圾堆成了山,
来了好领导,同吃同住一起干,
不怕苦不怕累,不怕脏不怕怨,
永远走在前,是我们好模范。

今年的弯柳树,与往年不一般,
绿树成荫水也蓝,日子比蜜甜,
又学习又劳动,又唱歌又跳舞,
遍地是歌声,到处啊是笑脸。

60多岁的贫困户管红兰,几年前因丈夫车祸瘫痪,负担重、压力大,夫妻两人都曾自杀过。

宋瑞了解情况后,不仅到他们家看望,还给他们讲《孝经》:

"身体发肤受之父母,不敢毁伤,孝之始也。立身行道,扬名于天下,以显父母,孝之终也。
孝悌之至通于神明,光于四海,无所不通。"

管红兰通过传统文化的学习,心里透亮了,心胸开阔了,把坐在轮椅上的丈夫推到学堂，两个人一起听宋书记讲课，慢慢地夫妻两人都明白了做人的道理，不再怨天尤人，而是积极治疗。后来，她的丈夫竟能拄着拐杖行走了，她也加入了村民歌舞团，还当上了弯柳树村老年舞蹈团的团长。

管红兰说："俺都是死过几回的人了，想不到现在能把日子重新过起来，还过得这么好，现在我每天过的日子，那都是早上跳着过，晚上唱着过，天天都是好心情。"

65岁的贫困户邓学芳，通过在大讲堂学习传统文化，树立了自强自立的信心，在爱心企业的帮助下，家里开了孝爱家庭餐馆，在村里提前脱贫致富了。

她激动地说："我家脱贫了，我不知道用啥感谢国家、感谢党。看着宋书记在俺村住这么多年，为了俺村办了这么多好事，我晚上感动得睡不着觉，我两天两夜没有睡觉，就编了一首歌，感谢共产党，感谢宋书记。"

邓学芳从小没有上过一天学，大字不识一个，而就是这样一位不识字的农民，在驻村第一书记宋瑞的帮助下，依靠国家的精准扶贫政策，脱贫致富过上了好日子，她心里充满了感激和感恩，她硬是在心里一遍一遍地哼唱，用两天两夜的时间，唱出了一首歌，表达她对党和政府的感恩之情。

这首歌后来起名叫《手拿锄头心向党》，现在全村人都会唱：

东方出了红太阳，手拿锄头心向党；
要问我干劲为啥这么大，习主席带我们奔小康。

东方出了红太阳，手拿书本心向党；
要问我手拿书本学的啥，传统文化记心上。

光明的道路 弯柳树村奔小康纪实

东方出了红太阳，照到哪里哪里亮；
要问我国家有多好，咱农民种地有补贴还不交粮。

许兰珍曾被称为弯柳树村的"赌博队长"，通过在大讲堂里学习传统文化，她简直变了一个人，不但戒掉了麻将瘾，还主动退出了低保户，再后来又被选为第二任弯柳树村义工团团长。

就是这位许兰珍，后来竟写下了脍炙人口的快板《精准扶贫真是好》：

党中央领导真是好，调查队派来了好领导。
精准扶贫真是好，把贫困根子找一找。
扶贫扶心又扶志，底下的群众真满意。
高楼大厦她不住，扶贫住在弯柳树。
吃不好、睡不好，夜晚加班蚊子咬。
息县坡、烂泥窝，赖头蛤蟆蚊子多。
弯柳树、变化大，全国各地来学她。
又打渠、又修路，帮助群众来致富。
又跳舞、又唱歌，群众高兴笑呵呵。
传统文化要弘扬，弯柳树现在似天堂。

村民赵中珍，2007年父亲重病在床，2013年老公瘫痪，家里的负担都落在了她一个人身上。因为生活的艰辛，因为压力太大，赵中珍有几次被难为得都不想活了。

宋瑞来了，在村里办起了大讲堂。宋书记把赵中珍叫到大讲堂里听课，听着听着，赵中珍眉头舒展了，心里亮堂了。后来，她又推着她的老公去大讲堂里听课。

村里人都知道，赵中珍的老公是倒插门的女婿，与赵中珍的父亲关系处得很僵，从来没叫过她父亲一声爸。在大讲堂里听了几堂课后，有一次回到家里，她老公竟第一次对赵中珍的父亲，叫了一声爸，从此翁婿二人和解了。

这让赵中珍心里的一块大石头放下了，一个死结解开了，她的心一下子轻松了，开朗了。

正如村里的其他贫困户一样，赵中珍后来也鼓起了信心，开起了孝爱民宿，脱贫过上了好日子。

赵中珍有时会激动地说："想不到，咋也想不到，想不到现在俺能过上这样好的日子，现在就是活100岁我也嫌短。"

现在，赵中珍也加入了村里的义工团，每个星期的一、三、五到村里的大讲堂听课，二、四、六在村里打扫卫生。

就是这个曾经想要自杀的赵中珍，怀着感恩感激之情写下了《传统文化真是好》这首歌曲：

传统文化真是好，小孩子学了见人鞠躬有礼貌。
传统文化真是好，老年人学了开心快乐身体好。
传统文化真是好，绝望人学了对生活又升起希望。
传统文化真是好，全国人民都需要，
如果人人都学它，我们的祖国明天会更美好！

后来，赵中珍又怀着对宋瑞的感恩之心，写下了《宋书记啊我们爱你》这首歌：

宋书记啊宋书记，我们爱你，传统文化认识你。
在我们绝望的时候，你给我们鼓起了勇气；

在我们无助的时候，你扶起了我们的心志。
阿弥陀佛保佑你，愿你事事都如意。

宋书记啊宋书记，我们爱你，你为人民全心全意。
你心中唯独没有你自己，我们大家都敬佩你。
你温柔贤惠又美丽，我们愿你有个好身体。
阿弥陀佛保佑你，愿你事事都如意。

过去，弯柳树村因为贫困，因为缺少党员干部的引领，缺少传统文化的培育，村民之间缺少感恩和信任，对人对事态度漠然，对党和国家的好政策也没有认识，更没有感恩之情。

通过在大讲堂开展感恩教育，以德孝文化感化人心，村民们的抱怨情绪越来越少，知道感恩的人越来越多，村民之间也越来越和谐。后来，大讲堂又统一制作了感恩词，不但领着村民们读，还将感恩词在村民家中统一张贴，成为村民家中设置的文化墙的一项重要内容。

现在，来弯柳树村农家客房的客人，吃饭时都会在主人的带领下，念诵"弯柳树村的感恩词"：

感恩天地滋养万物，
感恩国家培养护佑，
感恩党的英明领导，
感恩父母养育之恩，
感恩老师辛勤教导，
感恩大众相互支持，
感恩农工辛勤劳作和所有付出的人，
让我们快乐地生活在感恩的世界里。

"中华孝心示范村""弘扬中华孝道示范基地""河南省弘扬中华优秀传统文化示范新村"……

短短几年时间，弯柳树村依靠德孝文化，依靠精准扶贫，荣获了一项又一项荣誉，从一个省级贫困村快速脱贫成为息县脱贫攻坚的样板村，成为河南省脱贫攻坚的先进村。

弯柳树村在全国的名气也越来越大，全国各地前来弯柳树村参观的人络绎不绝。

也许，弯柳树村的经济发展放在全国农村来讲，并排不上靠前的名次，但弯柳树村老百姓的精气神，一定是全国很多的村庄比不上的。他们那种洋溢在脸上的自信，表现在行动上的自然而然的温、良、恭、俭、让，可以成为全国农民学习的榜样！

来过弯柳树村的人很多，来过，就会很难忘，就会被弯柳树村的人感动，就会对弯柳树村老百姓的精气神赞不绝口，甚至愿意为弯柳树村的人做更有意义的事。

在这里举一个例子。

中央电视台《送欢乐下基层》总导演、原《乡村大世界》栏目总导演曲良平曾经两次来到弯柳树村考察。

他感慨地说："因为工作的关系，我曾到过华西村、南街村、大邱庄等全国知名的乡村。来到弯柳树村的第一感受是，相比那些知名村庄，这是一个还相对贫穷的村，但我聆听了村民们的分享，让我触动很大。在这个小乡村，村民们对党的感恩和对美好生活的追求，都是发自内心最真诚的表达，让我忍不住好几次流下眼泪。这个小村子，有大文化，我有责任帮助他们讲好弯柳树村的故事。"

2018年8月，曲良平导演带领创作团队第三次走进弯柳树村，创作了"情景音乐报告剧"《弯柳树村的故事》。这个节目已被中国文联立项，作为2019年的一个大项目，给予资金和人才扶持。

光明的道路 弯柳树村奔小康纪实

2019年3月,中国文联大项目处处长马康强带领国家一级作曲家卞留念和导演曲良平等11人的艺术团队,于3月27日、28日,连续两天在弯柳树村采风、座谈,带领村民歌舞团排练节目。此后,曲良平导演又多次来到弯柳树村排演节目。

宋瑞说:"《弯柳树村的故事》这个节目,曲良平导演计划排练成熟后要进京向首都人民和国家领导汇报演出,继而沿着'一带一路'出国演出。通过这个节目,展示弯柳树村的脱贫攻坚成果,向世界展示脱了贫的中国农民的精神风貌,展示中国的脱贫成果,展示新时代中国特色社会主义的道路自信、理论自信、制度自信、文化自信,展示中国的脱贫攻坚给中国和世界带来的美好前景。"

曾经贫穷落后的弯柳树村,在脱贫攻坚的路上创造了一个又一个奇迹,而且正在创造着更加令人向往的奇迹。

第四章
选择坚守

宋瑞坚定了信心,她主动向党组织要求继续驻村,而且态度坚决。就这样,宋瑞开始了她第二任驻村第一书记的扶贫岁月。宋瑞说:"在别人都笑我傻的时候,其实我已经找到了人生的方向,树立了坚定的人生目标。做个像王阳明先生一样护国救民、鞠躬尽瘁的人,这应该就是我作为一个共产党人为人民服务的初心啊!"

第四章　选择坚守

第一节　弯柳树村就是我的家

省派驻村第一书记的任期，按照河南省委组织部的规定，一任是三年，后来改成了两年。

2015年8月，宋瑞将会结束她的驻村第一书记的任期，可以回到省城郑州的单位河南调查总队了。

而此时，时间已经是2015年的6月了，距离结束她的任期，只剩两个月的时间。

这段时间，宋瑞一直在考虑这个问题：是走？还是留？

女儿李甸染最近发了微信，打了电话，告诉妈妈宋瑞，她快要生小孩了，预产期就在她结束驻村的前后那两天，女儿激动地对她说："妈，你快回来吧，回到郑州我们一家人团聚，你就要当姥姥了，这是多幸福的事！"

听到女儿的呼唤，想到自己马上就可以当姥姥了，宋瑞的心里又喜悦又激动。那一刻，她幸福地答应，结束任期的时候，她就回去，照顾女儿，照看宝宝，过一家人的幸福生活。

但一想到就要离开弯柳树村，宋瑞的心里却有着无限的依恋和不舍。她已扎根在这个小村三年了，在这片土地上，她洒下了辛勤的汗水，也流下过委屈的眼泪和激动地眼泪。

宋瑞还记得，她刚进村那段时间，村里的人，见了她都是爱搭不理的，很少有人叫她宋书记、跟她打招呼，而现在，大人小孩见了她，都会非常亲切地，亲热地打招呼：

宋书记早！宋书记好！大姐好，阿姨好！
宋书记，该吃饭了，来我家吃饭吧。
宋书记，下雨了，路有点滑，你小心。
宋书记，下大雪啦，天冷，你再穿厚点。

乡亲们的亲，乡亲们的爱，点点滴滴，每时每刻都温暖着宋瑞的心。乡亲们已经把她当作了亲人啊！

弯柳树村的家家户户，弯柳树村的一草一木，朝夕相处中，日出日落间，早已深深地融入了宋瑞的感情。

到了任期结束的时间，她真的能舍得下吗？宋瑞不敢想。

弯柳树村的乡亲们，他们也掰着指头，算着宋书记驻村的日子，知道她的任期马上就要结束了。弯柳树村是个省级贫困村，是宋书记来了，带来了传统文化，带来了党和政府的扶贫政策，带领着弯柳树村脱贫走上了致富路。

弯柳树村的乡亲们说："我们想让宋书记走，她在村里吃了太多的苦，受了太多的罪，我们想让她回城里去，轻松轻松享两天福，可是一说到她要走，我们又舍不得她，我们怕她走了，我们刚刚脱贫的村子会不会又返贫了？党派她到弯柳树村，她把乡亲们当亲人，乡亲们也把她当亲人。宋书记是我们见过的最好的驻村干部，我们从心里还是不舍得她走，我们还是要想办法留下她。"

第四章 选择坚守

让宋瑞意想不到的是，乡亲们为了留下她，他们敲锣打鼓，来到县委、县政府送锦旗，请求县委、县政府留下宋书记。

其实，息县县委、县政府也在考虑宋瑞去留的问题。为此，县委书记金平同宋瑞进行了一次长时间的谈话。这次谈话，推心置腹，坦荡真诚。

金平问宋瑞："你现在离开弯柳树村，你感觉有没有遗憾？"

宋瑞说："有。准备来投资的企业还没有来，弯柳树村除了文化培训产业，其他的产业还没有形成。"

"目前，全国各级组织选派的驻村第一书记有近20万人，但像你这样在脱贫一线用优秀传统文化扶心扶贫，在脱贫攻坚上探索出脱贫致富新路子的驻村第一书记，据我了解，全国只有你一个人。弯柳树村脱贫攻坚取得的成果说明，现在花开正红，全面收获累累硕果指日可待。"

"息县县委、县政府，弯柳树村老百姓，还有我个人，都希望你留下来再干一个任期，把这条独特的脱贫奔小康之路完整地实践与探索出来，这不仅有助于弯柳树村的稳步发展，更是对息县、对全省乃至对全国广大的农村，都具有示范作用和借鉴指导作用。那是多大的贡献啊！"

宋瑞毫不犹豫地对县委书记金平说："金书记，我听党的话，党需要我留下，我就留下！"

弯柳树村乡亲们的挽留，县委金书记坦诚的交流和期望，让宋瑞感觉到了自己肩上那份沉甸甸的责任。

她看到了弯柳树村乡亲们那一双双期待的眼睛。

那段时间，宋瑞正在读一本名叫《心学大师王阳明》的书。这本书是女婿送她的。在学党章党规、学系列讲话、做合格党员的"两学一做"中，宋瑞读到了习近平总书记关于"王阳明心学"的讲话。

习近平总书记说："王阳明心学正是中国传统文化的精华，也是增强中国人文化自信的切入点之一。"

光明的道路 弯柳树村奔小康纪实

习近平总书记的话让宋瑞对王阳明更加崇敬,有了要深入研究学习王阳明心学的想法。而且她发现,王阳明的心学对人生、对社会有极大的启迪和激励的作用。

王阳明是明代著名的思想家、哲学家、书法家、军事家、教育家。他是心学集大成者,与儒学创始人孔子、儒学集大成者孟子、理学集大成者朱熹,并称为"孔、孟、朱、王"。读了王阳明的书,宋瑞知道了什么是致良知,什么是知行合一,她被王阳明护国爱民、鞠躬尽瘁的精神和人格深深感动。

明武宗正德元年(1506年)冬,宦官刘瑾擅政,并逮捕南京给事中御史戴铣等二十余人。王阳明上疏论救,而触怒刘瑾,被杖四十,谪贬至贵州龙场(贵阳西北七十里,修文县治)当龙场驿栈驿丞。

路途中,王阳明被刘瑾派人追杀,伪造跳水自尽躲过一劫。逃过追杀的王阳明暗中到南京面见父亲王华。父亲对他说:"既然朝廷委命于你,你就有责任在身,还是上任去吧。"

王阳明一路艰难跋涉,来到贵州龙场。龙场当时还是未开化之地。王阳明没有气馁,根据风俗开化教导当地人,受到民众爱戴。在这个时期,他对《大学》的中心思想有了新的领悟。王阳明认识到"圣人之道,吾性自足,向之求理于事物者误也"。与此同时,他写下了"教条示龙场诸生",史称"龙场悟道"。

中国禅宗讲究顿悟,一个人执着修身,久而久之,恍然大悟,刹那明白社会、人生、天道之哲理。这种顿悟,给人带来的将会是心灵的澄澈和一扫胸间阴霾的快感!

王阳明的"龙场悟道"史上有名,地位至高。"龙场一悟,照彻千年暗。"自那一刻起,王阳明奠定了他"心学集大成者"的崇高地位。

宋瑞决定,一定要去龙场看看,拜拜王阳明这位先贤,看他是如何在当时艰苦卓绝的环境中修身悟道的。

2015年6月,宋瑞请了几天假,以和家人到贵州黄果树瀑布旅游为名,带着女儿李匋染和女婿万鹏以及家里亲戚,一起来到了黄果树瀑布风景区。

黄果树瀑布有中国第一瀑布之美誉。在打帮河流域的白水河段上,河水由北向南,到达黄果树时,河床出现一个大的纵坡裂点形成黄果树瀑布。瀑布宽101米,高77.8米。飞瀑直泻犀牛潭,甚是壮观。徐霞客认为:在他所见的瀑布中,高峻数倍者有之,而从无此阔而大者。

徐霞客在描写黄果树瀑布时写道:透陇隙南顾,则路左一溪悬捣,万练飞空,溪上石如莲叶下覆,中剜三门,水由叶上漫顶而下,如鲛绡万幅,横罩门外,直下者不可以丈数计,捣珠崩玉,飞沫反涌,如烟雾腾空,势甚雄厉;所谓"珠帘钩不卷,飞练挂遥峰",俱不足以拟其壮也。

因为在基层挂职,因为做驻村第一书记,因为有太多的事要做,宋瑞已经有好多年没有这样出来看过风景了。黄果树瀑布的雄浑激荡,黄果树瀑布的俊秀多姿,黄果树瀑布的一草一木,都让宋瑞感到祖国山河之壮美秀丽。

去龙场拜一拜王阳明老先生,是宋瑞此行的重要目的,虽然行前她并未跟家人说过此事。

看过黄果树瀑布,宋瑞提议去修文县的龙场看看,恰好那里已成为旅游的一个景点了。宋瑞的提议得到了大家的同意。这样,他们就从黄果树瀑布,又赶到了龙场风景区。

走过君子亭、何陋轩,来到了王阳明当年居住的山洞里。仰望沧桑的洞顶,脚踩潮湿的地面,抚摸透风的墙壁,触景生情,宋瑞感慨不已。王阳明先生当年被贬此地,就是在如此恶劣的环境中,凭着不屈不挠的毅力,日复一日,修身悟道。想到王阳明先生于艰险之地,悟出"良知即天理,天理即人心""致良知,知行合一"的生命大道;想到王阳明先

光明的道路 弯柳树村奔小康纪实

生"呼号匍匐，裸跣颠顿，板悬崖壁而下拯之"的赤诚之心，宋瑞禁不住心潮澎湃，热泪流淌。

宋瑞对身边的李匋染似乎不经意地说："看看人家王阳明老先生，在逆境中都能做出举世瞩目的功绩，而我现在在弯柳树村，既有组织的指导帮助，又有单位和领导做坚强的后盾，还有村干部和村民们齐心协力朝一个方向奔，要是不能使村民完全脱贫，彻底摘掉贫困村的帽子，走上小康的道路，真是方方面面都说不过去。"

宋瑞说完，又特意问李匋染："你说妈妈说得有没有道理呀？"

李匋染却看着母亲，笑而不答。

宋瑞一脸疑惑，一脸雾水。

此时此刻，她最在意女儿的答案，也最想知道女儿的心思。

最懂妈妈的是女儿。李匋染看着妈妈不解的样子，含笑说道："妈妈，出来了，就尽情玩儿，放心玩儿，不要想那么多事儿，我懂你。"

说完，女儿给了她一个调皮可爱的小鬼脸。

当天晚上，宋瑞收到了女儿李匋染的一条微信：

妈妈，当时没有回答您，是因为周围好些人不方便说，家人的秘密怎能让外人知道呢！ 妈妈，这次带我们来龙场旅游，是不是让我和万鹏受教育的意味更浓些呢？ 我没猜错的话，您是想留在弯柳树村继续干，直到完全脱贫是不是呢？ 您是担心我和万鹏还有家里人不支持对不对？ 然后就用王阳明老先生来启示我们对吧？ 妈妈，我可是在大学读书时就入了党的，既是女儿，又是同志，您要做一个合格的共产党员，我于公于私都会全力支持您的，只是盼望妈妈干好工作的同时也一定要保重好身体，等您凯旋的那天，我同万鹏还有小宝宝一起开车去接您！

既是女儿，又是同志！

最懂妈妈的女儿！ 多好的女儿啊！

看着女儿的微信，宋瑞的眼泪哗地就流下来了。

她当即回复女儿:"宝贝女儿,谢谢你能善解妈意!"

那一夜,宋瑞的内心,无比地放松,无比地欢喜。

第二节 致良知,知行合一,服务人民

此次龙场之行,让宋瑞深受震撼,受益良多。

从贵州回来,一连数日,宋瑞都沉浸在王阳明先生的心学之中,感受他的"致良知,知行合一"的伟大力量。

龙场那个简陋的石洞,五百年前,就是王阳明老先生的安身之处。宋瑞为此曾经情不自禁,泪流满面。

对比总队为自己在弯柳树村租住的农家小院,惭愧万分!弯柳树村环境条件再差,也比当年的龙场好上千倍。但当年王阳明先生却在艰苦卓绝之中,修身治国平天下,报效百姓和国家。

王阳明先生五百年前,就以他坦荡、豁达、赤诚、无私的家国情怀,给后人,给宋瑞,做出了榜样啊!

宋瑞坚定了信心,她主动向党组织要求继续驻村,而且态度坚决。总队领导同意了她的留任请求。

其实,总队也一直在考虑接替宋瑞的人选,此前拟选的一位年轻同志,曾经给宋瑞打电话询问村里情况和交通情况。宋瑞告诉他:"从郑州到息县,有将近 400 公里,开车需要 4 到 5 个小时,路不好走。"

那位年轻的同志,听完她的话,在电话里感叹道:"我的孩子还小,老人也跟我一起住,身体还不太好,家里确实有困难,这么远,太不容易了。"

宋瑞安慰他:"你家庭确实有困难,不要着急,我正在要求组织上让我留任。"

也许，那位年轻同志家庭的困难，也是触动宋瑞留任的一个原因。宋瑞那颗柔软善良的心，怎么能见得别人的难处。

就这样，宋瑞开始了她第二任驻村第一书记的扶贫岁月。

宋瑞说："在别人都笑我傻的时候，其实我已经找到了人生的方向，树立了人生坚定的目标。做个像王阳明先生那样护国救民、鞠躬尽瘁的人，这应该就是我作为一个共产党人为人民服务的初心啊！"

"虽然我不能像阳明先生那样，成为一个'为天地立心，为生民立命，为往圣继绝学，为万世开太平'的人。但在实现中华民族伟大复兴、打赢脱贫攻坚战的关键时期，在党的坚强领导下，为党中央做出一个脱贫攻坚的样板村、文化自信的示范村、致良知的幸福村，我想做到，我想做好，我也相信我能够做成功。"

宋瑞继续留任弯柳树村驻村第一书记的消息，像长了翅膀一样在村里传开，弯柳树村的老百姓为之欢欣鼓舞。好多人都跑到宋瑞的小院里，看望他们的宋书记，跟宋书记说他们心里的话。

他们依恋她，留恋她，想念她，离不开她。

这些淳朴的老百姓，他们来的时候，都带着他们的心意而来。有的抱着从地里选来选去摘下的最甜的大西瓜，有的带着从地里的黄瓜架上刚刚摘下的翠绿新鲜的黄瓜，有的拿着从番茄架下刚刚摘下的带着露水的又红又大的番茄，有的提着刚刚从豆角藤上摘下的长长的青绿的豆角……

这些淳朴的老百姓，他们愿意把自己在这片土地上最好的劳动果实，满怀心意地送来，让他们心中的宋书记品尝一口，好像只有这样，才能表达他们那一片心意。

村民杜继英说："宋书记早已把我们都当成了亲姐妹，我们也早把她当成了亲姐妹，她把弯柳树村当成了她的家，我们也把她当成最亲的人。"

许兰珍说:"我们村正在上坡,宋书记要是走了,我们可能就上不去这个坡了,她现在留下来,这是我们弯柳树村全村人的福气,我们全村人都高兴。"

在弯柳树村,在生活和工作中,每天发生的许多的小事,每每都让宋瑞感动。宋瑞常常想,乡亲们这样淳朴,作为一个驻村书记,如果不能让他们脱贫走上小康路,自己就愧对党组织的信任,就对不起老百姓的这一片心。

第二个任期内,自己要为老百姓办更多实实在在的事。

从贵州回来不久,宋瑞便与北京"致良知四合院"取得了联系。

致良知四合院是一个学习"王阳明心学"的公益性场所,位于北京市朝阳区东风公园内的一座四合院,2014年由创始人白立新与50多位企业家共同创办。这是一个带领企业家学习"王阳明心学"的公益性机构,他们只学两本教材,一本是《习近平治国理政思想和系列讲话》,另一本是《致良知是一种伟大的力量》。他们的目的,就是通过传播中华优秀的传统文化,打造一个公益性的开放的学习和实践平台,提倡无私奉献,永不盈利,帮助更多的企业管理者从"王阳明心学"中汲取智慧和力量,并运用到"提高心性,拓展经营"的实践中,真正做到磨炼人生,知行合一,造福社会,成为"致良知"的企业典范。

白立新了解宋瑞的情况之后,让她加入了致良知四合院学习,并对弯柳树村在脱贫攻坚中运用优秀传统文化扶心扶志探索非常关心,对弯柳树村的传统文化推广学习,提出了很多宝贵的意见。

2016年7月,宋瑞邀请全国优秀党务工作者、河南圆方集团党委书记薛荣和山东省农民、全国道德模范田秀英来到弯柳树村,在弯柳树村道德大讲堂为党员干部群众讲课。薛荣以《党建是最大的生产力》为主题,为村里的党员干部上了一堂党课;田秀英在弯柳树村道德大讲堂给村民们讲了一堂题为《笑对人生,生活中没有过不去的坎》的课。他们的讲课给村里的党员干部和群众留下了深刻地印象，让大家在感动之中深受教育。

2016年10月，致良知四合院在贵阳举办"首届企业家致良知论坛"，白立新热诚邀请宋瑞参加。宋瑞很高兴参加这次论坛，她觉得这是一次学习王阳明"致良知"，感悟中国优秀传统文化的宝贵机会。

走进贵阳企业家致良知论坛学习，宋瑞在这里认识了白象食品公司、康恩贝药业集团等许多全国知名公司的优秀企业家。当看到好多企业家昂首阔步走上讲坛，表达他们立志为祖国的繁荣昌盛贡献力量时，他们的家国情怀和为实现民族复兴的担当和道义，让宋瑞深深感动。

宋瑞被感染了，坐不住了，她也勇敢地走上了讲坛，面对台下众多的专家和企业家，她真诚地表达了她的愿望：她要立志做一个让党和人民放心、有责任、敢担当的驻村第一书记，全心全意为人民服务。

宋瑞说："中华民族是个了不起的伟大民族，每当生死存亡关键时刻，总有一大批优秀的中华儿女、炎黄子孙，奋不顾身走在前列！ 作为党组织派驻到基层的一位驻村第一书记，我立志做一个像焦裕禄书记、孔繁森书记一样的共产党员，匍匐在地，为打赢脱贫攻坚战效犬马之劳！ 坚守此生的良知，为官一任，造福一方，知行合一，服务人民，像古圣先贤王阳明先生一样，成就一颗光明的心，成为一个对人民有用的人。"

宋瑞的发言赢得了阵阵热烈的掌声，人们为这样一个驻村第一书记而感动。

在致良知的论坛上，宋瑞的生命被自己心中的抱负和理想点亮，她为自己的彻底觉醒而感到生命的力量，而她的赤诚也感动了在场许多的企业家。

后来，北京、山东、河北的企业家都到弯柳树村参观、考察学习，为弯柳树村捐款、捐物献爱心；北京尚品集团、郑州心善健康咨询公司等到村举行"手拉手"行动,帮扶十户贫困户;爱馨养老集团等企业和爱心人士,先后为弯柳树村孝爱基金捐款、捐物 100 多万元。

北京知行合一阳明教育研究院还派老师,来到弯柳树村辅导息县企业家和领导干部学习;白象食品集团答应,为村歌舞团捐赠价值 100 多万元的舞台车、宇通中巴车、音响一套,助力弯柳树村的德孝文化产业的发展。

2017 年 11 月 22 日,白象集团姚忠良董事长亲自到村参加捐赠仪式,鼓励村民把自强自立和正能量传递出去,让更多的贫困村以弯柳树村为榜样早日脱贫。

白立新先生对宋瑞在弯柳树村的脱贫攻坚实践和探索特别关注,他后来为弯柳树村建立了学习群,帮助宋瑞带领村里的党员干部在"两学一做"中,学习"致良知,知行合一,服务人民"的精神和思想。

宋瑞以学习王阳明心学"致良知,知行合一,服务人民"为切入点,建立了党建工作室,组织全村 31 名党员围绕"怎样做合格党员为脱贫攻坚做贡献"的主题,在村里通过支部党员大会、党支部委员会和党小组会不断学习,带领在外打工的党员建微信群在线上学习。

宋瑞还组织村里的党员干部到罗山的何家冲红二十五军长征出发地,学习长征精神,激发大家做扶贫攻坚一线的坚强勇士。

村民们说:宋书记是我们看得见摸得着的优秀共产党员,她全心全意为弯柳树村服务,付出了很多,我们都要向她学习,齐心协力把弯柳树村建设好。

在宋瑞的带动下,村里无论是在外打工的村民,还是在村里的村民,都因为思想的不断进步,而积极向党组织靠拢。仅 2016 至 2017 年,弯柳树村就有 15 个村民递交了入党申请书。

昔日出了名的省级贫困村,今日变成了传播学习传统文化的名村、闻名四方脱贫致富的美丽乡村,全国各地多个省的 23 个地级市、130 个县级单位相继组团,来到弯柳树村参观、学习、交流;弯柳树村还先后举办了青少年德孝感恩夏(冬)令营培训班多期,一千多名青少年在这里接受传统文化的培训,不少问题少年在这里获得了重生。

因为传统文化的培育,因为学习"致良知",他们成了这个时代有文化、有修养的农民。让人惊叹的是,一个个原本只会种地的农民,现在走上台就能表演几个小时的节目。更让人惊诧的是,大字不识几个的农民,他们怀着对党和政府的感恩,竟然发自肺腑创作出歌词,表达他们感党恩、跟党走的决心。

中国老龄产业协会副会长、著名老年问题专家张凯悌动情地说:"通过弯柳树村村民讲述学习传统文化发生巨大变化的故事,给大家的启示是什么? 就是我们不管再穷、再苦,都不能没有精神,精神从哪里来?还是要加强村民的优秀传统文化的学习,加强村民精神情操的修炼。弯柳树村的实践证明,只要把心的问题解决好了,其他的问题都好解决,什么人间奇迹都有可能创造出来。"

2017年2月4日,信阳市委书记乔新江来到弯柳树村调研,通过参观、走访、开座谈会和欣赏村民演出的乡村民俗文化节目,非常高兴。

他对息县县委的领导说:"党中央、国务院对传统文化很重视,弘扬优秀传统文化,践行社会主义核心价值观,有利于促进各项事业发展。弯柳树村在弘扬传统文化方面为很多地方带了好头,值得学习借鉴。希望能够继续弘扬这种正能量,做好榜样,用这种正能量推动和促进经济社会发展,打赢脱贫攻坚战。"

2017年2月20日,信阳市委常委、组织部部长赵建玲,来到弯柳树村指导基层党组织建设并调研扶贫攻坚工作。在息县县委常委、组织部部长桂诗远和宋瑞的陪同下,赵建玲实地察看了弯柳树村生态莲藕种植合作社、弯柳树村息县远古生态科技公司的种植、养殖基地,最后还在村里的道德大讲堂,观看了弯柳树村歌舞团自编自演的节目。

目睹弯柳树村的巨大变化，赵建玲部长感触很深。她走上大讲堂的舞台，激动地对弯柳树村的群众说："弯柳树村的变化是喜人的，弯柳树村以传统文化扶心志，带动产业形成可持续发展的扶贫路子值得肯定，值得学习。在党和政府的坚强领导和支持下，相信弯柳树村人民一定能够打赢脱贫攻坚战，迎来更加美好幸福的明天。"

《人民日报》在采访报道河南的脱贫攻坚时，曾把三个扶贫典型分别赞誉为"舍得出人""舍得出钱""舍得出力"。

"舍得出力"这个典型，指的就是国家统计局河南调查总队。而宋瑞，就是那个"舍得出力"的人。

第三节　歌唱家金波来到了弯柳树村

2016年2月24日，农历正月十七，中国著名歌唱家金波，来到了弯柳树村。

这位著名歌唱家为什么来到了弯柳树村？他是应弯柳树村的全体村民的邀请，受中国文艺志愿者协会的委派，前来弯柳树村举行"扶贫手拉手，助力奔小康——军旅歌唱家金波《爱家乡》弯柳树村公益演唱会"的，同时也是来助力和见证弯柳树村德孝文化乡村游的启动仪式的。

此次活动能够顺利地举行，得益于宋瑞的多方努力。当她知道中国文艺志愿者协会有公益演出活动时，她就想努力争取一下，因为弯柳树村现在太需要社会各界的支持，弯柳树村的村民需要鼓励和支持。如果这样大型的活动在弯柳树村举行，那将提升弯柳树村的美誉度，增强弯柳树村村民的脱贫攻坚的信心和力量。

为了举办这个活动，2016年2月18日，她诚恳地向中国文艺志愿

光明的道路 弯柳树村奔小康纪实

者协会呈递了《关于申请金波同志到河南省级贫困村弯柳树村演出的报告》：

中国文艺志愿者协会：

　　河南省信阳市息县路口乡弯柳树村，是一个偏远、贫穷的小村落，是中国现代众多乡村的缩影。该村位于息县县城北8公里处，总人口2100人，耕地3500亩。以种植小麦、水稻、玉米等作物为主，没有支柱产业，农民收入低。和众多贫穷落后的村子一样，青壮年劳动力都外出打工了，留下老人、妇女和孩子在家务农和上学。

　　2014年以前，村里长期存在着基层组织涣散，和许多农村一样，是一个垃圾围村、不孝父母者多、婆媳不和、兄弟不睦、打麻将成风、邻里纠纷多的脏、乱、差贫困村，对不孝、不养父母的现象，留守老人的生活和留守儿童的教育等社会问题尤其严重地摆在当地党委政府的面前。

　　在河南调查总队扶贫工作队的带领下，在县乡各级领导的关怀指导下，提出了"扶贫重在扶心扶志"，带领全体村民从学习实践儒家经典《弟子规》《孝经》《论语》等开始，开启了村民心中的智慧，唤醒了麻木的心灵，找回了那份久违的感动。

　　弯柳树村成立了河南首个村级道德讲堂，筹资成立了村级德孝基金，村民自发成立了德孝义工团、德孝歌舞团、德孝宣讲团等，在德孝文化的浸润下，如今的弯柳树村，好人好事层出不穷，积极争当德孝好村民，孝老敬亲，邻里互帮，彬彬有礼，争相学习，成为孝心村的新风尚。

　　通过"立足中华传统文化，培育践行社会主义核心价值观"教育，通过系统的"孝亲尊师，崇德向善，礼让睦邻，爱家爱国"学习，弯柳树村发生了翻天覆地的变化，成为一个村容村貌干净整洁、村民争相学习、人人彬彬有礼的美丽乡村，成为一个尽孝道、守道德、讲诚信、有礼貌的美丽村庄，引起媒体和社会广泛关注。

弯柳树村的德孝文化之风迅速引起了全国的关注，新华社、人民政协报、河南卫视、大河报、东方今报、信阳电视台等20余家媒体相继报道，全国有三十多个兄弟单位组团参观学习。首届中国民营企业家德孝文化论坛、中华青少年德孝感恩乡村夏令营先后在这里举办。一时间，这里成为声名远播、争相投资兴业的福地。弯柳树村先后被国家民政部中国老龄事业发展基金会授予"弘扬中华孝道文化示范基地"，被中华孝心示范村工程组委会授予"中华孝心示范村"，被河南省儒学文化促进会授予"弘扬中华优秀传统文化示范新村"，被信阳市委、市政府授予"美丽乡村"荣誉称号等等。

弯柳树村父老乡亲对金波同志非常爱戴和期盼，2100多位父老乡亲不仅喜欢听《大妹子》《我们是朋友》《当兵的兄弟》《班长的红玫瑰》《有事你就说》《感动中国》等一批家喻户晓、耳熟能详的歌曲，更敬佩金波同志是个大孝子、慈善家的人品。他为自己父母尽孝、为灾区及弱势群体献爱心的故事，时时感动着村民。从2014年年初开始至今，两年多来，村民盼望金波老师到弯柳树村，为大家演唱充满正能量的歌曲，为大家送来欢乐。同时，弯柳树村村民成立了村留守老人歌舞团，盼望金波老师给予指导和引领。

弯柳树村正在积极响应党中央和习近平总书记号召，大力弘扬中华优秀传统文化，中华儿女连根养根，炎黄子孙认祖归宗，探索一条"德孝连根，文化兴村，产业扶贫"之路，建设一个有中国文化精气神的新农村。盼望贵协会及金波同志给予大力支持，莅临弯柳树村演出。

我代表弯柳树村2100多位父老乡亲盼望贵协会的玉成，并为此表示诚挚的感谢！

河南息县弯柳树村驻村第一书记　宋　瑞　敬书

2016年2月18日

光明的道路 弯柳树村奔小康纪实

中国文艺志愿者协会接到弯柳树村驻村第一书记宋瑞的申请报告后，非常重视，研究了她的申请报告之后，对弯柳树村弘扬德孝文化、扶贫先扶心和志所取得的丰硕成果非常肯定，很快同意了宋瑞代表弯柳树村村民所提出的申请，决定委派中国人民解放军第二炮兵政治部文工团青年歌唱家金波，作为弯柳树村乡村游的"形象大使"，奔赴弯柳树村隆重举办《扶贫手拉手　助力奔小康》公益演唱会，助力弯柳树村更好地弘扬传统文化、发展乡村经济。

2016年3月5日，正是农历正月二十七日。那天下午，金波一行赶到了弯柳树村。晚上，宋瑞陪着金波在弯柳树村的村民家中吃了农家饭。

农历正月二十八日上午，宋瑞又陪着金波慰问走访弯柳树村贫困户。当天上午，在弯柳树村德孝大讲堂，由宋瑞主讲，举行了"如何发展德孝文化产业经济推动精准扶贫"的讲座。然后，为首届弯柳树村"十大孝子""第二届十大好媳妇""十大好婆婆"颁了奖。这些活动，给金波留下了深刻的印象。

在这里有必要介绍一下金波。金波在中国歌坛是一个奇迹，他在成名之前没有参加过一届青歌赛，也没有参加过一次中央电视台的春节晚会，可他凭着自己扎实的演唱功底、独特的演唱风格、执着的事业追求、公认的表演实力，一步一个脚印赢得了事业的辉煌。《大妹子》《我们是朋友》《当兵的兄弟》《班长的红玫瑰》《金色胡杨》《我爱大漠》《有事你就说》《感动中国》等一批家喻户晓、耳熟能详的歌曲传唱大江南北，深受全国人民喜爱！

2005年，金波凭着他的优美感人的歌声，被中国人民解放军第二炮兵部队特招入伍，并很快成为全军官兵们最喜爱的歌手；2006年，在二炮组建40周年大型歌舞史诗《东风颂》中，金波是唯一一个担当两个节目的重要演员，荣立三等军功。同年，面向全国出版、发行专辑：情歌《男人伤心也流泪》和军歌《我爱大漠》。

第四章 选择坚守

2008年,在5·12汶川大地震中,金波第一时间参加中央三套《同一首歌》等众多单位组织的抗震义演,《我们在一起》轮番在中央一套新闻时间及中央七套滚动播出,被评为"十大赈灾歌曲"之一！同年8月,金波以中华慈善总会理事、"孝行天下"艺术团团长等身份代表全国青年艺术家随团中央访韩。

2009年1月,金波随中国文联赴四川绵竹"送欢乐、下基层"。正月初三,金波随中国侨联赴欧洲慰问海外的华人华侨。同年6月,金波赴唐山开滦煤矿,在矿井中与工友们拉歌,慰问矿工并随中央电视台"心连心艺术团"赴贵州仁怀慰问演出,演唱最新力作全国流行歌曲大赛军歌第一名《班长的红玫瑰》。同年10月,金波在人民大会堂举办全国百场公益巡演启动仪式及新专辑《当兵的兄弟》新闻发布会,并于月底成功在宜昌举办了首场公益巡演,为长江大学三位救人英雄父母及宜昌慈善总会等累计捐款30万元。

2009年,金波被中国扶贫基金会授予"欢乐大使"称号,成为中华人民共和国六十华诞"新中国六十个爱心榜样"之一;2010年,在中央电视台《情系玉树 大爱无疆》大型募捐义演活动中演唱并捐款,又随中央电视台"心连心艺术团"到陕西汉中地震灾区、福建龙岩革命老区慰问演出。同年5月,金波为电视连续剧《解放海南岛》演唱主题曲和插曲《英雄之歌》《这一握》。金波以国务院扶贫办"甘霖使者慰问团"团长身份,率领艺术家、企业家奔赴遭受旱灾最严重的贵州黔东南州,为苗族侗族同胞送去首都人民的"爱心之水"。

金波可以说是家喻户晓的歌唱家,他来弯柳树村举办公益演唱会的消息,像长了翅膀一样,全息县的人很快都知道了,很多人翘首以待,想一睹金波的风采,聆听他优美的歌声。

这次演唱会得到了很多部门的支持。主办单位为：中国文艺志愿者协会,国家统计局河南调查总队,九三学社信阳市委,信阳市扶贫办,信阳市旅游局，信阳市工商联。承办单位为：中国民营企业家德孝联盟，河南姓氏文化研究会薛氏委员会，信阳市传统文化研究会，息县弯柳树村孝爱文化传播有限公司。支持单位为：河南息县县委宣传部，山东德州禹城市委宣传部，江西赣州于都县委宣传部，北京昌平温州商会，北京泉州商会，河南省国学文化促进会，河南网络电视台《国学频道》，信阳南阳商会。媒体支持为：中央电视台、人民网、河南电视台、《河南日报》《大河报》、信阳电视台、息县电视台等。

这么多的单位主办、承办、支持这次公益演唱会，可见金波这次演唱会的影响力有多大，也可以想象它给弯柳树村带来的积极的影响力有多大。

2016年3月6日下午，金波以曾经在中央电视台心连心节目上所演唱的经典曲目《珍惜缘分》开唱，拉开了此次弯柳树村公益演唱会的精彩序幕。

这次公益演唱会分为"改变篇""德孝篇""感恩篇"三部分内容。金波在演唱会上先后演唱了《爱家乡》《爱的鸟巢》《有事您就说》《大妹子》《我的好妈妈》《常来常往》《我们是朋友》《班长的红玫瑰》《向祖国敬礼》共9首他唱遍祖国大江南北的歌曲。他还与弯柳树村的村民邓学芳一起，合唱了弯柳树村村民自己的歌曲《手拿锄头心向党》；与弯柳树村党员义工队及全体演员一起，演唱了歌曲《没有共产党就没有新中国》。

这次演唱会的伴舞，分别是路口乡舞蹈队、弯柳树村留守老人舞蹈团、弯柳树村留守妇女舞蹈团、弯柳树村小学的小学生。信阳传统文化研究会旗袍分会也赶来为演唱会表演了旗袍模特秀节目《月光》。

在这次公益演唱会的舞台上，宋瑞他们介绍了弯柳树村剩余几户贫困户的情况，一些爱心人士与贫困户手拉手当场结成了帮扶对象。

在这个舞台上，这天还举行了四项非常有意义的活动：

一是隆重为著名歌唱家金波颁发了弯柳树村德孝文化乡村游"形象

大使"的荣誉证书,并聘任金波为弯柳树村的名誉村主任。

二是举行了弯柳树村德孝文化乡村游启动仪式。

三是为2015年度感动弯柳树村十大爱心人物颁奖。

四是为2015年度感动弯柳树村十大爱心企业家颁奖。

尤其值得说明的是,这些感动弯柳树村的十大爱心人物和十大爱心企业家,都是来自全国各地各个行业的人物。由此也可以知道,在几年的时间里,宋瑞传播传统文化,已经将弯柳树村打造成了全国有影响力的村庄。

也正是这次演唱会,让信阳传统文化研究会旗袍分会的会员王春玲认识了弯柳树村,了解了弯柳树村,更因此机缘认识了驻村第一书记宋瑞,并结下了不解之缘。

王春玲是个女强人,夫妇二人原来在息县县城搞了多年的肉类批发生意。后来,她在宋瑞的感召下,毅然放弃生意,来弯柳树村投资500多万元,承包300亩土地,成立了息县远古生态农业科技公司,搞起了生态养殖和种植。

王春玲在弯柳树村发展的生态农业,现在已经很有名气。本书在后面会浓墨重彩写写她,写她在宋瑞的鼓励与支持下在弯柳树村搞生态农业的精彩故事。

总之,金波的这次《扶贫手拉手 助力奔小康》公益演唱会,对弯柳树村脱贫攻坚工作起到了巨大的推动作用,宋瑞和弯柳树村的老百姓后来都说金波的这次演唱会为:

神兵天降弯柳树,
爱我家乡放歌唱。
拉起手来心连心,
助力脱贫奔小康。

直到今天，弯柳树村的老百姓提起金波公益演唱会，他们依然记忆犹新，依然会夸赞金波的演唱好，他们也会不住地夸赞他们的好书记宋瑞前前后后为这次隆重的活动所付出的心血汗水，所做出的那么多的贡献。

在弯柳树村，老百姓常说的一句话就是，没有我们的宋书记，弯柳树村咋会有今天啊？

用村民赵中珍的话说："一眨眼就是5年了，宋书记为了让村里的人家家过上好日子，她舍了自己的家，来到我们弯柳树村，没日没夜地操劳，吃了多少苦，受了多少累啊？好可怜，好心疼她啊！"

"好可怜，好心疼她啊！"

老百姓的眼是亮的，心是明的，他们心里装着为他们操劳的人。

第四节　扶贫，是一场不见硝烟的战斗

2017年的春夏之交，全国的脱贫攻坚进入了最繁忙、最紧张、最关键的时刻，一轮又一轮的"再识别，再核查"精准扶贫工作，让许多地方的干部，知道了扶贫攻坚的艰苦卓绝，认识到了扶贫攻坚，就是一场不见硝烟的战斗。

息县是省级贫困县，扶贫攻坚的压力更大，任务更重，全县的扶贫干部，都进入了白热化的战斗，他们"白加黑""5+2"投入了这场脱贫攻坚之战。

息县县委、县政府，已经连续开了几次全县脱贫攻坚推进会，也叫"千人大会"。

息县的千人大会，是找问题、找差距的大会，也是总结成绩、总结

经验的大会，扶贫攻坚做得好的，会受到表扬，给你发红旗，扶贫攻坚做得差的，给你发"黑旗"。无论是红旗还是"黑旗"，都要你乡长书记亲自上台领，就是让你亮亮相，好的让你光荣光荣，差的让你羞耻羞耻。

息县的扶贫干部，都铆足了劲，拼上了命。他们的说法是，脱贫攻坚，息县人就是要真干、实干、苦干，还要加上拼命干！要想摘掉省级贫困县的帽子，不是容易的事，非拼上去不可！

现任息县县委书记金平，每一次在千人大会上，除了表扬，除了批评，那就是鼓劲儿。息县的党员干部说："金书记这个人，讲话太有魄力。"

作为作家，我没有参加当年他们的千人大会，不知道他当年是怎么讲的，但我后来采访时，参加了他们脱贫之后的一场千人大会，叫"息县脱贫攻坚巩固提升及乡村振兴工作会议"，我清楚记得那是 2019 年 5 月 31 日的上午。

这次会上，我目睹了他们发红旗、发"黑旗"的镜头，也真正听到了、感受到了这位县委书记的魄力。

他的讲话，振聋发聩，震撼人心。

他说："脱贫攻坚之战，就是一场不见硝烟的战争，我们现在虽然脱贫摘帽，但脱贫攻坚的战斗并没有胜利结束。习近平总书记一天不宣布脱贫全国成功，我们脱贫攻坚奔小康的战斗，就永远在进行时，永远在冲锋的路上，我们的队伍就不撤，人员就不减，人心就不能散。

"我们今天开的不是表彰会，不是庆功会，我们开的是整改提升会，对工作做得好的，发红旗表扬，对工作做得差的发'黑旗'批评。发了'黑旗'，你们不能泄劲，不能闹情绪，你们要认识到，今天对每一位干部的批评，就是对每一位干部最大的保护。

"在脱贫攻坚这场不见硝烟的战场上，我们息县的共产党员，不能当逃兵，不能当孬种，如果你当了逃兵，将来你回忆这场轰轰烈烈的伟大战役，你有何颜面回顾你的人生？你咋对得起你共产党员的称号？中国共产党已经走过了98年曲折跌宕的历程，始终没有忘记初心，始终没有丧失信仰，尽管也有过失败，也有过坎坷，也有过惨痛的教训，但最终从一个胜利走向了另一个胜利。习近平总书记领导的这场脱贫攻坚的战斗，就是当今这个时代最伟大的战役。这场脱贫攻坚之战，困难很多，任务很艰巨，意义很重大，我们每一个共产党员干部肩头的责任都很重，压力都很大。只要我们坚持共产党的领导，就没有干不成的事儿，就能攻下'硬堡垒'，啃下'硬骨头'，打赢'娄山关'，攻克'腊子口'。"

……

由此可以想象，在还没有脱贫成功的2017年，息县县委、县政府会怎样抓脱贫攻坚？会怎样去抓"再识别，再核查"这项牵涉到脱贫攻坚质量的精准识别工作？

宋瑞讲述了那段时间她在弯柳树村工作的状态。

那段时间，息县的干部都在拼着干，宋瑞在弯柳树村，也拼上去了。她说，各级对建档立卡资料规范化要求越来越高，无数次地再识别、再核查、再入户，天天熬夜到12点以后，才能完成当天的任务。巨大的压力、长期连续超负荷、身体透支，导致那一段时间全国有多位第一书记牺牲在村里工作岗位上。

2017年五月底，最艰巨的多轮"再识别、再核查"和逐户基础资料的填写，在连续两个多月的"5+2""白加黑"的突击战中，终于胜利完成任务。

而此时，宋瑞和路口乡政府扶贫攻坚责任组组长王玉平、息县移动公司驻村扶贫工作队的同志们，全都累垮了。

那天，宋瑞写下了当天的扶贫工作日志。

后来，她的这篇扶贫工作日志，被息县脱贫攻坚指挥部选发在脱贫攻坚"工作群"中，感动了许多的党员干部。

第四章 选择坚守

2017年5月27日宋瑞驻村扶贫日志：

5月27日晨记：昨晚和村干部、驻村工作队干到夜里一点多，终于把最后一轮表填写完、整理完！用手机照着路，走在连蛙鸣也歇息了的静静的漆黑夜色里，想到脚下的水泥路是2012年总队开始帮扶后修的，乡亲们不用踩泥巴了，我也不用踩泥巴了，心里很是欣慰。驻村工作虽然累些、苦些，但能为乡亲们干些实事，心里踏实，值！

夜里两点多洗漱完，上床躺下，右胳膊、大拇指因为连续握笔太久都僵硬了。《贫困户精准扶贫明白卡》终于填写完，可以好好睡一觉了，却因为浑身疼痛睡不着，真是年龄不饶人啊！

前天女儿打电话问我："妈，您到底什么时候能回来？"记不清女儿已打过多少个这样的电话，问过多少次这样的话题，我跟女儿开玩笑："别着急，傻孩儿！端午节仍然不放假，在村坚守岗位，我也说不准啥时候能回家。给我准备好大餐等着吧！"

没想到电话那头，女儿突然哭了。一向沉着、稳重的女儿哭着急急地说："妈，您快回来吧！我从网上看到，都死了仨第一书记了！又不是打仗，怎么驻村扶贫也会牺牲、也会死人呢？妈，咱家啥都不缺，您快回来吧，您提前退休吧！宝宝会说话了，天天说姥姥抱抱！天天等您回来抱她，等您回来带她读经典。"安慰完女儿，放下电话，我的眼泪也如雨般流下。

这一个多月一直在村里，入户、再入户，填表、再填表，精益求精，迎接各级的明察暗访。驻村五年来，我和贫困户已经成了亲人。在贫困乡亲的病床前坐着说话，他们会伸出粗糙的手，拉着我有说不完的感谢。整个村子就像一个大家庭，今天弯西组贫困户段平的妻子眼睛看不见了，我得赶快想办法；汪庄贫困户汪建的抑郁症，去年经过爱心企

光明的道路 弯柳树村奔小康纪实

业帮扶治疗基本好转，但遇到突发事件受了刺激，又复发了，明天我要带她去继续接受有效治疗……

听到女儿的哭泣声时，想到家中老小如此为我牵挂和担忧，心中愧疚，反省自己确实快把小家忘了。挂了电话，仰望小院上繁星闪烁的夜空，心中真的特别想家，很对不起家人，尤其愧对女儿和宝宝。她生产时盼我回去照顾，我选择了继续驻村，为把产业引进村里，带动乡亲拔掉穷根，永不返贫。宝宝长大的过程中，我只能偶尔周末回去抱抱她……但是，当我每次看到贫困乡亲们的脸上绽放的笑容，我都觉得值！自古好事难两全，顾得了村里贫困群众这个大家，就顾不了远在400公里外郑州的小家，女儿对不起，请原谅妈妈！我虽然没有照顾咱家的宝宝，但老家南阳有一句古话：别人的孩子拉一把，自己的孩子长一扎。

村里有这么多的孩子、老人、病人都需要照顾，我每帮他们一把，我们的孩子都会长一扎，我不用回去带着她读《大学》《论语》，她也会自然地健康成长。《道德经》第81章中讲："既以为人己愈有，既以与人己愈多。"《论语》中说："己欲立而立人，己欲达而达人。"越多帮助别人，自己越富有；越多给予别人，自己收获越多。要想自己事业成功，先帮别人成功；要想自己事事顺利、人生通达，先帮别人顺利通达！中华优秀传统文化向我们揭示了一个规律：利他，天地所以能长且久，无我，就是最大地利益自己！

利他、无我、全心全意为人民服务，这原来就是毛主席等老一辈无产阶级革命家所倡导的，是人心合乎天道的幸福密码和成功秘籍。党的宗旨原来就是一把从天道中提炼出的、为他人服务、为自己生命积蓄能量的简而易行的金钥匙！

我如此平凡，却有幸走上扶贫攻坚第一线，有机会为那么多的贫困户、可怜的留守儿童和乡亲们服务，这是组织的信任和重托，也是上天赐予的福分。这两年,看着一位位有远见卓识的企业家,接连不断地来到村里投资,一个又一个的项目落地,心里真的特别踏实。一个省级贫困小村,四个大项目开工,干得热火朝天,打赢脱贫攻坚战指日可待!

曾经贫困的弯柳树村将会拥有多么美好的前景:以中华优秀传统文化扶心扶志,带动产业形成,脱贫致富奔小康,实现精神和物质同时脱贫,走上心灵的净地和道德的高地,走出一条"中国农民的幸福之路",进而影响和带动中国广大农村,都走上"孝、悌、忠、信、礼、义、廉、耻"八德具足、心灵纯净祥和、生活富足安康、乡风和谐美好的幸福之路。

让中华优秀传统文化走进千家万户,让圣贤教育在中华大地上焕发生机,让父老乡亲过上物质和精神都幸福的生活!

这是妈妈作为一名党员,一头扎进这个贫困村,五年来坚守的初心和目标。

而现在,这个目标正在实现! 亲爱的女儿,别担心! 等妈妈在脱贫攻坚一线战场,打一个漂亮的大胜仗,抱着一个大大的军功章回家吧!这个军功章里有你和宝宝,还有咱们全家人的一大半!

谢谢你们的理解支持,想念你们,端午节快乐!

这篇日记,满含亲情,满含真情,满含赤诚,满含着对党的事业的无限的忠诚。读之,令人感动。

第五节 "王委员"是宋书记的好搭档

王委员叫王玉平,是息县路口乡党委委员、人大副主席,兼传统文化办公室主任。

光明的道路 弯柳树村奔小康纪实

王玉平很早就认识宋瑞了。最早就是在2013年，因为王玉平兼着路口乡传统文化办公室主任，弯柳树村于2013年就开始推广宣传传统文化，王玉平那时因为工作，常来弯柳树村，也就与宋瑞有了越来越多接触的机会。

从最初的认识，到了解后的佩服和尊敬，王玉平把宋书记当成了她学习的榜样和人生的榜样。

榜样的力量是无穷的！

2017年春天，息县的脱贫攻坚进入了关键的时候，路口乡政府要向弯柳树村派一支扶贫攻坚责任组，加强和支持弯柳树村的脱贫攻坚力量。

王玉平主动向乡党委请缨，当上了"弯柳树村扶贫攻坚责任组"的组长。

从此，她背着铺盖来到了弯柳树村，住到了弯柳树村，成了宋瑞书记的好搭档。

我在村里采访时，听到了现任党支部书记王守亮和村主任汪学华他们对"王委员"的看法。

他们说："王委员虽然是个女干部，但她比男干部一点也不差，比男干部还厉害，我们都说她是'工作狂'。她对我们村两委的党员干部要求得更严，因为她曾经兼任过一段时间的村党支部书记，对我们每个干部都熟悉，也都自然不客气，那工作就抓得紧，抓得硬。按照王委员的话说，对于我们这些干部，就要'小辫子'拽得紧紧的，'小鞭子'抡得快快的，这样才能把工作做得更好。有宋书记和王委员她们两个在村里，我们是一点懒都偷不了，那工作你不想干好都不可能。"

那天我采访宋瑞的时候，刚好王玉平来找宋书记汇报工作。我也由此就认识了这位"王委员"。

宋瑞说："王委员是在脱贫攻坚最关键、最艰苦的时候来到弯柳树村

第四章 选择坚守

任扶贫攻坚责任组组长的,我们一起进行脱贫攻坚中的'再识别、再审核',逐户逐户地调查了解,无休无止地填写资料,如果没有玉萍和村干部并肩战斗,真是不敢想象当时的工作该怎样才能完成!"

宋瑞告诉我说:"郑老师呀,你一定要采访采访王玉平和我们的村干部,村里的工作是我们一起干的,他们付出了很多,每一个人都很拼,他们的故事都很感人。"

正如宋书记说的,他们的故事确实感人。

2017年4月,息县召开了"脱贫攻坚千人誓师大会",已经被任命为扶贫攻坚责任组组长的王玉平,参加了这次"千人誓师大会",作为一个即将奔赴扶贫一线的干部,王玉平深受鼓舞,可以说是热血沸腾。

王玉平是2017年5月2号来到弯柳树村驻村的。

王玉平此前也经常来弯柳树村,村里很多人也都认识她。村里的妇联主任焦艳说:"王委员这次来弯柳树做扶贫攻坚责任组组长之前,她有一头好长好长的头发,那头发好漂亮啊!可是为了便于工作,她把长头发剪成了短头发。她来驻村的时候,我们一下子都没认出她来,以为从哪里来了一个新干部,她跟我们打招呼,我们仔细一看,才认出是王委员,原来是长头发的王委员,把一头长长的秀发剪成了'板寸头',太可惜了,太可惜了!"

说起剪头发的事情,王玉平印象至今很深刻。

这次下去做扶贫攻坚责任组组长,正是息县脱贫攻坚最关键的时刻,是打硬仗的时刻,驻了村儿,工作那么多、那么重,哪有时间天天洗头? 长头发洗起来也不方便啊!

王玉平说:"这次来弯柳树村,不比从前,这次来弯柳树村,是要打一场恶战啊!"

王玉平去理发店理发,理发师问她:"理啥发型?"

王玉平说:"长发剪了,剪成'板寸'。"

光明的道路 弯柳树村奔小康纪实

"啥？"理发师看着她突然很吃惊，"剪成'板寸'？"

"就剪成'板寸'。"王玉平看着惊诧的理发师，说，"剪吧师傅。"

听了王玉平的话，看看王玉平的一头长长的秀发，理发师没有下剪刀，说道："你想好啊，我这一刀剪下去，你再想要你的长头发，那就晚了，后悔就来不及了啊！"

"剪吧，就这样剪吧，不后悔。"

"你这是为啥呀？非要把长头发剪成短头发。"

"没时间洗头，太忙了。"

"咋就那么忙？你做啥工作的？"

"驻村扶贫啊，当驻村的扶贫干部，马上要下去驻村，大事小事比头发都多，哪顾得了我这长头发啊！"

这位疑惑不解的理发师点点头，似乎是明白了。

他犹豫了一下，终于狠下心来为王玉平剪头发。

从理发店出来的时候，王玉平变了一个人。她回到路口乡政府的时候，乡干部们见了她都吃了一惊，想不到王委员为了去弯柳树村扶贫，竟下了这样决绝的狠心。

就这样，王玉平全身心地投入了弯柳树村的扶贫工作。

她刚到弯柳树村的时候，跟宋瑞书记就住在一个小院，跟宋书记同吃、同住、同工作。

王玉平说："有宋书记这样的榜样在身边，我们干活都有劲儿，都有方向，而且，我们都对自己严格要求，尽可能把每一项工作都做到尽善尽美，圆圆满满。"

"精准识别"工作开始后，她跟宋书记商量之后，将村里的扶贫工作队和村里的大干部，分成4个工作小队，投入精准识别工作。大家没白天没黑夜地调查贫困户的情况，识别、核查、填表，忙起来有时一天只能吃两顿饭。

忙起来，王玉平的心里只有工作，好多天不回一次家。她有一个儿子在上中学，全靠她在县城教书的老公来照顾孩子。

2017年暑假里，王玉平的老公王付学，看媳妇在村里辛苦，就来村里帮忙，他在夏令营里教教孩子们，还能给她和宋书记做做饭。

那段时间，王玉平感到很幸福。可是老公不在家里的时候，儿子在家就只能自己照顾自己了，后来吃方便面实在吃够了，就自己看着手机上的菜谱学着做饭吃。

有一次王玉平和老公回到家里，对老公惭愧地说："因为扶贫，咱孩子都成'舍孩儿'了！"

正在学习的儿子听到了她的话，调皮地说："妈，你才知道我是'舍孩儿'啊，你还是早点从村里回来吧，人家孩子都有妈妈管，我几个月都见不到你，我这个'舍孩儿'好可怜啊！"

王玉平听了儿子的话，眼泪唰地就下来了。

亲情是亲情，工作是工作，脱贫攻坚的关键时刻，她这个扶贫攻坚责任组的组长不能掉队。王玉平说："想想人家宋书记苦不苦？人家有没有孩子？人家都有了外孙女，可宋书记却一直住在弯柳树村，为了扶贫不能与家人团圆。宋书记能舍小家、顾大家，咱是息县人，应该做得更好，付出得更多才对。"

王玉平是这样说的，自己也是这样学着宋书记做的。在工作最紧张的5月、6月份，她和村里的4个干部都累趴下了。

那一次，她高烧了好几天，中午不想吃饭，她想休息一会儿，盖着自己的被子还是冷，就借了赵中珍家刚晒过的被子盖，赵中珍才知道王委员发烧了，她见了杜继英就告诉了她。

王玉平有时会去杜继英家吃饭，已经中午了，是吃饭的点儿了，杜继英也没见王玉平，于是她端了饭去看王玉平，将她从床上扶起来吃饭。

杜继英说："王委员啊，你这是玩命呀！这可不行，你得去看看吃点药，吃完饭我陪你去看看吧？"

王玉平说："没事，没事，已经好了，就是发点烧。"

杜继英摇摇头，说："你看宋书记，有时工作累的那样子叫人多心疼，有时急火攻心她喉咙发肿，话都说不出来，还要工作，没白天没黑夜。你也是这样，跟宋书记住在一起，跟宋书记学会了，你们这党员干部，咋都工作起来了不要命啊？！"

王玉平也摇摇头，说："上头要求得紧，下边的工作多，宋书记是驻村第一书记，我是责任组长，我们不带头干不行啊！"

"唉！"杜继英长叹了一口气。

那天，杜继英走后，王玉平就直接去了村委会，因为县里下午要来检查弯柳树村的"再识别，再核查"工作进度和质量。这事情，一点都不敢马虎。

但让王玉平没有想到的是，她到村委会的时候，发现宋书记已经不知道什么时候早就来了，她正趴在桌子上专心致志地在记录本上写字。

第五章
继续选择坚守

脱贫攻坚是一场看不到硝烟的战争，是战争就会有牺牲。如果需要牺牲，我比年轻人少了很多的牵挂和对亲人未尽的责任。那就让我来坚守好河南调查总队脱贫攻坚一线的这块阵地，把进步的机会留给年轻人吧。

第五章　继续选择坚守

第一节　放弃晋升的机会

2017年6月28日，信阳市委组织部选拔了几位优秀的驻村第一书记，在信阳市举行了主题为"让党旗高高飘扬在脱贫攻坚一线"的驻村第一书记先进事迹报告会。

宋瑞是其中的一位。

那天的报告会，宋瑞的演讲最为精彩感人。当她声情并茂地给大家演讲时，台下听讲的党员干部，许多人都被她发乎于心、止乎于情的报告，感动得当场落泪。

作为作家，我读了宋瑞这篇演讲稿，觉得她写得特别好。在此，将她的这篇演讲稿，选发给读者：

时至今日，弯柳树村发生了翻天覆地的变化。

全村通了水泥路，建起了文化广场、自来水厂、学校教学楼。更为重要的是乡亲们变了！大家开心快乐，彬彬有礼，村里生机勃勃！不但被评为"信阳市美丽乡村"，而且成为全国第十七个、全省第一个"中华孝心示范村""弘扬中华孝道示范基地"，更因为人心改变了，村容、

光明的道路 弯柳树村奔小康纪实

村貌改变了，企业到村里投资的越来越多。德孝文化培训产业、有机生态农业、乡村旅游……一项项产业红红火火地干起来了！

在新一轮"再识别，再核查"工作中，村干部和扶贫工作组没有双休日、节假日。白天挨家挨户走访普查，摸清村民家庭情况和收入状况，讲解贫困户的识别标准和扶贫政策。晚上边吃饭边开碰头会，商量解决问题的办法。夜里加班填写档卡和表格。就这样，反复入户，"再识别、再核实"，连续近两个月加班到凌晨。然而毕竟是50多岁的人了，每当结束一天的工作，我都累得浑身酸痛，散了架一样难以动弹。但一想到我留在弯柳树村的初心，一想到第一书记肩上的责任，第二天又会意气风发地和大家一起战斗！

由于长期回不了家，女儿不放心，每天晚上都要跟我视频聊天一会儿，一岁半的小外孙女也天天闹着要姥姥！每次通过手机视频看到孩子稚嫩的小脸，伸过来小手口齿不清地叫着"姥姥，姥姥抱抱"时，我就特别想家，也越发感到愧对女儿和宝宝！宝宝出生时需要我照顾，我选择了继续驻村；宝宝成长过程需要我帮忙，而我却远在几百公里之外的村里，什么也做不了，不仅帮不了他们，还让他们牵挂担心！

可是，我的脚步却只能在村里一再停留！

五年来，我的心早已和乡亲们的心连在了一起，与弯柳树村的一草一木、与乡亲们的一喜一忧连在一起。五年来，贫困户的家里我到底去了多少次，我也算不出来了。他们厨房里粮食、蔬菜放在哪儿，我都清清楚楚，就像到了我自己的家一样。

乡亲们知道我爱吃豆子，专门把有豆子的馒头留给我，每当吃着因留的时间长而发硬的馒头时，我心里都是温暖、都是感动！我知道，这是乡亲们最纯朴的爱，它让我感受到，一个从省城、从省政府办公大楼下来的普通共产党员，与老百姓的心"零距离"！

"为什么我的眼里满含泪水？因为我对这片土地爱得深沉！"五年

第五章 继续选择坚守

坚守，有太多的艰难、太多的磨砺、太多的感动、太多的振奋人心！息县弯柳树村，我扶贫攻坚的战场，已成为我的第二故乡！

前路仍坎坷，鏖战正酣时。但有大家众志成城、党群一心、干群一心，在脱贫攻坚这个没有硝烟的战场上，我们一定会战无不胜、凯旋而归……

宋瑞的演讲，在当天的报告厅内，可以说掌声一片，感动一片，泪水一片。

让宋瑞意想不到的是，当天下午，她突然接到了总队人事处电话通知：总队将选拔市级队队长，总队经过认真考核，认为你符合条件，特别通知尽快报名。

这是个喜悦的消息，意味着宋瑞将很快会得到组织的提拔重用，从仕途上来讲，她这是要"进步"了。

宋瑞的职务已经很多年没有动过了，论资历，论工作，论年龄，此次提拔干部，她都是合适的人选。

其实在生活中，朋友们也曾经多次跟她说，你做出了这么多成绩，领导上总会考虑你的提拔问题吧！

现在总队真的把提拔干部的好消息传递给了她，她却突然犹豫了。如果她现在真的被提拔，就要离开弯柳树村，她能忍心走吗？ 现在扶贫攻坚工作正在紧要的关口，好多企业正在接触商谈，准备落户弯柳树村。她如果现在走了，这些企业还会不会来？

如果坚持留守，放弃这次被提拔的机会，是不是太可惜了？……

那天，宋瑞想了很多，思想上自己跟自己斗争了一遍又一遍，最后她还是决定：放弃这次被提拔的机遇，继续在弯柳树村工作。

第二天下午，快要下班时候，宋瑞给总队领导以短信的形式，汇报了自己再三思考之后的想法和决定。

光明的道路 弯柳树村奔小康纪实

总队领导好!

在百忙中打扰您,有两件事情向您和党组汇报:

一是总队驻村扶贫工作再次得到信阳市委、市政府的高度肯定,信阳市"庆七一"第一书记先进事迹报告会,昨天在市委6号楼会议室主会场召开,并通过电视电话会的形式,各县区同步收看。我作为受表彰的优秀第一书记代表,以"坚守"为主题第一个在大会发言,引起很大反响。特给您和党组报喜。

二是昨天下午接到总队人事处通知选拔市级队长让报名,感谢总队党组的关怀! 刚接到通知时我特别激动,心想这次可不能错过,得赶快报名!

可是昨天夜里,我想了很多,昨天上午刚参加完市委的扶贫攻坚再加压动员会,扶贫攻坚战进入啃硬骨头的阶段,任务越来越艰巨,难度也越来越大。会上得知我省已经有9位驻村第一书记牺牲在村里的工作岗位上,永远地离开了他们年迈的父母和年幼的孩子,我的心久久不能平静!

我是一个老共产党员,当前脱贫攻坚战役进入总攻阶段,弯柳树村剩下的贫困户也处在脱贫难度最大、任务艰巨的关键时刻,我不能为了自己进步而逃离战场。想到那些倒在扶贫路上的年轻驻村第一书记,他们的父母已老,孩子尚幼,白发人送黑发人,幼子更堪怜! 他们的亲人以后的日子该有多少思念和悲伤!

我已50多岁,父母已去世多年,唯一的女儿也已结婚生子,有了很好的家庭和归宿。

脱贫攻坚是一场看不到硝烟的战争,是战争就会有牺牲。如果需要牺牲,我比年轻人少了很多的牵挂和对亲人未尽的责任。那就让我来坚守好河南调查总队脱贫攻坚一线的这块阵地,把进步的机会留给年轻人吧。

我有幸走上国家脱贫攻坚战一线战场,有总队党组做坚强后盾,在全体同志的支持下，五年来我们打赢了一场场硬战，赢得了弯柳树村乡亲们和各级领导、社会各界的赞誉。后面的任务无论多艰巨，我相信都能很好地完成，不辱使命，不负重托，一定能为国家统计局和河南调查总队增光添彩。

此时此刻，给您和党组庄重汇报：我决定不报名了，放弃这次机会！谢谢！

宋瑞敬发

河南调查总队领导收到宋瑞的这份决定，总队党组进行了认真的研究，并及时给了宋瑞答复：

总队经认真研究，同意你的意见。你长期在扶贫一线工作，有想法、有办法，甘守清贫，乐于奉献，已经成为第一书记的榜样，也为总队争得了荣誉。

总队全体同志向你学习！

看到总队的回复，看到总队领导对自己的理解、支持、肯定、表扬，宋瑞的心里感到很温暖。

有一种昂扬的力量，在她的内心深处，涌动、升腾。

第二节　我听党的话

岁月无声，逝者如斯。

在繁忙的工作中，宋瑞感叹：时间真快啊！

2017 年 10 月月底，将是宋瑞第二轮驻村结束的时间。

是走？ 是留？

宋瑞不得不面临这个问题，不得不思考这个问题。

此时，息县县委、县政府，也在思考宋瑞走与留的问题。作为息县县委、县政府，一致的意见就是要留下宋瑞这个优秀的驻村第一书记，因为她的走与留，关乎着弯柳树村正在探索与实践的脱贫攻坚之路，即"弯柳树村模式"能否继续推进和完善。

金平书记又一次约见了宋瑞。

上一次两个人专门见面谈话交流，是 2015 年宋瑞第一轮驻村时间快要结束的时候，那一次谈话，宋瑞留下来了。那一次她说："我听党的话，哪里需要，我就留在哪里。"

这一次，金平书记约见宋瑞，目的只有一个，要代表息县县委、县政府，再次挽留宋瑞。

金平对宋瑞说："宋瑞，你第二轮驻村的时间马上就又要结束了，你连续坚守了两任驻村第一书记。五年多的时间，你在弯柳树村探索出了一条'德孝文化扶心志、精准扶贫奔小康'的弯柳树村扶贫新模式，在息县，在信阳，在全省，乃至在全国，都是独一无二的，这是十分宝贵的探索与实践，对于我们，对于全国的脱贫攻坚来说，都具有十分重要的典型意义、示范效果、借鉴价值。我在这里代表息县县委、县政府，也代表息县 100 多万人民，对你所付出的心血，汗水，对你所探索出的扶贫新路子，表示感谢！"

金平继续说："现在面临的问题是你走与留的问题，你已经在这里付出了五年多的时间，可以说是舍小家顾大家。老实说，县委、县政府的同志们都理解你，都不忍心再留下你。但也很矛盾，也实在不忍心让你走。如果你现在走，还是那句话，你觉着会不会留下遗憾？'弯柳树村模式'的探索与实践还没有结束，它的连续性、延续性和最完美的收官之战都需要你。这个问题请你慎重考虑考虑，我们尊重你的意见。"

听了金书记的话，宋瑞的内心十分地感动。她的努力和付出，能得到息县县委、县政府的认可，得到人民群众的认可，这是她作为一个共产党员，作为一个省派驻村第一书记的光荣，说明她没有辜负党组织的培养，没有辜负上级组织交给她的任务。

宋瑞对金平书记说："金书记，还是那句话，我听党的话，党需要我在哪里，我就留在哪里。说心里话，家人们都盼着我回去，我也想给女儿，还有我那可爱的外孙女，给她们一个完整的家，团团圆圆幸福的家。但我是一个共产党员，党栽培多年的共产党员，多年来，党组织给了我很多的荣誉，在我心里，任何时候，任何情况下，我都要听党的话，永远跟党走，完成党交给我的艰巨的任务，甚至在关键的时候，牺牲自己的生命，也在所不惜。"

宋瑞继续说："现在有好几家企业正在谈落户弯柳树村的事情，老的村支书已经免职，村主任也已经辞职，新一任村党支部还没有建立起来，村委会也没有完善，这些都关乎弯柳树村下一步的发展。此时此刻，我放不下，不忍心走，我知道其中的利害，我已经在这里五年多了，弯柳树村就是我的第二故乡，我要对弯柳树村的父老乡亲负责到底。在全县脱贫攻坚的关键时刻，我听党的话，愿意留在息县，留在弯柳树村，继续选择坚守，把弯柳树村的脱贫攻坚新模式继续实践与探索下去，给党组织交出一份圆满的答卷。"

听了宋瑞的回答，金平悬着的心放了下来。那个很多时候严谨严肃、讲话时震撼人心的金平书记，脸上一下子露出了平和舒展的笑意。

他有些激动地对宋瑞说："实践证明，你是一个敢担当、敢担险、敢担责的共产党员，一个有为民情怀、舍小家、顾大家的优秀党员干部，'听党的话，到党最需要你的地方去'，是你最可贵的品质。我代表息县县委、县政府和100多万名息县人民请你留下来，我们会以息县县

光明的道路 弯柳树村奔小康纪实

委的名义向省委组织部、向你们总队打报告，要求组织上正式批准你留下来！"

谈话结束的时候，两个人都很激动，握手道别。

走在回弯柳树村的路上，宋瑞的眼睛里，滚动着泪水。

2017年10月18日，党的十九大胜利召开。

2017年10月19日，党的十九大胜利召开的第二天，中共息县县委庄重地向省委组织部和河南调查总队以中国共产党息县委员会的名义，发出了"中共息县县委关于恳请宋瑞同志继续留任驻村第一书记的请示"报告。

这份请示报告长达四页，其中写到了宋瑞的基本情况：

2012年10月被河南调查总队党组派到息县弯柳树村任扶贫工作队队长，兼息县人民政府党组副书记。2015年8月第一轮驻村扶贫到期时，改任驻村第一书记。

这份报告高度肯定了宋瑞在弯柳树村的扶贫成就：

该同志任驻村第一书记后，坚持"文化引领，道德育人，改善风气，产业跟进，共同致富"的思路，以中华优秀传统文化扶心扶志，在村开办道德讲堂，成立村民歌舞团、义工团，培育社会主义核心价值观，使村民由被动的"要我富"转变为主动的"我要富"；以党建为引领，结合"两学一做"学习教育，邀请北京大学、北京阳明教育研究院入村指导，建立"息县弯柳树村阳明书院""党建工作室"等，不断增强基层组织凝聚力；聚焦基层基础建设，先后争取各类政策性扶贫资金近2000万元，为弯柳树村修建水泥路、改造沟渠坑塘、新建小学教学楼、建设自来水厂、文化广场等，极大改善了当地群众的生产生活条件；全力实施产业扶贫，引进并成立息县远古生态农业科技公司、息县建业合作社、息县莲池种养合作社，流转土地种植莲藕、软籽石榴、黄金梨等生态有机果蔬，带领贫困户养殖肉鹅、小龙虾，实现了当地群众增收致富；成立息县弯柳树村孝爱文化传播公司，打造"孝爱客房"德孝文化培训和乡村旅游产业，实现群众致富和整村经济发展"双驱动"，创造了脱贫攻坚的崭新模式。

通过宋瑞同志的辛勤工作和不懈努力，息县路口乡弯柳树村于2014年被评为河南省第一个"中华孝心示范村"，被民政部老龄事业发展基金会授予"弘扬中华孝道示范基地"；2015年被评为"河南省弘扬中华优秀传统文化示范新村""信阳市美丽乡村"；2016年被评为"河南省德孝文化建设示范新村"，全省德孝文化乡村建设经验交流会在该村召开。宋瑞同志个人于2015年获"河南省第二届成功女性十大爱心女性奖"，2016年被省委宣传部及媒体评为"2016年河南十大扶贫年度人物"和"息县优秀党务工作者"；2017年被评为"河南首届乡村十大孝贤"。宋瑞同志的驻村事迹受到社会各界和媒体的广泛关注，《人民日报》、新华社、《河南日报》、河南电视台、《大河报》、中国网、腾讯网、新浪网等三十多家媒体持续跟踪报道。

报告在写到留任宋瑞的理由时，总结了三个方面：

宋瑞同志是驻村第一书记的工作标杆。宋瑞同志出色的工作成绩不仅受到各级党委、政府的高度肯定，也得到了当地群众的充分认可，成为我县驻村第一书记的学习榜样，在第一书记队伍中有着积极的影响和带动作用。

宋瑞同志是当地淳朴农民的精神寄托。驻村五年间，宋瑞同志的足迹踏遍弯柳树村的每一个角落，始终想群众之所想、急群众之所急，与每一位群众早已是心连心的朋友,是当地群众发家致富的信心和动力,弯柳树村的村民对该同志的挽留之心十分强烈。

宋瑞同志是当地持续发展的核心动力。当前,弯柳树村正处于以中华优秀传统文化推动扶心扶志,带动群众脱贫致富,实现全面小康的关键时期。此时若轮换宋瑞同志,将有可能使弯柳树村的发展规划出现中断或走样。

报告的最后,息县县委发出了诚恳的声音:

"鉴于宋瑞同志巨大的示范作用和当地群众的强烈挽留,息县县委恳请省委选派办将宋瑞同志继续留任息县路口乡弯柳树村第一书记。"

第三节　第三次、第四次选择坚守

2017年10月19日,党的十九大胜利召开的第二天。

国家统计局河南调查总队的总队长,带队来到了弯柳树村,在弯柳树村村委会组织召开了座谈会。

弯柳树村的群众听闻消息后,认为总队的领导是来接宋瑞回郑州的,很多群众一下子就涌到了村委会,他们送来了锦旗,送来了鸡蛋,李桂兰、许兰珍、赵中珍、杜继英、赵秀英等人,一见到宋瑞,激动地抹起了眼泪,赵中珍更是哭出了声,劝也劝不住。

总队长见状,来到大家面前,对大家说:"乡亲们,我们这次来不是来接宋书记的,我们是来看看乡亲们,研究下一步支持弯柳树村发展的事情。我还要告诉大家,就在我来的时候,咱们息县县委已经向省里打报告了，要留下咱们宋书记。大家放心吧，只要省里同意，我们调查总队也会同意，同意让宋书记继续在弯柳树村为乡亲们服务。"

总队长的话，暂时安慰了大家的心。

赵中珍拉着宋瑞的手，哭着说："宋书记，我们都不舍得你走，你别走。"

那时，宋瑞也止不住流泪了。她抱抱赵中珍，抱抱大家，然后说道："大家放心，我不走，我也舍不得弯柳树村，舍不得姐妹们，舍不得乡亲们。"

就是在这样的情况下，涌到村委会挽留宋瑞的群众，才恋恋不舍地离开村委会回家了。

那天送别总队领导时，总队长问宋瑞："如果你离开村子，村里最大的问题是什么？"

宋瑞说："村支书还没有选出来，村支部和村委会还不健全。"

总队长说："农村富不富，关键看支部。弯柳树村的党支部一定要尽快建立起来，不然的话，如果你有一天走了，工作队走了，这个村谁去领导？"

宋瑞说："请总队长放心，下一步我会努力将这件事情办好，而且已经有了比较理想的人选。有总队的支持，我有信心把弯柳树村打造成良知村、小康村、幸福村。"

"那就好，那就好。"肖云总队长握了握宋瑞的手，满是关心地说道："下一步的工作听组织的安排，如果有什么困难就直接跟总队联系，跟我联系，总队会全力支持你的工作，支持弯柳树村的发展。"

送走了总队的领导，回到自己的小院，又看到乡亲们在她住的小院里等着她。杜继英把做好的饭都端到了她办公的桌子上。

那一刻，宋瑞的心里，好感动啊！

那天晚上，乡亲们跟她说了好多的话，拉了好多的家常，送走大家的时候，夜已经很深很深了。

回想五年多的驻村经历，总队党组的重托和信任、全体同志的支持、息县县委、县政府的挽留和乡亲们含泪的盼望和不舍，让宋瑞感到温暖，感到激动，她彻夜难眠。

那天夜里，她重读《习近平七年知青岁月》这本书，想到习近平总书记15岁就从首都北京来到贫瘠的陕北梁家河村，一干就是八年，在那里找到了"要为人民办实事"的初心和信念。

想到习近平总书记说的话："我人生第一步所学到的都是在梁家河。不要小看梁家河，这是有大学问的地方。"

回想起前段时间在兰考参观兰考焦裕禄纪念馆的情景和受到的震动。焦裕禄在兰考短短的一年零四个月时间，带领兰考人民治风治沙治碱，造福兰考人民，成为一座永远的精神丰碑，激励着每一个共产党人。习近平总书记曾被深深地感动，他说他上中学读到焦裕禄书记的事迹时，就被感动得热泪盈眶。1990年7月15日，时任福建省委书记的他，深夜里写下了《念奴娇·追思焦裕禄》这首词："魂飞万里，盼归来，此水此山此地。百姓谁不爱好官？把泪焦桐成雨。为官一任，造福一方，遂了平生意……"

在寂静的深夜，在那一刻，宋瑞感到自己突然顿悟了。

她读懂了梁家河的"大学问"，读懂了习近平总书记"让人民过上美好幸福生活"的初心和使命，读懂了毛主席他老人家"为人民服务"的公仆心，读懂了老子、孔子、孟子和王阳明先生"以百姓心为心"的心，读懂了5000年中华古圣先贤的"救民之心，为民之心"。

宋瑞感觉自己真的是顿悟了：自古圣贤一条心啊！

那颗心，就是为百姓谋幸福、为天下谋和平、大道为公、天下为公、全心全意为人民服务的心！

面对领袖和圣贤纯粹的为民之心，宋瑞感到自己做得远远不够，她为自己曾经在心里闪现过的"回家"的念头而惭愧，甚至有一种无地自容的感觉。

宋瑞说，那一夜，她心潮澎湃，泪流满面。

2017年10月26日，上级党组织批准了息县县委和宋瑞的请求，同意宋瑞继续留任弯柳树村驻村第一书记。

当村民们听到这个消息时，他们高兴，他们激动，他们内心有一种说不出的滋味。

村民赵中珍给宋瑞发来微信，表达村民们的心情：听说宋书记你快要走了，我哭了好几天。你在村这几年，给村里和我家带来的变化太大了，你就是我们最亲的那个人，我们舍不得让你走。今天知道你又留下来了，我又高兴又心疼，忍不住哭了好长时间。你又能带着我们干了，我们村会更好。可是，你又回不了家了，又得在村里受苦了。

第三次选择驻村，宋瑞最担心家人的心情。

10月26日那天，女儿李甸染给她发了信息："妈，你是在做一件大事，我们都支持你！"

那天，宋瑞在驻村扶贫日志中激动地写下了她的驻村感言：

脱贫攻坚守初心，
驻村扶贫先扶心。
扶起心志民自强，
欢欢喜喜奔小康。

党的十九大胜利结束后，宋瑞在弯柳树村委会主持召开了党员干部学习十九大精神鼓劲会。她在会上鼓励大家说："我们每一位党员干部，都要学习好十九大的重要精神，努力做一个让村民满意的党员干部！"

光明的道路 弯柳树村奔小康纪实

宋瑞自己在会上率先表态,她说:"我早已将自己融入了弯柳树村,弯柳树村就是我的第二个故乡,弯柳树村就是我的家。在这里,在这片土地上,我立志要做一个让乡亲们满意,让总队党组放心,让省委放心,让总书记放心的驻村第一书记。请各位党员干部、各位乡亲们首先监督我!"

让宋瑞没有想到的是,听了她的表态,在场的党员干部深受感染,深受鼓舞,他们群情激昂,纷纷表态,要努力做一个优秀合格的党员干部。

党员干部的"洪荒之力"被激发了出来,他们在村中号召:"乡亲们,自力更生、艰苦奋斗吧!宋书记五年驻村为我们引路,我们要团结一心,抱团发展,不让一人掉队,全面小康的目标才能实现,我们对美好生活的向往才能梦想成真!"

很多群众的激情也迸发出来,他们纷纷在村里的微信群中留言:

"宋书记五载时光用心血和汗水灌溉弯柳树村一方沃土,她付出了太多太多。宋书记舍小家为大家的精神,让我们都万分感动感恩,这份感动和感恩应该化为发展生产脱贫致富的强大动力。"

"我们村要建立一个纯洁为民的基层党组织,培养一批清正廉洁的基层党员干部,让党旗永远飘在我们弯柳树村,让党的光辉永远照耀弯柳树村!让党组织永远在弯柳树村发挥战斗堡垒作用,永远为乡亲们服务!"

"党的十九大把农村的振兴放在了如此高的地位,充分显示了党和国家对农业、农村、农民的关怀,弯柳树村又迎来了一个绝佳的发展机遇。我们不能错过大势,一定要团结一心谋发展!加油!弯柳树村的乡亲们!"

还有群众写诗赞美宋瑞:

第五章　继续选择坚守

不忘初心再坚守，
牢记使命来扶贫。
砥砺奋进责任重，
百姓幸福心连心。

宋瑞第三次选择坚守驻村，在息县、在信阳、在河南的影响很大，中央电视台、《人民日报》、新华社、河南电视台、《河南日报》等重要媒体的记者，都赶到弯柳树村采访、报道她的事迹。

2019年10月，她的第3个任期又结束了。而直到今天，她依然坚守在弯柳树村。这应该是她连续选择坚守的第4个任期了啊！

我不是诗人，但此刻，却禁不住激动之情，想用一首诗代表息县弯柳树村群众，表达对宋瑞书记的敬佩之情：

选择坚守

那年十月，深秋的天很凉
风尘仆仆，党派你来到了息县弯柳树
放下被子，扑下身子
栉风沐雨，从此成为驻村的第一书记
走村串巷，访贫问苦，竟有146家贫困户
拉着大爷大娘的手，你比亲女儿还要暖
弯柳树啊弯柳树，乡亲们的日子咋就这么难
办讲堂，扶心志；"五加二"，"白加黑"
奋斗，你把弯柳树当成了扶贫攻坚的主战场

光明的道路 弯柳树村奔小康纪实

一任又一任，你选择坚守

这是一种责任，更是一种担当

你说，弯柳树就是你第二个故乡

岁月苍茫，季节变换，刹那已是八年

多少个日日夜夜啊！你的脚步总是匆匆忙忙

多少汗水？多少委屈？多少艰难？

但共产党人的信仰，永远不会改变

一切，为的是带领乡亲们早日实现小康的梦想

一头儿，是为人母亲的牵挂

一头儿，是宝贝女儿的思念

幸福的家庭啊盼着你归来的团圆

舍小家，顾大家。忠孝自古两难全

宋书记啊！谢谢您

是您，领我们找到了幸福的路

是您，带我们斩断了贫穷的根

是您，让我们知党恩、感党恩、永远跟党走

坚守，奋斗。为了党的事业

你是如此的执着坦荡，无私奉献

我们赞美你，你是党的好女儿

听党的话，到党最需要的地方

我们歌颂你，你是共产党人的榜样

不忘初心，牢记使命。忠诚、干净、担当

你是铿锵的玫瑰，生命在这片美丽的土地上绽放

你是冲锋的战士，勇敢地战斗在脱贫攻坚的战场

第六章
把党支部建成战斗的堡垒

　　村里的党员一个一个地找回来了，他们都有了党组织，有了自己精神的家园。即使在外地回不来的党员，他们也都在微信群里关注着弯柳树村的发展变化，为弯柳树村的每一点变化、每一天的进步而点赞，更为弯柳树村翻天覆地的变化而喜悦、骄傲和自豪。

第一节　把党员找回来

宋瑞读过习近平总书记所写的那本《摆脱贫困》的书,她对书中《加强脱贫第一线的核心力量——建设好农村党组织》这篇文章很熟悉,而且看了不止一遍。她认为习近平总书记在这篇文章中,为农村工作特别是脱贫攻坚工作指明了道路。

习近平总书记在文章里开篇就写道:"党对农村的坚强领导,是使贫困的乡村走向富裕道路的最重要的保证。如何在农村实现党的领导,这是农村党组织的历史使命。如果没有一个坚强的、过得硬的农村党支部,党的正确路线、方针政策就不能在农村得到具体的落实,就不能把农村党员团结在自己周围,从而就谈不上带领群众壮大农村经济,发展农业生产力,向贫困和落后作战。"

"千百万农民的团结奋斗共同努力是脱贫致富的根本条件。讲凝聚力,必须讲核心,农村脱贫致富的核心就是农村党组织。我们的农村党组织能否发挥这样的核心作用,直接关系到脱贫致富事业的凝聚力的强弱。"

习近平总书记在文章中还这样写道:

光明的道路 弯柳树村奔小康纪实

"应该看到，这几年农村绝大多数党组织经受住了改革、开放、脱贫致富的考验，成为广大农民发展商品生产的带头人。但是，也有少数党组织落伍了，散伙了。在这些地方，党组织的战斗堡垒作用不见了，党员的先锋模范作用不见了。究其原因，一是前些年一些党组织在经济工作和思想政治工作中没有坚持'两手抓'，在政治与经济工作中存在'两张皮'，放松了思想政治工作，放松了党的建设，特别是农村党组织得不到应有的重视，农村党员得不到应有的思想教育。二是有些农村党员干部对在新形势下如何发挥党组织的作用认识不足，认为'包产到了户，不要党支部'；有些农村党员用金钱代替宗旨，用实惠代替理想，放弃了党员的模范带头作用。"

"多年来积淀的这类问题使摆在我们面前的任务显得格外艰巨，这并不是发几个文件、开几场会、处理一些党员、进行几次党员评议就能奏效的。我们必须通过扎扎实实的工作——明确指导思想，摆好位置，纯洁队伍，改进工作方法——建设好农村党支部，增强党组织的凝聚力，加强脱贫第一线的核心力量。"

总书记说得多好啊！

宋瑞深受启发，她坚定了一个信念，那就是，要把村里的党员找回来，在脱贫攻坚中把党支部建成坚强的战斗堡垒。

这是一个驻村第一书记的重要职责之一啊！

宋瑞抽了时间，首先找到了两位现任的村干部，一位是村支书，一位是村主任，先是做他们两个人的思想政治工作，要求他们在村里要起到党员干部的作用。他们毕竟是党员干部，还是有一定的思想觉悟的，在宋瑞的要求和带领下，他们也开始在村里带头做一些工作，比如在清理村子的垃圾时，两位村干部就参加了，村支书还开上他家的拖拉机清运垃圾。

宋瑞还找到了村里的党员干部的名单，有的有电话，有的没有电话，她按照名单一个一个找，一家一家找。在村里的，找到家里见面聊天；在外面的，想办法打通电话，给他们讲村里现在的发展情况，讲村里下一步的打算，讲一个党员所应该承担的责任。

让宋瑞没有想到的是，她想尽办法联系党员寻找党员的事情，得到了很多党员的回应。很多党员知道宋书记是弯柳树村的驻村第一书记后，都被她这种对党员负责任的态度所感动。他们表示：只要有党组织的领导，他们尽自己所能，愿意发挥一个党员的作用，为弯柳树村做自己的贡献。

宋瑞还记得，她去拜访老支书陈文明和她的老伴儿李桂兰的情景。两位老人都是老党员，他们说起村里现在的情况，很痛心。

老支书说："我们那个年代，学大寨，学大庆，党员干部群众一条心，干什么都热火朝天，不知道从什么时候开始，慢慢的党员干部和群众就不一条心，就成'两张皮'了，干部领不了群众，也不愿意领着群众干事，群众也不听干部的，自己想干啥就干啥，村里就这样闹腾成了省级贫困村。可这也不能全怪现在的村干部，好多地方都是这个样子，闹不清楚这是咋回事？"

老支书还说："虽然现在我已经是70岁的人，早就不当村支书了，但不管是什么时候，我都是老党员，只要村里需要我，我都会出我的一把力。"

老支书陈文明还诚恳地对宋瑞说："宋书记，您放心，作为一个老党员，我愿意做弯柳树村的一头老黄牛，您叫干啥就干啥，绝对听党的话。"

老支书的老伴儿李桂兰，是个快人快语的人，她跟着老伴说："宋书记啊，你从省城跑到我们这个小村子，为我们几千口人操心，弯柳树村的人不好好干，不干出个样子，对不住人呀。我也是老党员，今后村里只要有什么事情，我全听你的，我要起到老党员的模范带头作用，当一名模范的老党员。"

从老支书陈文明和他的老伴李桂兰的身上，宋瑞看到了弯柳树村的希望，坚定了她寻找党员的信念和信心。

一个一个找，一个一个问，一个一个打电话，一个一个聊天。宋瑞的心里有一个信念：不管想什么办法，都要找到这些分散在各处的弯柳树村的党员们，要把这些党员找回来，聚起来，要让他们成为弯柳树村脱贫攻坚和乡村振兴的核心力量。

一个一个找，她不但找到了老支书陈文明，还找到了陈登富、谌守海、许正友、陈社会、王中芳、付新明、杜若继、李晶、许建、胡德立等全村的党员。宋瑞建立了一个党员干部微信群，通过微信跟这些党员干部传递村里的发展动态。

今年40多岁的共产党员李晶，曾经在广东打工17年。作为一名党员，他早已与村里的党组织失去了联系。那天，当李晶听到宋瑞书记联系他的话语时，他知道弯柳树村的党组织费尽千辛万苦，终于找到了他。激动地他，眼泪"唰"地就掉了下来。

李晶说："宋书记，我终于听到了党的声音，终于听到了来自弯柳树村的党的声音，我要回去，回到弯柳树村去，和您一起，和大家一起奋斗，干一件有意义的事情。"

那时，李晶已经在广东的一家厂子里做了中层的干部。他不顾老板都挽留，毅然辞工回到了弯柳树村。

李晶说，他回来的时间是2016年。

回村后，李晶找到了宋书记，谈了他的想法，他想在村里先承包五六十亩地，发展高效农业，给村民起个示范带头作用。

宋瑞对李晶这个党员的觉悟和思想非常认可，她觉得李晶可以作为村干部来培养，她把这一想法也告诉了李晶。李晶告诉宋瑞书记，他家里负担重，有特殊情况，当村干部力不从心，如果不能当好，那不如就不当，在村里带头发展高效农业，也能起到一个党员的模范带头作用，还能帮贫困户脱贫致富。

宋瑞最后理解并支持了他的想法。

于是，李晶在村里流转了50多亩土地，发展莲藕种植、品种西瓜种植和塑料大棚蔬菜种植。他种的地，上的肥一是农家肥，二是自家做的酵素，代替了现在的化肥，无论种什么，都保证是健康的食品。他家的黄瓜，清香可口，还透着甜丝丝的感觉；他家的西瓜不但瓜瓤甜得很，连瓜皮都是脆甜脆甜的，十里八村的群众都知道，李晶种的东西是好东西，可以放心地买，放心地吃。

李晶说："这些都不是最重要的，重要的是通过这50多亩地的种植，我自己赚了钱，也让乡亲们在这里赚到了钱，帮贫困户在这里赚到了钱。"

许建是村里的能人，他成立了息县建业种植合作社，在外面承包了部队农场的3000多亩地，自己的事业干得风生水起。

宋瑞为了找到他，先后跑了6次到他的农场去，结果都没有见到人。许建听说了这件事情，当宋瑞书记第7次来他的农场时，他赶忙迎了出去。

宋书记找他，就是为了让他这样的种粮大户进入村两委，发挥能量，助力弯柳树村的扶贫攻坚。

许建说："宋书记一心一意为弯柳树村的老百姓做事，我一个土生土长的弯柳树村人，更应该给村里做点事。"

这一次，许建不但进入了村委服务，而且他主动要求流转村民的土地180多亩，让这些村民不但有稳定的租金收入，而且还可以在他的农场干活，增加工资收入。

采访时，许建说："我通过招标租赁部队的土地比较便宜，从村里租赁的地是按市场价给村民的，租金比较高，比部队的土地每亩要多上好几百元，180多亩地几年下来多出了几十万块钱。我农场里的农活，大多时候都是弯柳树村的村民帮我干，一次插秧结束，光是人工的费用，就有30多万元。这些年弯柳树村村民自从在我的农场干活，增加的收入有200多万元。有人说我傻，有几千亩地种着，根本没必要再从村里流转一二百亩地，而且地价高，纯粹是多拿钱。但我想，谁叫咱是共产党员呢？谁让咱是弯柳树村的一分子呢？人家外面的企业家还来村里投资，助力弯柳树村的发展，咱不是更应该给村里做点贡献吗？"

老党员许正友，是个有才的人，能写能画还能算，外面到处有人请他做事；党员陈社会，与人合办了驾校，效益还不错。但他们都被宋瑞的精神所感染，愿意放弃自己赚钱的生意不做，回到村里为村民服务。2014年，村里换届的时候，他们都进入了村委会，许正友做了文书，陈社会做了民兵连长，现在每天都忙忙碌碌的。

村里的党员一个一个地找回来了，他们都重新找到了党组织，有了自己精神的家园。即使在外地回不来的党员，他们也都在微信群里倾听村党支部的声音，关注着弯柳树村的发展变化，为弯柳树村的每一点变化、每一天的进步而点赞，更为弯柳树村翻天覆地的变化而喜悦、骄傲和自豪。

在县里和乡里的支持下，村里前几年终于扒掉了原来村委会的破房子，盖起了两层的办公楼，院里的杂草、野树也拔掉了，种上了花草树木，村委会的大院子里看上去一片生机勃勃的正能量、好形象，弯柳树村的干部现在出出进进地在这里办公，村民来这里找村干部，一找一个准。

党员干部在村民的心中重新有了地位，党的威望在弯柳树村的村民心中重新树起来了。当一个党员，当一个村干部，在村里成了一件光荣的事情。村里的年轻人，开始向党的队伍靠拢，2016年和2017年，有

15 位年轻人向党组织递交了入党申请书。汪学华虽然已是 50 岁出头的中年人了，但依然坚定地向党组织递交了入党申请书。他后来不仅成为中共的正式党员，而且成长为弯柳树村的村主任，并被选为信阳市人大代表。

弯柳树村的老百姓，现在有了事情就要往村委会跑，因为他们在这里能找到党员干部，他们不管遇到什么困难和问题，在这里都能找到"靠山"，找到"主心骨"，找到解决困难和问题的办法。

第二节　把党支部重新建起来

2016 年年底和 2017 年年初，弯柳树村的村两委建设遇到了坎儿。

因为群众对现任的村支书不满意，群众把他的一些事情反映到了县上，查证落实后，现任村支书最后被免职了。村支书被免职不久，村主任因为违反村里的规定在县里待客收礼，被村里的党员群众批评，最后也主动辞职了。

村支书和村主任都没有了，弯柳树村扶贫攻坚组组长王玉平只好暂时代理村支书的职务，她与宋瑞一起，带领村里的党员干部继续工作。

宋瑞和王玉平都知道，这不是长远之计。村里还要从党员和预备党员中，选出村干部，选出村支书和村主任的人选来。

这时候，有两个人，进入了宋瑞的视线。这两个人，一个是党员王守亮，一个是预备党员汪学华，两个人都很优秀，是可塑之才。

王守亮是村里的能人，他会水电安装，而且技术过硬，为人又特别实在，十里八村有这方面的活计，大家都愿意找他去干，他的好名声越传越远，连县城的好多单位都找他去干活，这样他接的活越来越多，干

光明的道路 弯柳树村奔小康纪实

不完,后来就收了几个徒弟,把技术毫无保留地传给他们。他的媳妇在村里开了一个卖水电配件的小商店,因为物美价廉,生意做得很红火。家里有生意,外面有活干,王守亮家的日子过得很富裕。

王守亮说:"宋书记,这段时间跟您谈心,受启发很大,心里像开了一扇窗,明白了好多道理。我想通了,一个人光赚钱,没啥意思,我也要入党,跟着像宋书记您这样的党员干部,为村里干点事,这才有意义。"

王守亮平常不大爱说话,他这一次对宋书记说出了自己心里的话。他还告诉宋书记:"我媳妇现在还不同意我当村干部,让我好好做生意,多赚点钱养家。我想钱嘛,够用就行,还是要像您这样干点事儿。"

宋瑞告诉王守亮:"守亮啊,你这样想、这样做就对了,一个人的一辈子,不能是光为钱活着,咱生在这个村,长在这个村,咱是这个村的人,咱就要为这个村做点事,这样才最有价值,最有意义。你跟着大姐走,路不会走歪的,会走到光明大道上。"

再说汪学华。汪学华也是村里的大能人。汪学华在村里做粮食生意,每到夏秋时节,粮食下来了他就开始收粮食,卖粮食,他自己说,一年能挣个十万八万元,其实村里人都知道,他一年挣20万元都不止。有钱不一定就能过上好日子,汪学华有了钱,不是喝酒就是打牌,酒喝多了,就发酒疯,骂人打老婆。

有一次,他酒又喝多了,跑到村里的道德大讲堂要发酒疯,被几个村民拉着按到了座位上。那天正是宋瑞在讲课,讲的是王阳明的"致良知",宋瑞用最生动的话,向村民们讲王阳明的故事。当她讲王阳明历尽艰难曲折、九死一生来到龙场,在山洞里悟道修身时,大讲堂里寂静无声,大家都在认真听讲,此时的汪学华也被宋瑞的讲述吸引了,村民们不用再拉他按他,他自己主动一声不语用心听起课来。

那天,他一直坚持到最后,当宋书记的课讲完时,他说了一句:"原来大讲堂讲的是这些东西啊，宋书记讲得好，以后我还来听。"

汪学华说的可不是醉话，他这时候已经清醒过来。从此之后，村里的大讲堂只要开讲，汪学华都会赶来听课，后来他还拉上他的媳妇儿一起来听课。

更大的变化还在后面。汪学华自从听了大讲堂的课，人整个变了，酒也不多喝了，人也不醉了，也不骂人了，再也不打媳妇了。汪学华还主动报名参加了村里的义工团，每天早上天不亮就起来打扫卫生，最后还当上了义工团的团长。

汪学华整个人，从一个酒徒变成了一个大好人。

村民们都说，宋书记的道德大讲堂太厉害，太有力量，能把汪学华从头到脚改变了！

不久，汪学华也写了入党申请书，交到了宋瑞的手里。

那天他在宋书记的小院，对宋书记说："宋书记，我想入党，我要入党，我以后不能浑浑噩噩过日子，我以后要跟着您，在村里干更多实实在在的事，争取早一天成为正式的党员。"

宋瑞对汪学华说："学华，你的变化真是太大了，你从过去一个只知道赚钱，赚了钱喝酒，喝了酒发酒疯的人，变成现在的义工团团长，还写了入党申请书，积极向党组织靠拢，你以后会进步更大的，你的人生一定会有好前途。"

后来，汪学华与许建、胡德立一起成为入党积极分子。2017年10月，党组织批准三人为预备党员。

"我志愿加入中国共产党，拥护党的纲领，遵守党的章程，履行党员义务，执行党的决定，严守党的纪律，保守党的秘密，对党忠诚，积极工作，为共产主义奋斗终身，随时准备为党和人民牺牲一切，永不叛党。"

那天，当他们面对党旗跟着宋书记宣誓的时候，三个人热泪盈眶。

光明的道路 弯柳树村奔小康纪实

汪学华说:"我原来从未想过有一天自己会加入中国共产党,成为一名光荣的党员,原来也没有认为党员有多光荣,只知道村里的党员干部无声无息,就跟没有一样。后来,看到在宋书记的领导下,村里的党员都聚到了一起,都在想村里的事,都在想方设法为村里的发展做贡献,也因此受到了群众的尊重,加上宋书记的帮助教育,我才有了入党的渴望。"

现在,终于能成为一名正式的中共党员了,他感到特别的光荣,特别的骄傲。从此,他再也不是原来那个只知道卖粮食挣钱的小商小贩了,而是中国共产党这个世界上最大的执政党的一名光荣的党员了。

其实,他的想法,也代表了弯柳树村其他党员的心情。作为弯柳树村的一名党员,他们有荣誉,有尊严,也有了为村里的发展做贡献的责任和担当。

党组织也看着他们的成长,更培育着他们的成长。

2017年4月,汪学华被选为弯柳树村的村委会副主任;不久,王守亮也被党员们推选为村党支部的代理村支书。

2018年4月25日,弯柳树村党支部正式换届,王守亮高票当选为村党支部书记;5月30日,弯柳树村村委会正式换届,汪学华高票当选为村委会主任;弯柳树村的"好媳妇"焦艳,也在选举中当选为村妇联主任。

至此,弯柳树村新一任党支部和村委会正式成立了。党支部和村委会作为弯柳树村的领头羊,作为扶贫攻坚的领头雁,他们与宋瑞书记、王委员、扶贫工作队一起,将为全村2000多口人过上好日子去奋斗,为弯柳树村的小康建设、乡村振兴出力流汗。

宋瑞非常感慨地说:"直到选出了新一任的党支部和村委会,我的心才放下,因为这一任的党员干部,都是在扶贫攻坚工作中锤炼出来的,他们有责任有担当,能付出讲奉献,他们是合格的、优秀的,即使将来的工作队撤离了，他们也能带着群众继续干。如此，弯柳树村就有了一支永远不走的工作队。"

后来的事实证明，弯柳树村新选出来的党支部，是扶贫攻坚的战斗堡垒，是群众脱贫奔小康的带头人，是群众信得过的一群人。

尤其是党支部书记王守亮和村委会主任汪学华，老百姓评价他们是舍小家、为大家的好干部。

第三节　党支部书记王守亮的"成长史"

自从王守亮当了村支书，他就成了"公家的人"。

"自从王守亮当了村支书，我们家的早饭就吃得早了，过去不慌不忙，八九点才吃早饭，现在早饭改成了六点，六点多他丢下碗筷，人就走了，直接就到了村委会，开始他一天的工作。村里的事情多，又是看望贫困户，又是处理村民反映的问题，又是接待外地来参观学习的领导，有时还要到乡里、县里开会，反正忙得头不是头，脚不是脚，你中午见不着他人，晚上很晚了，他人才回家，有时几天你也见不到他。"王守亮的妻子何莉这样说，"我有时就怪他说：'我见你比见习近平总书记还难，我想见习近平总书记了，我打开电视看新闻，就能看见总书记到世界各国访问，到全国各地去视察工作。你呢？ 当个'芝麻粒'的村支书，你比习近平总书记都忙，我几天都见不到你的影子，真不知道你咋会那么忙！'"

何莉还讲了一件事。

他们的女儿嫁到了县城，女儿怀孕了，当爹娘的不应该去看看吗？说好了要去看女儿，可王守亮却推了一天又一天，好多天都没有去成。

光明的道路 弯柳树村奔小康纪实

直到一个多月后，在何莉的催促下，两个人才一起去了女儿家一趟，在女儿家吃了顿中午饭，下午早早地就赶回了村里。

何莉说："我老公是个实在人，他不会说那么多，就是会实实在在地干。有一次，村里挖沟搞啥建设，他带着大家一起干，中午人家休息的时候，他一个人还在干，晚上人家回家的时候，他在路灯下还在干，我出去找他的时候，人家都对我说：'你老公是焦裕禄啊，你看他现在还一个人在挖沟。'晚上回到家里，吃了晚饭，我对他说：'你咋那样傻干？ 你就不累得慌？ 人家群众都说你是焦裕禄，是好干部。'王守亮听了我的话，声音不高，说了一句话：'村里人咋说都行，人家说群众的眼睛是雪亮的，反正我当了村支书，我就要带头干，领着大家实实在在得干，要对得起宋书记的信任和培养。'"

一说到王守亮的忙，何莉说着说着眼圈就红了，她说："看到我老公每天那么忙，人都变黑变瘦了，我好心疼啊！"

一句"我好心疼啊"，知道了王守亮的媳妇的心。

王守亮说："我媳妇对我确实好，但对我当村支书这件事，她原来是有顾虑的，她劝我还是不当村支书好。我不爱说话，有时只听她说话，她说了好多，我有时可能只回她三言两语。"

说起王守亮当村支书的事儿，何莉讲了当时的情形。

宋书记和王委员都觉得王守亮可以当村支书，为了让王守亮当这个村支书，宋书记和王委员都专门跟王守亮谈了话，但王守亮一开始拒绝了，他一直说他不合格，担不了这样重的职务。

后来，宋瑞就去他们家找王守亮谈话，连去了三次。前两次，王守亮没有答应。第三次，王守亮沉默不语了半天，才点头答应。

2018年4月25日，王守亮正式当上了弯柳树村的党支部书记。

当上了党支部书记的王守亮，做了两件事：一是不再接水电安装的活，二是将自己家卖水电配件的门店停了，从此不再做什么生意了，一心当起了他的村支书，每天忙忙碌碌的，日复一日，没有休止。

何莉说："人的命，天注定，我遇上王守亮这样的老公，是老天给的缘分，我不支持他，谁支持他？再说了，他的脾气我也知道，他要想干的事情，你八头牛也拉不回来，还不如遂了他的心意呢。生意停了就停了吧，我也省心了，他也省心了，这样他就能把他的村支书当好了。"

2018年5月19日的晚上，弯柳树村遇上了几十年不遇的龙卷风。据当时经历过这场风的人说，这场风绝对是几十年不遇的大风，好多树都被连根拔起，七倒八歪地倒在了路上，穿过弯柳树村的那条国道公路上，两面的沙松倒了一片，国道都堵塞了。

晚上11点多，王守亮突然从床上爬起来，媳妇问他干啥去？王守亮说："刮这么大的风，我得去村里的贫困户家里看看，看看有没有房子被大风刮坏，看看那些贫困户和群众们有没有危险？"说完，王守亮打着电筒就出了门。

那天晚上，他走遍了村里的五保户和贫困户，当他回到家里的时候，天已经都快亮了。

王守亮的媳妇何莉每次想起这件事，她心里都有一点后怕的感觉。何莉对人说："你想风那样大，刮得大树都倒了，他却在那样的天气，半夜三更去村里看望群众，那要是一不小心，刮倒的树砸到了他，刮掉的树枝砸到了他，或是房子上的什么东西被刮下来砸到他，后果真不敢想啊。后来我想，我老公不顾那样的危险，半夜里还想着群众的事，还去看望五保户和贫困户，你想他的心有多善，人有多好，我遇上这样的老公，我有时也有骄傲的感觉，幸福的感觉。只是他太累了，每天的事太多了，他当这个党支部书记，他自己和我们家，实在是付出得太多太多了。"

那天晚上刮大风的时候，宋书记不在弯柳树村里。她回来后，听到了王守亮大风之夜去看望五保户、贫困户的事情，她心里特别地感动。

宋瑞觉得，村里有这样的党支部书记，是弯柳树村老百姓的福气。

群众的眼睛是雪亮的。天长日久，村里的老百姓都知道村支书王守亮是个好支书。王守亮也像宋书记那样，为了弯柳树村这个大家，已经舍掉了他自己的小家。

弯柳树村李围孜自然村的村民胡道银对人说："王守亮当村支书，那是杠杠的，那是磨盘砸在石磙上——实打实呀！我们天天看着呢，我们的宋书记在村里领得好，她培养出来的这村支书啊，实打实也干得好！"

第四节　村主任汪学华的"奋斗史"

说起汪学华当村主任的事情，还是有很多故事的。

那个自编自唱歌曲的许兰珍，是汪学华的亲姨，老支书陈文明是汪学华的亲舅，那陈文明的老伴李桂兰，自然就是汪学华的舅妈了，不过这里都称呼为"妗子"。

当初汪学华当义工团的团长时，就是李桂兰极力推荐的。许兰珍知道后，见了李桂兰就说："学华家还有生意，他当义工团团员就不错了，你还推着他当团长，你这不是坑他嘛！"

李桂兰不服气，说道："你是他亲姨，我还是他亲妗子呢，我咋会坑他？我叫他为人民服务，有啥不好？你说说有啥不好？不能光让他天天陷到钱眼儿拔不出来吧。这样让他进步进步，这不是好事吗？"

许兰珍说："你要这样说，那也在理儿。那学华又愿意干，那就让他干吧，我就是说说，也挡不住他。是不是好事？那干了就知道了。"

对于汪学华当义工团团长的事，他的老舅、老支书陈文明自然是支持的。陈文明说："年轻人，不能一门心思只知道赚钱，时间久了就容易自私自利，还是要为大家干点事，这看上去是吃亏的事，实际对自己是有大好处。我看学华的本质不赖，在村里跑跑，为大家服务服务，他自己又有文化，将来还是能够成就点儿事的。"

汪学华果然没有辜负大家的期望，从义工团团长，干到了村委会副主任，现在又当选了村主任。

在这里不能不说说汪学华的媳妇杨正荣。

汪学华的媳妇儿杨正荣常对人说："汪学华原来没事就喝酒，喝了酒就找事，没少骂我，打我，自从去了村里的道德大讲堂，人就整个变了样，也不骂人，也不打人了，还参加了义工团，当了团长，现在又当了啥村主任。现在他天天往村里跑，家里的农活基本是我承包了，有时我累了，也会唠叨他，要是放在过去，你敢唠叨他？那他不翻了天，他不是骂你就是打你。现在好，你再说再唠叨，他也不生气，只是笑，然后等你不唠叨了，他再给你解释忙的原因，忙的啥事，说得你没法再唠叨他了。"

汪学华讲起媳妇儿，这样说："当初我要当村干部，她没说支持，也没说不支持，我后来真当了村干部，忙得已经顾不上收粮食的生意，就对她讲，村里事情太多，粮食生意咱不做了。媳妇一听就急了，她问我，生意不做了，咱吃啥喝啥？咱家里的花销咋办？咱还是做咱的生意吧，要不咱村主任不当了。"

汪学华还是有点学问的，直接说，媳妇不理解，不支持，就拐弯抹角地说："媳妇儿，咱不能一天到晚光想着钱不是？咱这些年赚的还不够咱花？钱多了多花，钱少了少花，我这村主任，那是全村老百姓选出来的，那不是谁想当就能当的。你看我当了村主任，我人是给村里干，可这面子是给你贴脸上了，你说这是多光彩的事！虽说咱生意不做了，钱少赚了，那也饿不着咱呀，我要是成天当个小商小贩，卖个粮食，那一辈子有啥意思？媳妇你说是不是？钱再多有啥意思？媳妇你说是不是？"

光明的道路 弯柳树村奔小康纪实

汪学华的一番话，良苦用心啊，最后硬是说得媳妇支持了他的想法，媳妇说："嫁鸡随鸡，嫁狗随狗，那就跟着你当村长夫人，那就支持你，以后家里的事你不用管，农活也不用你操心，村里的事你只管干好，现在村里的事多得像牛毛，你就安心当你的村主任，像驴一样拉套干吧！"

汪学华听了媳妇的话，当时心里热乎乎的，感动得想掉泪。

有媳妇的支持，汪学华就甩开膀子在村里干起来。

他干了三件事，都是不好干的事，为了这三件事，汪学华差点辞了职。

为了搞好弯柳树村的人居环境，建设美丽家园，2017年下半年，村里在全县的农村率先开始搞垃圾分类。垃圾分类在很多城市也没有做到，弯柳树村一个农村小村庄，却要搞垃圾分类，农民一下子都不适应。村里搞来了垃圾分类箱，但好多家庭就是不管你这一套，各种垃圾还是一块扔。

汪学华那时还是代理村主任，他负责主抓这一块工作，他就天天去检查，督促群众搞垃圾分类，发现一而再再而三不听话的村民，他就一而再再而三地做工作，有时也批评人，惹得有些群众就对他有意见，年长的还直接骂他，说："咱是农民，人家城里人还没有搞垃圾分类，咱一个小村庄，搞啥垃圾分类？装啥大尾巴狼？"

农民的觉悟一下子上不去，汪学华也没有办法，那只有硬着头皮继续做工作，继续检查，继续督促。后来，村里又建了垃圾分类中心，实行垃圾分类积分制，还在垃圾分类中心建立了一个积分兑换商店，村民们可以用积分兑换相应的东西，像毛巾呀、牙膏呀、脸盆呀等几十种日用品，采取这种办法鼓励村民搞垃圾分类，检查、督促加鼓励，弯柳树村的垃圾分类行动终于推开了。现在连小学生都知道垃圾分类，他们拿上方便面袋儿，捡上啤酒瓶，送到垃圾分类中心都能兑换积分，然后兑换成他们需要的学习用品。

汪学华搞的第二件难办的事,就是在村里甄别低保户,就是把该吃低保的农户报上去,把不符合低保条件的农户去下来。原来村里的低保户,没有采取群众评议的办法,村干部想让谁当低保户就报谁,结果该吃低保的没有报上去,不该吃低保的却成了低保户,群众意见很大。

汪学华抓这项工作,首先从自己的亲戚朋友这里抓起,不管是啥亲戚啥朋友,只要不符合条件,都把低保户资格取消了。按照汪学华的说法,这叫"先洗净自己的脸"。可是先洗净自己的脸这个事情不好办啊,亲戚朋友理解你了,支持你了,那就好办些,不支持你了,那就要说你长说你短了,年长的开口直接就是骂。

有的亲戚朋友就埋怨汪学华:"人家当干部,亲戚朋友都沾光,你当了干部,专拿亲戚朋友开刀,你还不如不当干部呢!"

有的长辈直接骂:"汪学华,你个龟孙,低保又不是你给我办的,现在你却要把我的低保取消了,你让我吃啥喝啥?你家有钱,你养我呀?"

说归说,骂归骂,但汪学华就是一句话:"你们别光骂我、说我,咱都得讲良心,这事儿都是经过群众评议定下来的,人家该吃低保的吃不上,咱有吃有喝要啥低保?当这低保户有啥光荣?还让人家群众指指点点,早一天去掉低保户,早一天咱心里踏实。"

因为这事直接关系着各家各户的利益,汪学华为这个事还是没少"得罪"人,没少听风凉话,没少挨骂,搞得最后他头都大了。有一天,他就跟村支书王守亮说:"我辞职不干了。"王守亮说:"你说辞职就辞职?我当不了家,你找宋书记去说,她要说让你辞职,那你就辞。"

汪学华就真的去找宋书记了,告诉宋书记他要辞职,结果被宋书记狠狠批评了一顿。

宋瑞对汪学华说:"工作有点难度,得罪几个人,你就要辞职啊学华。农村工作不好搞,需要方法,需要耐心,那些骂你、说你、不理解你的人家,你多去他们家几趟,多劝解劝解,多说好听的话,人心都是肉长的，你是为村里的事，为公家的事，又不是为你自己家，他们最终会理解你、支持你的，毕竟是亲戚朋友，有的还是打断骨头连着筋的亲戚朋友，那你因为这件事就断了关系？回去好好干吧，辞职的事就不要再说、再提了。"

汪学华在宋书记那儿挨了一顿批评，就不再说辞职的事了，他对宋书记说："那好，就按您说的办，我多做工作，就算是铁块，是石头，我也要化了它们。"

宋书记笑着把汪学华送出了她的小院儿。

按照宋书记说的方法，汪学华主动去有意见的亲戚朋友家里，他还给长辈的人家掂上礼物，像走亲戚一样。他这软法子，一用果然灵，从此再也没有人骂他了，反过来还支持他，甚至有的亲戚主动把自己家的低保让出来，让给更需要低保的村民。汪学华心里乐开了花儿。还是宋书记高，还是宋书记的方法多！汪学华发自心里佩服宋书记。

2018年七八月，弯柳树村开始搞危房拆迁，这事儿归村主任汪学华管。

危房拆迁这事儿，是非常难办的事。弯柳树村14个自然村，每个自然村里都有不少危房，这些危房都是农户家里自己盖了新房子，搬进新房后，老房子就没人管了。有些小自然村因为多数农户迁出去了，变成了"空心村"，因为房子天长日久没人住，好多房子变成了危房。这些常年没人住的房子，空在那儿，院子里都变成荒草湖泊了，既占地方，又影响村容村貌。于是，村里边决定，要把这些危房拆掉，再把这些地方复耕变成耕地，耕地有了效益再返给农户家。

本来是一举两得的好事，但好事并不好办，因为一部分村民支持，另一部分村民不支持不理解。为了做通大家的思想工作，汪学华只有一趟一趟往农户家里跑，不厌其烦地做工作，但跑了一个多月，进展也不大，最后只好先拆那些比较理解这项工作的村民家里的房子，对于不理解的农户，继续做工作。

汪学华为了这件事，白天黑夜跑，那真是磨细了腿儿，磨破了嘴，结果有的农户就说了："我家就不拆，谁拆，我跟他生气！"

汪学华一气之下，又找到了宋书记，说要辞职。宋书记劝他，他坚持说太难了，不干了！

宋瑞毫不客气地批评他："学华，辞职的事你想都不要想。我问你，你是不是一名共产党员？你还是不是党的人？你还听不听党的话？你要再说辞职的事，你就不是一个真正的共产党人，你就不是弯柳树村顶天立地的男子汉大丈夫！"

宋书记劈头盖脸的一顿批评，直触汪学华的灵魂。汪学华这时候才想起来，自己是共产党的人啊，自己进了共产党的门，就要听党的话啊！他对宋书记说："宋书记，您批评得对，我听您的话，听党的话，我干！从今天开始，我要再提一次辞职的事，我就不是共产党员，我就不是弯柳树村的男人！"

听了汪学华的话，宋瑞笑了，她对汪学华说："学华，好好干，啥事都有个过程，好事总有好结果。"

那天，汪学华从宋书记的小院儿出来，家都没回，直接就奔了"空心村"，继续搞他主管的拆迁工作。

几个月后，危房拆迁推开了，群众理解了，支持了，弯柳树村通过拆迁危房，一下子复耕土地 200 多亩。还有一个空心村，村里找人来设计，把现有的房子改造后变成民宿搞旅游开发。

汪学华因为工作出色，2018 年，他被推选为信阳市人大代表，代表弯柳树村两千多口人，去信阳市开了几天的大会。

那时候，汪学华作为一名共产党员，作为一名村干部，他既感受到了肩头的责任越来越重，又感受到了作为一名人大代表的无上的光荣。

为了鼓励息县的村干部为民服务，干事创业，加快脱贫攻坚步伐，息县在全县几百个村的党支部中，开展了"五面红旗"党支部的评比，分别是：产业兴旺红旗支部，生态宜居红旗支部，乡村文明红旗支部，乡村治理红旗支部，生活富裕红旗支部。不光有荣誉，息县县委、县政府规定：凡是夺得红旗的村庄，对村支书、村主任和村干部每个月分别发放 300 元到 500 元不等的奖励。红旗夺得越多，村干部获得的奖励就越多。

2018 年，弯柳树村一举夺得了两面红旗，一面是乡风文明红旗支部，一面是产业兴旺红旗支部。

一下子夺得两面红旗，不光弯柳树村的党员干部高兴、激动，弯柳树村的群众也激动，感到骄傲和自豪，很多群众对村干部竖起了大拇指。

汪学华在党支部会议上发言时，曾经这样说："跟党走，跟党干，为群众办事情，为人民服务，再苦，再累，都值！"

第五节　党员干部和群众心连心

学习与实践，实践与学习，学习和实践是弯柳树村党员干部进步的动力。

弯柳树村的党员干部为了密切与群众的关系，经常会结合村里的各项工作，开展各种各样的学习和实践活动。比如，重温入党誓词，慰问五保户、贫困户，打扫卫生，帮助困难群众，这些学习和实践活动锤炼了党员干部的党性，密切了党员干部和群众的感情。

脱贫攻坚，任务繁重，压力巨大，几乎每天都会遇到新情况、新难题。每当遇到艰难困苦时，宋瑞都会带领县乡驻村工作队的干部和村干部重读入党誓词倒数第二句：随时准备为党和人民牺牲一切！还经常读《阳明赞》：哪管他诽谤漫天，哪管他病躯残喘，哪管他风波浪里，命悬一线，这一颗光明心，恰似一轮明月，照彻万里河山。

让党员干部在学习中成长，让党员干部在实践中锻炼。

习近平总书记在《摆脱贫困》的书中曾这样写道："纵观历史，得天下者无不因为得到民心。古人云：'善为国者，爱民如父母之爱子、兄之爱弟，闻其饥寒为之哀，见其劳苦为之悲。'古人尚知如此，何况我们共产党人？中国共产党的性质决定了我们党的各级干部都是人民公仆，必须密切联系群众，党的宗旨就是全心全意为人民服务。人民群众是我们党的力量源泉，群众路线是我们党的根本工作路线。因此，我们没有任何理由脱离群众，只有相信群众、依靠群众、关心群众的生活，我们的工作才能得到群众的理解和支持，我们的事业才能立于不败之地。正如列宁所说的'只有相信人民的人，只有投入人民生气勃勃的创造力泉源中去的人，才能获得胜利并保持政权'。"

习近平总书记在《摆脱贫困》中还这样写道："为群众办实事，要扎扎实实，坚持不懈，久久为功。人民群众是最实在的，他们不但要听你说得如何，更要看你做得如何。不光要听'唱功'，而且要看'做功'。"

宋瑞对习近平总书记的这些话，感慨不已，她觉得习近平总书记太了解农村了，太了解我们的党和群众的关系了。

宋瑞要求弯柳树村的党员干部从我做起，每一个党员干部都要把弯柳树村两千多口人装在心里。从自己做起，努力克服"精神懈怠的危险，能力不足的危险，脱离群众的危险，消极腐败的危险"。

要求每一个党员干部都要在脱贫攻坚中，把自己锤炼成有"铁一般的信仰，铁一般的信念，铁一般的纪律，铁一般的担当"的"四铁干部"。

宋瑞经常在村里对党员干部说："我是谁？为了谁？依靠谁？我是共产党人，为了人民群众，依靠人民群众。"

光明的道路 弯柳树村奔小康纪实

突然降临的一场大雪,检验了弯柳树村的这些党员干部的思想和意志。

2017年腊月十七那天,天气出奇的冷,天色又灰又暗,风像刀子一样,在村里呼呼地刮着。

老百姓说:"这天气不对劲啊,看起来要下大雪了!"

果然,傍晚的时候,雪开始飘飘洒洒的下起来,而且越下越大,雪花子像鹅毛一样,铺天盖地。

这场雪,整整下了一夜。村里的老人说:"一辈子没有见过这么大的雪!"

第二天早上,整个弯柳树村被淹没在大雪之中,田野、沟渠、房舍、树木,一片白色。路上的雪,有一尺多厚。

宋瑞早早地醒来,她正要给村支书王守亮和村主任汪学华打电话,没想到他们两个人的电话,一个接一个地打过来,告诉宋瑞说他们正在来她小院的路上。宋瑞感到很欣慰,她在电话里告诉他俩,通知村里的其他干部一起来。

村干部们很快在宋瑞的小院里聚齐了,他们开了个小会,决定先去慰问群众,然后再发动党员干部群众在村里除雪。

宋瑞将王守亮、汪学华、陈社会、胡德立、许建五位村干部,分为两个小组,一组由王守亮带队,与胡德立、许建三人去慰问群众;一组由宋瑞带着汪学华、陈社会去慰问群众。宋瑞告诉大家,每一户贫困户,每一户五保户老人,每一户年龄大的老人,咱们都要走访到家,看看群众有什么困难? 有什么需求? 帮助他们解决。

冒着刺骨的寒风,踏着齐腿深的大雪,宋瑞和村干部们来到每一个自然村慰问群众,感动了很多的村民。老百姓说,宋书记就是活着的焦裕禄,她带的村干部都是焦裕禄式的好干部。

弯柳树村西陈庄自然村的邢东培,一辈子也忘不了那一天宋书记他们去看望他的情景。

那一天，大雪封门，早晨他和老伴儿起床后，看着满世界的雪，他感叹道："这雪下得太大了，一辈子没见过，恐怕是弯柳树村几辈子下过的最大的雪啊！"

他话音刚落，有几个人走进了他的院里，他心说这是谁呀？怎么大雪封门的时候突然来到了他家里？他仔细一看，是宋书记和村干部汪学华、陈社会。

未等他说话，宋书记就微笑着跟他打招呼："老人家，下大雪了，我们来看看您。"

看到宋书记他们，听到宋书记说来看望他，那一刻，70多岁的邢东培老人，激动地不知道说什么好，他突然之间就跪了下来。

宋瑞和汪学华见此情景，赶忙把老人扶起来。

宋瑞说："老人家，可不敢这样，我们是党员干部，大雪封门的时候，我们应该来看望您老呀，看看您有什么困难，帮您解决。"

此时此刻，邢东培和他的老伴儿，老泪纵横。

邢东培老人说："宋书记啊，我做梦也想不到，在这大雪封门的时候，您和村干部会来到我家，看望我们这没用的老人，想不到啊，想不到啊，做梦也想不到啊！"

邢东培老人把宋瑞他们让进屋里，又说道："宋书记啊，是谁派你们来的啊？"

宋瑞笑着说："老人家，是党组织派我们来的。"

邢东培老人点点头，似乎明白了什么，他一连声地感谢："感谢共产党，感谢共产党，共产党真是人民的大救星啊！"

后来，当邢东培老人听说有个作家在村里采访时，他便骑上他的小三轮车，带上老伴儿找到了我，将他的故事讲给了我。

他一再的嘱咐我："郑老师啊，我们的宋书记，跟当年的焦裕禄书记

光明的道路 弯柳树村奔小康纪实

是一样的好干部，我拜托您，求求您，您可一定要写写她，一定要写写她啊！"

当我答应他一定会写宋书记的时候，他激动地握住我的手，声音战栗地连声说感谢。

当宋书记知道这件事情的时候，她非常感动，也非常感慨。她对我说："只要我们对群众真心好，只要我们真心关爱群众的疾苦，就会赢得人民群众对我们党员干部的支持，就会修复过去党跟人民群众的那种鱼水之情，就会引领人民群众知党恩、感党恩、跟党走。如果我们9000多万名共产党员都这样去做，那是何等震撼人心的力量啊！"

我发现宋书记说这些话的时候，她眼睛里有泪花闪动。

宋瑞曾在日记中这样写道：每次在乡亲们面前，我的心灵都会受到洗礼，我和村干部有时仅仅做了一点点微不足道的事，其实也是我们党员干部理所应当做的事，而乡亲们却回报以最大的信任。只要党员干部心中装着群众，群众就会信任你、信赖你，踏踏实实跟党走。我也常常被新当选的六位村干部积极、主动、担当的精神所感动、有了这样一批心里装着村民，积极进取的村干部队伍，有了不断觉醒的乡亲们，那么在不久的将来，弯柳树村"五位一体"的发展愿景，就会再上新台阶。对此，我充满坚定的信心！

一场大雪，一场弯柳树村百年不遇的大雪，淹没了整个村庄，却照亮了党员干部群众的心，让弯柳树村的党员干部走进了人民群众的心里。

第七章
栽下梧桐凤凰来

《大学》有言："有德此有人，有人此有土，有土此有财，有财此有用。"简言之，要想有人有财，首先要有德。中国老百姓有一句话说得也好："栽下梧桐树，引来金凤凰。"意思讲得非常明确。这些年来，弯柳树村"讲孝道，化民心，敦民德，启民智，兴产业，奔小康"的实践证明，道德可以转化为财富。

第七章 栽下梧桐凤凰来

第一节 王春玲和她的生态农业

王春玲是第一个来弯柳树村投资的人。

在此之前,王春玲从来没有想过自己有一天会跟弯柳树村结下善缘。更没有想到,竟因为这份善缘,让她和她的老公单玉河放弃了城里边的生意,毅然来到弯柳树村,承包了 300 亩土地,成立了息县远古生态农业科技公司,从一个搞肉类批发的老板,变成了跟土地打交道的新时代的农民。

王春玲是一个爱美的人,她身材高挑,皮肤白净,是个美女型的老板。她爱美,钟爱中国的旗袍,是信阳传统文化研究会旗袍分会的会员,她们有一个旗袍艺术模特表演队,王春玲是模特表演队的重要成员之一。

2016 年的正月十七,金波来弯柳树村举行公益演唱会,王春玲她们受邀来助演,她们的旗袍艺术模特表演队表演了一个旗袍模特秀的节目《月光》,表演得非常精彩,赢得了热烈的掌声。

就是因为这次表演,王春玲不仅认识了金波这位知名的军旅歌唱家,还认识了弯柳树村驻村第一书记宋瑞。

光明的道路 弯柳树村奔小康纪实

宋瑞自然平和的微笑，宋瑞所讲的传统文化课，一下子就走进了王春玲的心里。见到宋书记，听她永远带着微笑讲话的声音，王春玲的内心，有一种清清的溪水流过山涧的感觉，有叮咚的声音，有撞击的力量，还有那种清凉入心的惬意。

王春玲见到宋书记的时候，她感觉她与她之间好像就不曾有过距离，心里冥冥之中有一种感觉，好像宋书记就是自己寻找了好久想要见到的一位朋友、一位大姐。

人生际遇，似有天定。

弯柳树村离县城并不远，只有七八公里的路程，从城里开车到这里要不了15分钟。如此这般，王春玲有了空闲就跑到弯柳树村的道德大讲堂，听宋书记讲传统文化课。当听到宋书记讲"己所不欲，勿施于人""良知即天理，天理即人心""大道之行也，天下为公"时，当听到听宋书记讲王阳明先生"呼号匍匐，裸跣颠顿，扳悬崖壁而下拯之"时，当听到听宋书记讲"致良知，知行合一，服务人民"时，这些传统文化打动了她的内心，让她这个美女老板，从此走入了中国传统文化博大无涯的海洋，知道了中国古圣先贤们教人觉醒的言行和智慧。

她对王阳明先生特别崇敬，知道了王阳明先生有一腔报国之心，一片为民情怀，当听到王阳明先生历经生死劫难而"龙场悟道"的感人故事时，王春玲当场泪流满面。

王春玲觉得自己的内心被洗礼了，被净化了，被提升了。她想起自己做的生意来，自己所卖的鸡呀鸭呀，都是饲料喂养出来的速成的鸡鸭，她在市场上卖这些东西，自己却不愿意吃，而是去买来农民自己家养的鸡鸭吃。

王春玲的心里，突然就有一种忏悔的感觉。虽然自己阻挡不了这个社会去生产这些不健康的食品，但至少可以去为这个社会生产健康的东西让人们食用啊，这不也是一种情怀和爱心吗！

由此，王春玲与老公单玉河商量，转掉自己的门面和生意，去弯柳树村找宋书记，流转土地，搞生态农业，生产健康的食品。老公虽然一开始有些犹豫，但架不住王春玲给他"讲传统文化"，讲"己所不欲，勿施于人"，便同意了王春玲的想法。

当她来到弯柳树村找到宋书记，告诉宋书记，她要来弯柳树村投资生态农业时，宋瑞非常支持她。

宋瑞对王春玲说："春玲啊，你这想法，是大善大爱啊，你来弯柳树村投资生态农业，我代表弯柳树村2000多口人欢迎你、支持你。你有这种善根善念，上天都会呵护你，你一定会成功，一定会有大福报。"

宋书记的鼓励，让王春玲坚定了信心。

2016年春末夏初，王春玲和她的老公将她家原本转让价格为180万元的店铺，以30万的价格转让给了别人，彻彻底底断了在息县城做生意的念头。然后，夫妇二人就直接来到了弯柳树村，流转了300亩土地，投资500万元成立了息县远古生态农业科技公司。

他们的到来，开创了弯柳树村酵素生态农业的发展。所谓酵素生态农业，就是他们自制环保酵素，替代化肥农药，发展生态有机农业的农业科技，在他们的土地上，不施肥不打药，他们生产出的酵素大米、酵素小米、酵素小麦，都是纯天然绿色健康食品。

然而这个过程却是艰辛的，需要有一个漫长的过程，直白地说，是需要投入，需要砸钱的。如果王春玲和她的老公没有一种情怀，这个事情无论如何也是做不成的。

现在的土地都已经被化肥农药喂饱了，喂惯了，没有化肥，没有农药，土地就会像染了大病的人一样，有气无力，死气沉沉，你撒上种子，它长了苗，也不给你打粮食。

在这样的土地上，王春玲要搞他们的生态农业谈何容易？但王春玲就是坚持，宁肯赔钱，也不上化肥，不打农药，她要救活这片土地，养

光明的道路 弯柳树村奔小康纪实

活这片土地,她要看看土地能不能给她的生态农业带来回报。

弯柳树村的农民,听说王春玲种地不上化肥,不打农药,觉得都是笑话,觉得不可思议,多少年了? 哪有种地不上化肥,不打农药的? 那地能给你长粮食? 那你只有等着赔钱了!

但王春玲坚定了信心,要搞生态农业。她明知道要赔钱,但还是要这样做。她说,她要先把地养活,这需要有个过程,她有爱心和耐心。

第一年,王春玲在弯柳树村老乡们的帮助下,插上秧苗,种上了小麦,然后,坚持不打药,不用化肥。收获的季节到来了,人家农民的稻子一亩地能收千八百斤,而她种的稻子和小麦,最后每亩地只收了不足300斤。

村民劝王春玲:"春玲啊,可不敢这样种地呀,这样得有多少钱往里面砸呀!"

王春玲说:"坚持两年再说,等地养活了,就打粮食了。"

第二年,王春玲的地慢慢养活了,一亩地收获了将近400斤稻子。这让王春玲看到了酵素农业的前途和希望,也更坚定了她搞生态农业的信心。

第三年,2018年,她的土地彻底养活了,稻子平均亩产一下子达到了800多斤!

三年来,赔进去的钱有几百万元,赔得他们夫妇二人,都快要撑不住了,是宋书记经常到她的地里来看望她,跟她讲别的地方人家搞酵素农业的成功经验,还把一位酵素专家请到弯柳树村,将制作优质酵素的经验传给大家。宋书记的鼓励,别的地方搞酵素生态农业的成功,都坚定了王春玲不惜一切代价搞酵素生态农业的决心。

三年多来,从一个表演旗袍艺术的模特、一个在县城里做禽肉产品批发的老板,变成了一个天天面朝土地背朝天的地地道道的农民,其中付出的心血汗水、经历的磨难考验,数不胜数。

第七章　栽下梧桐凤凰来

2017年腊月的两场雪，把她投资的塑料大棚压垮了很多，一下子就是上百万元的损失。2018年夏天的那场大风，又让她的塑料大棚损失了不少。

至今，她还记得那场大风的情景。那天傍晚，她刚好有事情，儿子接上她回城，路上突然就起了大风，路两旁的大树连根拔起了很多，道路都堵死了。那天晚上，住在农场里的哥哥给她打电话，说房子的屋顶都被大风刮跑了，又是狂风，又是大雨，农场里一片狼藉，损失不小啊。

如果说这些都是天灾的话，那还有"人祸"。她的老公被检查出喉癌。她现在不但要种地，种好地，还要陪着老公去治好他的病。

王春玲是一个坚强而温柔的女人，在她的照顾下，老公的病，现在慢慢地好起来，那片土地也活起来了。

王春玲也是一个善良而有爱心的人，不管有多少困难，她从不欠帮她种地的弯柳树村村民的一分钱。弯柳树村的乡亲们都知道王春玲不容易，只要她的地里有活，乡亲们宁愿放下自家的活，也要赶去她那里帮她干，为的是不误农时。

2018年10月，王春玲在学习宋瑞送她的书《文化自信与民族复兴》后，写下了这样的感悟：补上亏欠的良心，开发无尽的宝藏，我们都可以做到读书和修心，让我们的生命变得无比真实和舒展。通过明性静心，可以练就一身功夫，时刻觉察自己的起心动念，引导每一个念头都是利他而纯粹的，我们就能够成就幸福自在，乃至圆满觉悟的人生。

天意与人意，都会眷顾善良的人。

现在，王春玲终于成功了，看到了发展酵素生态农业的美好前景。现在全国各地来弯柳树村参观学习的人，都要来她的远古生态园参观，看她养活的土地，看她生产的酵素大米、酵素小麦和酵素花生。

2019年5月的一个下午，宋书记亲自陪着我，来到了王春玲的远古生态园，想让我感受一下生态农业的魅力和前景。

光明的道路 弯柳树村奔小康纪实

让我来看看，感受一下这片被养活的土地蓬勃的生命之力吧。

正是夕阳西下的时候，天边的火烧云，五彩缤纷，温和的风拂过田野，那些刚插过稻秧的土地一片青绿，禾苗在水中惬意的生长；麦子还没有收割完毕，一片一片金黄的麦子在风中摇曳，此起彼伏，让你看到如波涛一样的麦浪，空气中飘满了小麦成熟时那种特有的沁人心脾的麦香。

田间的道路除了枝叶繁茂的树木，映入眼帘的是各种各样的杂草和野花，它们在这个美丽的季节葳蕤地生长，让你从心底感受到生命的多姿多彩，感受到天空大地的神秘和神奇，感受到脚下这片土地给予人类的无私馈赠。那一刻，好像生命才真正融入了大自然的怀抱之中。

有一片小麦刚刚收割完毕，王春玲的哥哥正开着拖拉机在那里翻耕土地，拖拉机轰鸣着在前面走过，后面是耕出的翻腾着地气的土地，那里有成群的小鸟，紧跟着在地里觅食。

我们站在田埂旁，望着正在被翻耕的土地。王春玲热情地给我们介绍，她说这些土地没有上过一粒化肥，没有打过一滴农药，今年的小麦亩产估算着要有差不多 1000 斤，村里的农民原来都不信我的土地不打农药，不上化肥。他们问我，是不是偷偷地上了化肥，打了农药？我告诉他们一点都没有，绝对没有。我的人品他们都知道，我说了他们就信了，他们现在都惊叹这酵素农业，都开始跟我学做酵素，开始试着在他们的田地里种庄稼蔬菜。

王春玲手指那片正在翻耕的土地，兴奋地说着："大家看，这翻耕出来的地多松软，如果不是用酵素养活的地，而是用化肥种的地，耕出来的地会是大块大块板结的状态，你看那成群的小鸟都围在刚刚翻耕过的地沟里，那是为什么？它们都在土里找小虫、找蚯蚓吃，用化肥农药种过的地里很少有小虫和蚯蚓，而我们的土地里有很多的小虫和蚯蚓，小鸟很聪明，它们都来这里找食吃。"

放眼望去，那大片被翻耕过的土地冒着热气，在夕阳的映照之下，松软、厚实，泛着油光，一片生机勃勃的模样；小鸟在那里飞来飞去，蹦蹦跳跳，欢快地觅食，全然不顾周围的一切，好像这片土地是属于它们的家园。

美丽的天空，肥沃的土地，燃烧的夕阳，耕种的农民，觅食的小鸟，徐徐的夏风，翻滚的麦浪，盛开的野花……还有，还有我们这群陶醉的人。

此时此刻，站立在这片土地之上，幸福洋溢在脸上，快乐流淌在心里。这就是生命自然，这就是田园风光，这就是1600年前陶渊明先生追求的诗与远方吗？

而王春玲，正在过着这样的生活，辛苦着，也无比快乐着。

我们也因为她，因为看到这片生机勃勃的土地，而幸福，而快乐。

原来，幸福是如此的简单啊！

第二节 慕名宋书记，投资弯柳树村

《大学》有言："有德此有人，有人此有土，有土此有财，有财此有用。"简而言之，要想有人有财，首先要有德。

中国老百姓有一句话说得也好：栽下梧桐树，引来金凤凰。意思讲得非常明确。

这些年来，弯柳树村"讲孝道，化民心，敦民德，启民智，兴产业，奔小康"的实践证明，道德可以转化为财富。村民通过学习中华优秀传统文化，人心改变，村民素质整体提升，投资环境越来越好，企业来此投资的项目越来越多，增强了弯柳树村脱贫攻坚的力量。

光明的道路 弯柳树村奔小康纪实

宋瑞在弯柳树村种下的德孝的种子，开出了硕大的花朵，引来了人才，引来了财富，助力着弯柳树村乡村振兴的步伐。

如果说文化也可以比作梧桐树的话，那么宋瑞也在弯柳树村种下了硕大的梧桐树，长出了蓬蓬勃勃的枝叶，自然要引来金色的凤凰在此歌唱。

王春玲是在宋瑞第二次留任弯柳树村驻村第一书记后，受宋书记的感召，感德孝文化的力量，第一位来弯柳树村投资的人。

2017年9月，当宋瑞第三次留任弯柳树村驻村第一书记后，有五家公司，慕名找到弯柳树村，找到驻村第一书记宋瑞，商谈投资的事情。

郑州的约汗实业公司的总经理刘子帅，因机缘与宋瑞认识后，他受宋瑞邀请来到弯柳树村参观，一下子就被弯柳树村老百姓温良恭俭让的精神感动。他觉得这是一片浸润传统文化的土地，这里的老百姓知书达理，文明和谐，便发自内心地萌生了在这里投资的意愿，要助力宋书记，助力弯柳树村的老百姓脱贫攻坚奔小康。

2018年春天，他来到弯柳树村，流转农民的土地136亩，建起了农业生态园，里面种满了各种各样的花，栽满了各种各样的果树，开创了弯柳树村的观光旅游农业。他还主动联系万达国际旅行社，帮助弯柳树村，发展德孝文化乡村游，发起了"万人走进弯柳树村"的活动。

刘子帅表示：一个企业家不能光顾着赚钱，要有一份社会责任感，尽可能地为社会做点贡献，企业才有价值，人生才有意义。

宋瑞说："刘总有气魄，有爱心，他为弯柳树村的扶贫攻坚出了大力，弯柳树村的人都很感谢他。"

息县惠民门窗厂的负责人，是年轻的李亚楠，他是1986年出生的人，才30岁出头。但最重要的一点，他是弯柳树村人。

2017年，宋瑞书记第二次留任弯柳树村后，对他和他的父亲李秀明影响很大。他们觉着宋书记一个外乡人，都能扎根弯柳树村，为这个村的脱贫攻坚，做出这么多的贡献，作为弯柳树村的人，值得对她尊敬，值得向她学习，更应该支持她的工作，助力她扶贫。

2017年10月，父子二人商议后，决定由儿子李亚楠回村创业，投资180万元，在村里的产业发展园，建起了1200平方米的车间，成立了息县惠民门窗厂。

2017年11月开始建设，2018年5月开始生产。

李亚楠说："厂子选址的时候，建设的时候，宋书记都多次来帮助解决问题，所以只用了短短半年的时间，我们就开始投入了生产，当年就盈利了十几万元，现在我们厂的效益是越来越好了。"

息县宏盛达电商物流园现在也落户弯柳树村扶贫产业园了。

这个公司的股东有王辉、陈丽、庞永启三人。王辉是法人，在新疆搞物流园就非常成功，但他是息县本地的人，有家乡情怀；庞永启是筹建这个企业的具体负责人，因为他在息县有生意，开了三个家具厂，来往弯柳树村非常方便。

其实这个企业是庞永启介绍给王辉的。

庞永启是弯柳树村的女婿，一个女婿半个儿啊，他对弯柳树村是有感情的，对弯柳树村也是了解的。这些年，宋瑞书记在村里干的事情，让他佩服，让他尊敬；这些年，弯柳树村的巨大变化，超出他的想象，他觉得弯柳树村有广阔的发展前景。

他把这些情况告诉了王辉。王辉是个70后的人，有头脑有思路，他觉得在这样一个传统文化生根发芽开花结果的村子建企业，一定会有超乎想象的好结果，他后来专门从新疆回来，到弯柳树村见宋瑞书记。宋瑞书记领他到各家各户看了看，在弯柳树村转了一圈，他当即就决定在弯柳树村投资了。于是，就有了息县宏盛达电商物流园。

当时决定投资弯柳树村的时候，庞永启曾对宋书记说："宋书记啊，我们已经决定在这儿投资了，你可不要走啊。"

宋瑞说："你们的企业不建好，你们的企业不盈利，我就不会离开弯柳树村，我一定要看着你们把企业建好投产，造福弯柳树村的乡亲们。"

庞永启说："我们信任宋书记，我们愿意助力弯柳树村的扶贫攻坚，我们大胆地在这里投资，我们相信一定能成功。"

2017年年底，宏盛达电商物流园开始选址。2018年5月，企业开始动工，现在主体工程已基本完工，计划于2019年年底之前投入运营，预计年产值会达到1000多万到2000万元。

在弯柳树村扶贫产业园落户的第三家产业，是息县弯柳树村生态农业有限公司。

这个公司由付金鹏、沈建军、赵荣达三人合资创办。付金鹏是法人，沈建军、赵荣达是股东，原本他们三个人都在辽宁锦州做生意，专门制作锦州小菜，生意很红火。

沈建军是息县人，他的村子距离弯柳树村很近。2018年清明时节，他回乡祭祖，听说弯柳树村发展得非常好，他便来到弯柳树村参观，看到了弯柳树村的村容村貌，感受到了弯柳树村人的精神面貌。后来，他又专门到弯柳树村大讲堂听了两节课，内心大受启发，非常感动。

他抑制不住激动的心情，4月9日那天，他在家里写了一篇文章，记录自己在弯柳树村的所见所闻所感：

"孝心村"弯柳树村见闻

从部队转业后，这些年我一直在辽宁锦州从事蔬菜、野菜、农产品加工，来去匆匆，很少回家长住。今年春节期间，我和家人到弯柳树村走亲戚。一进村，眼前的美丽乡村让我不敢相信：通往各个村民组的水泥路干净整洁，路两旁的行道树笔直挺拔，农田规划合理整齐，沟渠里的水清澈见底。七八年前我也来过弯柳树村几次（我家在邻乡孙庙），作为息县路口乡一个不起眼的小村庄，弯柳树村是一个典型的农业贫困村，以种植水稻、小麦为主，经济结构单一。村子里杂草丛生，污水横流，垃圾围村；更为严重的是村民赌博成风、不孝顺父母、邻里争斗的现象屡见不鲜，在外人的眼里就是一个不折不扣的乱村、穷村。

这是弯柳树村吗？带着强烈的好奇心，我和亲戚在村里转了一圈，发现家家户户窗明几净，打扫得干净如新，在村里，上到80岁的老人，下到刚懂事的小孩儿，都养成了随手把垃圾丢进垃圾桶的习惯。村里有养殖基地，无公害蔬菜种植基地，花木苗圃基地，等等。随处可见关于孝道和传统文化的宣传画，处处充满了和谐、生动的气息。村民人人洋溢着微笑，热情招呼，给你生动讲述村里的故事。

2013年，作为河南省调查总队驻弯柳树村第一书记的宋瑞书记，发现扶贫要先把村民的观念转变过来，改变心性，从根子上扶贫。此后，弯柳树村从"孝"入手，提出打造"中华孝心示范村"的口号，派驻志愿者走村入户开展帮扶，用小事感染和带动弯柳树村民。同年12月，弯柳树村在全县率先创建"村级道德讲堂"，用明白易懂的语言为村民讲授传统文化蕴含的道理，村民无不受到德孝文化的滋养。几年来，伴随着德孝文化在弯柳树村生根发芽成长，这棵美丽的乡村大树已经枝繁叶茂。各项荣誉称号纷至沓来，弯柳树村先后获得"中华孝心示范村""弘扬中华孝道示范基地""河南省弘扬中华优秀传统文化示范新村""信阳市美丽乡村"等荣誉称号。榜样的力量是无穷的，正是有像宋书记这样坚守在脱贫攻坚一线的好干部，党和人民群众才会对全面建成小康社会更加充满信心！

受益于德孝文化的熏陶，现在的弯柳树村人心纯净了、家庭和谐了、村民的集体意识和家国意识更强了，村民干事创业的热情也被激发出来。如今，孝善正作为精神纽带，将政府、家庭、社会的力量凝结起

光明的道路 弯柳树村奔小康纪实

来,将社会主义核心价值观的精神力量注入脱贫攻坚事业中。栽下梧桐树,招来金凤凰,弯柳树村的德孝文化建设也吸引了大量外地企业家和本地成功人士参与到对弯柳树村的帮扶中来。全国各地企业家捐资捐物助力弯柳树村发展;村里有肉鸡养殖、有机蔬菜种植等基地,带动贫困户就业。

有这样敬业奉献、和村民亲如一家的宋书记,有这样质朴、勤劳的村民,有这样干净、祥和的生活环境,多年在外奔波的我也想要生活在这里,成为一名"养虾弯柳树村,赏景息县坡"的村民。清明节前,我有幸拜访宋书记,她丰厚的文化内涵和心系百姓的高尚人格让我折服。我多么希望能发挥自己的专长,把家乡蔬菜和野菜等资源利用起来,进行农产品深加工,成为家乡产业扶贫大军的一员,为家乡脱贫攻坚和全面建成小康社会贡献绵薄之力。

回到辽宁锦州,他便把在弯柳树村的所见所闻,告诉了付金鹏和赵荣达,还将自己写的文章交给他们看。大家交流后,对弯柳树村这种现象都很感兴趣,赵荣达决定专程到河南省息县弯柳树村看一看。

赵荣达来到弯柳树村后,比沈建军的感受还要震撼。因为赵荣达是军转干部,而且平常对中国传统文化很感兴趣,经常读《易经》《黄帝内经》等古书籍。他来到弯柳树村的感觉,正如沈建军所说的,弯柳树村与中国好多的村庄不一样,他在这里就像找到了文化的根,他一下子就对弯柳树村充满了浓厚的兴趣。

回到辽宁锦州后,三个股东一碰面,敲定了一件大事,那就是到弯柳树村投资办企业。他们相信,在这块有文化之根的地方,企业一定能够发展得特别好。

2018年年底,他们投资600多万元的息县弯柳树村生态农业有限公司投入了生产。企业主要生产"八德八味"酱,每一箱有八瓶酱,每一瓶酱口味都不一样，每一瓶的标签上，都印着不同内容的中国传统文化知识。

赵荣达说："我们企业给自己的产品要注册商标，当时，我们在工商局想以宋瑞书记的名字注册商标，结果工商局不受理，我们最后就用了个谐音，注册了'颂·瑞'牌商标，作为'八德八味'酱对外宣传推广的品牌商标。现在，我们的产品在全国很多地方已经有了声誉，而且我们正在全国建立销售渠道，下一步还计划要扩大生产。"

现在该说说弯柳树村产业扶贫园的第四家落地公司了。

这家公司叫尚居家具公司，总经理名叫胡辉，1971年出生的人，也算个70后的老板。

胡辉原本是息县小茴乡的人，他原来在广州打工，后来学会了技术自己办厂，就想回老家息县创业。他因为跟息县路口乡财政所的付金邦是朋友，一来二去就知道了弯柳树村，也是抱着对弯柳树村的好奇，来到弯柳树村参观，一下子就被这里的传统文化的气氛吸引住了。

后来，他就认识了驻村第一书记宋瑞，知道了她的事迹，深受感动。

他对付金邦说："我不在县城投资了，我要去弯柳树村投资。"

2017年10月的一天，下着小雨，宋瑞带着胡辉在村里参观，看到了村里那一面面写着标语画着图画的"会说话的墙"，宋书记还带他到老百姓家参观，让他见识了传统文化进家庭、进农家餐馆、进民宿宾馆的力量。

2017年腊月上旬，弯柳树村刚刚下过一场大雪，他来到村里找宋书记说他投资的事情。那时宋书记带着村干部，正要去慰问老百姓，也就没有时间跟他坐下来说这件事情，只是说"对不起！ 对不起"。

看到这样一位一心为民的驻村第一书记，胡辉的心里当时就很感动，他下定了决心：要来，要来，一定要来弯柳树村投资，为宋书记的扶贫攻坚做点贡献，出点力。

2018年正月初八，胡辉又一次来到了弯柳树村。宋书记给他倒茶，热情地招待他，还召集村干部开会，商定他投资建厂的事情。

2018年5月，胡辉的息县尚居家具有限公司开始建设，9月份就顺利投产了。他现有的厂房面积有1400平方米，第2个1600平方米的车间正在建设，是专门生产钢化玻璃产品的车间，两个车间加起来年产值将会达到2000万元左右。

下一步，胡辉还计划建一个1000平方米的中空玻璃产品生产车间，光是这一个车间的经济效益，将来每年产值就能够达到2000万元以上。

那天胡辉曾经对我这样说："弯柳树村群众好、党员干部好、环境好，在这里办厂，不光助力了这个村的发展，也成就了我们企业的未来。总之在这里发展，有信心，有前途。"

现在，还有不少企业想要在弯柳树村的扶贫产业园投资，弯柳树村的产业发展正蓬蓬勃勃地展开，每一家落户在弯柳树村的企业，都在脱贫攻坚和乡村振兴的路上助力着这个村的奔跑。

第三节　传统文化落地生根显力量

传统文化扶心志，精准扶贫奔小康。

宋瑞在弯柳树村八年的探索与实践，不仅让传统文化在弯柳树村扎了根，开了花，结了果，而且显示着越来越强大的力量。

宋瑞曾经说，她决心要和弯柳树村的乡亲们一起再大干三年，继续引进中华优秀传统文化，培育村民核心价值观，探索一条"传统文化扶心志，精准扶贫奔小康"的扶贫新路子。到2020年，要将弯柳树村建设成脱贫攻坚的样板村、文化自信的示范村、乡村振兴的试点村,向党中央交出一个物质文明和精神文明双丰收的小康村、文化村、良知村、幸福村!

宋瑞常讲:"江河若断流,我辈何以对子孙? 经典若不传,我辈何以对先祖? 大学之道,在明明德,在亲民、在止于至善。身之主宰便是心,志向远大,内心净化,便力量无穷。"

弯柳树村独特的脱贫攻坚之路,引起了各界的关注。

信阳市委书记乔新江、信阳市委组织部部长赵建玲、息县前后两任县委书记余运德、金平和县委组织部部长桂诗远等许多领导都来参观指导,给予宋瑞和弯柳树村极大的鼓励和支持。

弯柳树村属于息县路口乡管辖,路口乡前任书记栗强、现任书记郑伟和乡长万磊,一直是弯柳树村发展的坚强支持者。路口乡人大主席、党委委员王玉平,三年前就很关心弯柳树村的传统文化建设,现在又担任了弯柳树村扶贫攻坚组组长一职,与驻村第一书记宋瑞密切配合,团结村两委的党员干部,扎扎实实地在这儿开展扶贫工作。

宋瑞在弯柳树村的探索和实践,今天已经扎根开花结出了硕果,显现了无限的生命力,带给了这个村庄无穷的力量和无限的生机。

单是这两年发生的事情,便足以让人刮目相看,不得不惊叹。

弯柳树村现在在全国很火,每天来这里参观学习的人络绎不绝。他们原来在村头建设的简易的道德大讲堂,已经远远不能适应弯柳树村向外输出传统文化的需要。

为了支持弯柳树村的工作,提升弯柳树村这个脱贫攻坚示范村的整体形象和重要作用。2018年3月,息县县委、县政府、县委组织部决定,投资800万元,在弯柳树村新建一座两层楼的"弯柳树村大讲堂"。

2018年10月,这座大讲堂已经投入了使用,国家统计局先后两次在这里举办扶贫干部培训班。全国各地前来参观学习的单位,多次在这

光明的道路 弯柳树村奔小康纪实

里聆听宋瑞书记讲"传统文化扶心志，党建引领奔小康"的讲座。

在这里插一个小故事，足以说明弯柳树村的人，在传统文化的熏陶下，他们的素质和文明有多高。

负责装修这座大讲堂的老板叫魏凤鸣，他带着装修人员在这里施工长达几个月，那些装修用的钢管、扣件等值钱的材料，就放在大讲堂正门前的空地上，有的原材料放在大讲堂的走廊里。大讲堂的左侧就是弯柳树村的文化广场，每天夜里这里都有很多娱乐的群众。

一开始，魏凤鸣的人还担心他们的东西的安全，但一段时间过后，他们发现弯柳树村的人对他们的东西根本看也不看。他们装修的间隙会休息几天，有时连一个看管的人都没有，但魏凤鸣就发现，施工几个月，他们连一颗螺丝钉都没有丢，更不要说他们的大件东西了，这让魏凤鸣感叹不已。

魏凤鸣说："走遍全国各地，弯柳树村的人素质最高，老百姓的精气神最好，这里可以说已经达到路不拾遗的地步了，已经又回到了毛主席那个时代的人的精神和境界了。"

魏凤鸣还说："在弯柳树村施工的几个月，从我到每一个工人，都感受到了这个村的文化、文明，感受到了这个村的文化的力量，我们自然而然地受到了一种教育，可以说精神和内心得到了一场洗礼、一种提升。我现在不论走到哪里，都会自觉地把弯柳树村的人精神宣传到那里。宋瑞书记在这里搞的传统文化教育真是太厉害、太有力量了。"

2018年6月和9月，方城县清河镇三个村庄和方城县小史店镇的6个村庄，分别与弯柳树村签订了联建德孝村合作协议，引入弯柳树村的德孝文化和"文化自信与乡村振兴"的一系列措施，打造方城县的德孝示范村，推动当地村庄的传统文化建设和脱贫攻坚工作。

2019年6月21日，河南省儒学文化促进会在方城县小史店镇傅老庄村隆重举行了"河南省德孝文化示范村"授牌仪式。

方城县小史店镇党委书记李清波在致辞中说："在省派息县弯柳树村驻村第一书记宋瑞的精心指导下,傅老庄村采取'定制度、建队伍、搞活动、重引领、促就业'等一系列措施,狠抓了德孝文化建设,收到了良好的效果。如今,德孝文化正在傅老庄村落地生根,全村群众思想文化素质和道德品质得到普遍提升,邻里之间多年的恩怨化解了,打架斗殴的事情消除了,鸡毛蒜皮的小摩擦再也激不起矛盾和仇恨的火花了,不文明现象没有了,涌现出了一批'最美家庭''文明卫生家庭'和'好媳妇''好婆婆''好妯娌'等先进典型。

"在弯柳树村的帮助支持下,小史店镇下一步将坚持以'示范带动,典型引路,以点带面,全面开花'的发展思路,继续在全镇开展德孝文化试点村建设,做一个村、稳一个村、成一个村,全面提升一个村,以德孝文化建设推动镇域经济发展,奋力打造德孝文化名镇、乡村振兴示范镇。"

小史店镇傅老庄村党支部书记魏金远非常激动,他介绍了傅老庄村与弯柳树村一年多来启动"感党恩、传德孝、助脱贫"联建活动的做法和取得的成效。

魏金远非常自豪地说："通过建立机制和开展各项文化活动,我们改变了村容村貌,转变了村风民风,多年来的邻里矛盾、婆媳不和、子女不孝等坚冰问题都得到化解,涌现出了一大批先进典型。傅老庄村在2018年脱贫攻坚综合考评中,连续22次获得全镇第一名的好成绩。今后,我们村要继续向弯柳树村学习,继续以党建为引领,以德孝文化为抓手,将傅老庄村打造成文明的乡村、富裕的乡村、美丽的乡村。"

宋瑞对此很有感慨,她说："傅老庄村这个村一年前还是个落后的村,在短短一年的时间内,就成功地被授予'河南省德孝文化示范村',实在可喜可贺。傅老庄村在短短的时间内由一个后进村发展成为德孝文化示范村，充分见证了德孝文化的无穷潜力，显示了传统文化的无穷力量。"

息县司法局的局长张涛，原来曾经在彭店乡当书记，那时她对弯柳树村的传统文化建设就已经非常感兴趣，后来便与宋瑞成了很好的姐妹，从她这里汲取了不少传统文化的营养。

她调入县司法局任局长后，就开始尝试探索如何突破传统的政策法规教育方式，把中华优秀的传统文化引入对社区服刑人员的思想教育改造这项工作，把社区矫正教育方式，由单纯学习政策法规约束社区服刑人员"不做坏人"的教育，转变为学习发扬传统文化激励社区服刑人员"争做好人"的教育。

2017年8月22日，为促进息县社区矫正传统文化学习有新突破和对口帮扶村彭店乡大张庄村的孝道文化建设，张涛带领息县司法局部分年轻司法所长和大张庄村两委班子10余人，专程来到弯柳树村参观学习，听宋瑞讲传统文化课。

2019年4月24日，为培育和践行社会主义核心价值观，大力推进以社会公德、职业道德、家庭美德、个人品德为内容的"四德"建设，张涛又组织息县司法局干部职工来到弯柳树村开展"四德"教育。

在弯柳树村文化大讲堂，宋瑞从"什么是四德"入手，结合典型案例深刻剖析了以"爱"为核心的社会公德建设、以"诚"为核心的职业道德建设、以"孝"为核心的家庭美德建设、以"贤"为核心的个人品德建设，让干部职工知道要做一个有爱心的人、一个爱岗敬业的人、一个有孝心尊老爱幼的人、一个有责任心顾全大局的人。

大家听了宋瑞的课，每个人都觉着收获巨大，有茅塞顿开、醍醐灌顶的感觉。张涛评价说："弯柳树村的传统文化已经深深地扎下了根，开出了鲜艳的花，结出了丰硕的果。我们每一次组织党员干部来弯柳树村参观学习，听宋瑞大姐的传统文化课，大家都有'听君一席话，胜读十年书'的感觉。"

张涛还说："传统文化有内涵、有力量，越是重视，越是能收到意想不到的效果。因为这里有好的文化氛围，因为这里有传统文化的滋养。去年，我们县司法局就在弯柳树村租了房子，建设了一个'息县青少年法制教育基地'，把一些问题少年送到这里，以文化的力量更好地改造他们的思想，重塑他们的人生。"

让宋瑞感到更加欣慰的是，弯柳树村的传统文化，现在已经吸引了越来越多的城市大学生，吸引了全国各地越来越多的有志于弘扬传统文化的人。

2018年下半年，大学生原浩瀚工作的公司，因为与弯柳树村的孝爱文化公司有了合作，他便被派到了弯柳树村，他一来就爱上了这个村庄，主动要求留下来，为弯柳树村孝爱公司的发展出谋划策。

2019年以来，在原浩瀚的带动和影响下，康萍、李峰、王瑞、孙颖超、甘静伟、赵通、李华伟等青年学生也入驻到了弯柳树村。他们中的康萍这个女孩子，已经成为弯柳树村的义务主持人，每每有外地来参观学习的，她总是落落大方地担任主持人或是讲解员，受到了很多人的好评。

原浩瀚说："我们今天来到弯柳树村，在这里与农民同吃、同住、同劳动，与他们一同学习传统文化，一同传播传统文化，一同助力这个村的扶贫攻坚，一同助力这个村的乡村振兴，感觉特别有意义、有价值。这个村庄每天都在变化，每天都在变得更好，我们在这里能够深切地感受到这个村庄脉搏的跳动，感受到这个村庄在宋书记和村干部的带领下美好的发展前景。"

2019年7月10日，作为"暑假社会实践活动调研团"的团长，中国海洋大学的大二学生李兰兰带领8名学弟学妹，坐了18个小时的火车，来到了息县弯柳树村，开始了他们的社会实践活动。

这 8 名学生分别来自广东、广西、湖南、湖北、河南、河北、山东 7 个省份，他们来之前在网上查阅了大量的资料，被弯柳树村由穷到富、由乱到治的巨大改变和驻村第一书记宋瑞的事迹所深深感动，确定了他们这次暑假社会实践调查活动的主题为"弯柳树村的精准扶贫"。

两天的调查活动，让他们目睹了弯柳树村崭新的气象：干净整洁的村庄，热情好客、彬彬有礼的村民，"会说话"的文化墙，老子学院的课堂，村扶贫产业园，村垃圾分类中心……恢宏大气的弯柳树村大讲堂，让整个村子变得熠熠生辉，二十四孝的故事镌刻在大讲堂的正面墙壁上，格外醒目，而文化长廊天花板上的《弟子规》全文，在阳光照射下投射到地上清晰可见，大家不约而同地看着投射的字影读出声来："弟子规，圣人训。泛爱众，而亲仁。有余力，则学文……"

走村串巷，访问农家，参观工厂，弯柳树村以文化人、扶贫先扶心的脱贫故事，就这样真实而生动地展现在面前，这群年轻的大学生难抑激动和喜悦，他们不禁欢呼雀跃起来。

他们激动地说："文化的力量是巨大的。在这里，中华优秀传统文化与落后退步村风发生着碰撞，产生了一系列精神'化学'的反应，大大改善了村风民风。村民们的精神面貌焕然一新，告别了麻将桌，取而代之的是对美好生活的向往和靠双手创造财富的幸福，这种由文化力量催生的、激发的内生脱贫动力比什么都重要！"

从江西来到弯柳树村的年轻人尹子文，是个志愿者。2019 年夏天，当他在弯柳树村参观学习后，就被弯柳树村欣欣向荣的景象所感动，于是就下了决心要留在这个村子里，发动其他更多的志愿者一起为村里的发展做贡献。他甚至将妻子也从江西接到了村里，全心全意做起了志愿者，与全国的许多志愿者建立弯柳树村微信群，大家联系沟通，共同为弯柳树村的乡村振兴出谋划策，成为受弯柳树村乡亲们欢迎的人。现在，尹子文已被聘为弯柳树村的荣誉村主任，在村里发挥着越来越大的作用。

宋瑞对这些年轻人充满了期待，那天采访时，她很激动地说："习近平总书记在纪念五四运动100周年时曾说：'青年是整个社会力量中最积极、最有生气的力量，国家的希望在青年，民族的未来在青年。新时代中国青年处在中华民族发展的最好时期，既面临着难得的建功立业的人生际遇，也面临着天将降大任于斯人的时代使命。'"

"习近平总书记还在十九大报告中指出：青年兴则国家兴，青年强则国家强。青年一代有理想、有本领、有担当，国家就有前途，民族就有希望。中国梦是历史的、现实的，也是未来的；是我们这一代的，更是青年一代的；中华民族伟大复兴的中国梦终将在一代代青年的接力奋斗中变为现实。"

"尹子文、原浩瀚、康萍、李兰兰这群有理想、有抱负的优秀的年轻人，他们从大城市来到弯柳树村这个小村庄住下来，在这里与农民共同学习和劳动，给这个乡村注入着新鲜的血液，也在这里找到了自己人生的价值。毛主席曾说：农村是一个广阔天地，在那里是可以大有作为的。其实，他们的人生就像当年的知识青年上山下乡一样，他们在农村这片广阔的天地，将会感受到祖国的心跳、时代的脉搏，将会得到扎扎实实的锻炼，将会丰富他们年轻的生命，他们在这里有幸参与到当今轰轰烈烈的脱贫攻坚的伟大战役中，这将是他们一生的财富，时代必将赋予他们的人生特别的意义。"

看得出，宋瑞对扎根弯柳树村的这群年轻人，抱有深深地期望。她说话的时候，语气特别有力，神情特别坚毅，眼睛里还泛着泪光。

我很明白，在她博大的内心深处，她希望这群年轻人都能够成就一段属于自己，也属于这个时代的最精彩的人生。

光明的道路 弯柳树村奔小康纪实

息县县委书记金平评价说:"弯柳树村的变化,让群众感受到了中华优秀传统文化的力量,实实在在享受到了乡村巨变带来的幸福感和自豪感。"

河南省人大副主任、信阳市委书记乔新江于2017年2月到村考察后批示:弯柳树村的做法很好,具有很大的推广价值。

弯柳树村的扶贫攻坚经验还被写进息县人民政府工作报告向全县推广。

信阳市委组织部下发文件"关于印发党建引领促发展 扶心扶志助脱贫——解读弯柳树村六年'蝶变'的实践密码",将"弯柳树村模式"在全市推广。

近年来,弯柳树村先后被评为"中华孝心示范村""弘扬中华孝道示范基地""河南省弘扬中华优秀传统文化示范村""信阳市美丽乡村""信阳市文明村""信阳市生态村",村党支部被评为息县"生态宜居"和"乡风文明"红旗支部,宋瑞也先后荣获"河南省社会扶贫先进工作者"和"2016年河南十大扶贫年度人物"等多项荣誉称号。

2018年以来,弯柳树村被人民日报列为全国优秀扶贫案例进行重点报道,并被中央电视台新闻联播、《河南日报》《大河报》、河南卫视、腾讯、新浪等媒体广泛报道。

2018年10月17日,宋瑞荣获"全国脱贫攻坚贡献奖",在北京受到汪洋副总理的接见。

2019年12月24日,弯柳树村被中央农村工作领导小组办公室、农业农村部、中央宣传部、民政部司法部共同认定为"全国乡村治理示范村"。

第八章
弯柳树村故事多

"我当家的一提起宋书记,就打心眼里佩服,他老是说:宋书记不光是共产党的好干部,她还是'上天'派来的'活菩萨'啊!我有时对当家的说,宋书记不是'上天'派来的,是共产党给派来的。我当家的这时就会说,那共产党就是咱老百姓的天。"

第八章　弯柳树村故事多

第一节　村民赵久均讲宋书记的故事

村民赵久均今年 70 多岁。

说起宋瑞的事情，赵久均就有些激动，就想流泪。

赵久均说，宋书记来村里的那一年，也就是 2012 年，他因为出车祸，腿被撞残了，整天躺在床上。后来，又跟撞他的司机打官司，来回折腾了两年多，再后来就有了一点抑郁症的感觉，觉着人活着一点意思都没有，就想死。

赵久均说："想死也不是容易的事，我一个人躺在床上，上吊找不到绳，喝药找不到瓶，想死都死不成。后来就想到了绝食，想着不吃饭总能死了吧，还是死不成。儿女们见我要死要活的样子，又是哭，又是劝，又是求，算了吧，就这样不死不活地活吧。"

"这时候，宋书记来我们家了。我记得清楚，那是 2015 年元月十五日那天，宋书记和我们县里的一位李副县长一起，来到我们家看我，宋书记就坐在我床前，拉着我的手，问长问短，问寒问暖，那真是亲啊，就是你的亲儿女，都不可能像她那样待人、那样亲，我感动得老泪纵横。"

"宋书记带我们群众好，她把每一家的情况都了解得清清楚楚，每一家的困难她都记到心里,她是听说了我要死要活的事情后,不放心才到我们家来看我的。那天她跟我说了好多安慰人心的话,让我感到生活还是需要珍惜的,打消了想死的念头。"

赵久均说:"是宋书记救了我一条老命啊,要不然我这把老骨头可能现在就变成黄土了,谢谢宋书记,谢谢共产党给我们弯柳树村派来这样好的驻村书记。我们全村的老百姓现在都离不开她,都害怕她哪一天会离开我们村。"

赵久均还说:"2015年春天,我们村有个叫李广兰的女子,家里比较困难,她就想学一门手艺赚钱,后来她准备去城里学习按摩手艺。结果人还没到城里,就把带去的680元钱丢了。这钱是她借来的钱,她回到家越想越生气,越想越往死胡同里钻,一着急就要跳楼,周围邻居好说歹说才把她劝下来。"

"宋书记听说了这件事情,那天晚上带了680元钱,送到了李广兰的家里,对李广兰说:广兰,你的钱找到了,人家送到了村委会,现在交给你,你可以继续学你的手艺了。"

"其实这钱并没找到,而是宋书记自己拿的钱,她就是怕李广兰想不开做傻事才这样做的。你想宋书记这样的人,这样的好干部好党员,真是叫我们村的群众感动啊!"

"2016年正月初八那天,天气好,太阳很暖和,我们一群老头老婆们都在村边晒太阳,这时我们看见一个人从远处走过来,穿得整整齐齐的,脖子上还围着围巾。等走近的时候,她取下了她的围巾,跟我们打招呼,我们一看,原来是宋书记呀!"

"正月初八,她不在郑州,却来我们村了!"

"大家都站起来跟她打招呼,她上去就抱住了几个老太太,又说又笑,真是亲得不得了,比一家人还亲热啊!"

"宋书记是个有大见识、大文化的人。那一年,她正在村里的大讲堂讲课，一个醉汉喝醉了酒，去讲堂里闹事，宋书记就劝他，结果他还骂了宋书记，村里的人都要上去打那个人，却被宋书记劝下来了。"

"那个醉汉酒醒后听说了这些事情，后悔得不得了，第二天跑到宋书记的小院里，跪到那里给宋书记道歉。宋书记不但没有怪这个醉汉，反而给他讲了不少道理，告诉他人不学习要落后，脑子不用会生锈，一个人天天光是喝酒打牌可不行，那将来会变成啥样的人？"

"后来，这个醉汉也成了大讲堂的学员，像变了一个人一样。"

赵久均还说起了村里一个叫汪建的人。

汪建今年有30多岁，他性格特别内向，可能是因为没有找到如意的对象，也可能是他原来的对象跟他吹了，伤了他的心，后来就患上了抑郁症，而且越来越严重，常常在家里好多天都不开门不见人。

宋书记听说了这件事情，到他家里找了他好多次，他连门都不开，死活就是不见人。但宋书记不放弃，有一次在他家门前，站在门外跟他说话，最后终于叫开了门。

汪建这个人是读过书的，宋书记给他讲道理，跟他说话他能听得懂，他慢慢地放松下来，不像刚见面时那样紧张。

后来，宋书记把他送到了郑州，听说还把他送到许昌、鹤壁的疗养机构，帮他治病，还给他送书让他读。这样一来，汪建的病就好了很多，回到村里后，也出门了，也跟人打招呼了，也开始干活了，像变了一个人。

赵久均说："宋书记不光是共产党的好干部，她在我们的心里还是个'活菩萨'，她不但救了我，还救了像汪建这样的人，救了村里好多的人。她在这里连续住了八年，而且还要住下去，要带我们过上幸福的生活，宋书记的好事啊，真是三天三夜都说不完啊！"

赵久均还激动地说，他也算个读书识字的人，他心里有好多好多的

光明的道路 弯柳树村奔小康纪实

话,想讲给宋书记,想讲给共产党,他不吐不快。

在这样的心情下,他就在家里写了一个"三句半",名字叫《精准扶贫真是好》,乡亲们都给他点赞。

精准扶贫真是好(三句半)

1. 党中央领导发号召　　精准扶贫真是好
2. 弯柳树村有福气　　　第一书记来送宝
3. 传统文化大家学　　　扶心扶志脱贫早
4. ——上课了!

1. 彩旗飘扬歌声响　　　欢声笑语进学堂
2. 省派驻村好书记　　　德才兼备有能量
3. 德孝学习她发起　　　自筹资金建学堂
4. ——漂亮!

1. 招商引资跑项目　　　精准扶贫弯柳树村
2. 修路建校建广场　　　清淤修渠建水厂
3. 水泥路通到家门口　　村村道路全通畅
4. ——真能干!

1. 千年的泥路变了样　　出行生产真方便
2. 贫困落后弯柳树村　　翻天覆地大改变
3. 环境改善人心变　　　脏乱差一去不复还
4. ——点赞!

第八章　弯柳树村故事多

1．台湾名师来授课　　　原始点按摩人人学
2．党校教授来讲课　　　乡亲们越听越爱国
3．全国各地来听课　　　道德讲堂客满坐
4．——热闹！

1．扶贫先来扶心志　　　扶起心志人自强
2．德孝文化润人心　　　自强自立扎下根
3．第一书记住在村　　　是俺们全村贴心人
4．——榜样！

1．送来现金和米面　　　排忧解难样样全
2．走村入户详识别　　　风雨无阻细核查
3．一个贫困不能漏　　　百姓心中比蜜甜
4．——送温暖！

1．引来企业手拉手　　　感人的场景一幕幕
2．社会各界来扶贫　　　唤不醒有些自私人
3．等懒靠要人人恨　　　人人讨厌无德人
4．——羞不羞！

1．人人都说富贵好　　　如今有人又叫穷
2．人穷根子找一找　　　游手好闲讨人嫌
3．好吃懒干爱摆阔　　　你不如人怨谁个
4．——讨厌！

1．种粮大户许老总　　　咱村能干第一人
2．小麦水稻白莲藕　　　哪个挣钱她先种
3．增收带动贫困户　　　勤劳致富带头人
4．——真行！

光明的道路 弯柳树村奔小康纪实

1. 生态园里王春玲　　承包土地500亩
2. 城市生活她不过　　来到咱村受辛苦
3. 龙虾白鹅果木树　　挣钱要带贫困户
4. ——傻不傻！

1. 市里县里好领导　　常到咱村来指导
2. 正月来了乔书记　　夸俺脱贫有志气
3. 县委书记和县长　　来过俺村无数趟
4. ——好领导！

1. 德孝感恩夏令营　　全国的孩子往村送
2. 学习经典和孝道　　七天学完懂事了
3. 德孝文化成产业　　村民挣钱脱贫了
4. ——高兴！

1. 精准扶贫政策好　　二流懒汉无处躲
2. 勤劳致富靠自己　　精准扶贫奔小康
3. 同圆美丽中国梦　　国强民富乐呵呵
4. ——幸福！

合：水平有限知识浅　　各位听众提意见
　　脱贫转变一小段　　说到这里全说完

谁说农民没有文化，没有知识，没有智慧，读他们的诗，听他们的歌，看他们自编自演的节目，你会发自内心地感慨：人民群众，他们的内心潜藏着无穷的智慧和能量,他们是真正推动历史前进的人。

毛泽东主席七十五年前就高瞻远瞩地说过:"人民,只有人民,才是创造世界历史的动力。"

他老人家真伟大啊!

第二节 党的好干部,群众贴心人

那一天,我在弯柳树村的村委会,采访了村民蔡志梅、赵秀英、申华丽,从她们的讲述中,知道了一个驻村第一书记,如何在她们的眼里和心里,变成了一个好干部,一个"好大夫"。

蔡志梅今年 35 岁,她是贵州贵阳六盘水的人,因为在外打工,认识了老公陈亮,就远涉千山万水,成了河南息县弯柳树村的媳妇。2013 年年底,宋瑞在村小学第一次讲传统文化课时,蔡志梅就参加了,后来她差不多每期都要去听课,在大讲堂里学到了《弟子规》《了凡四训》《大学》《中庸》《论语》《孟子》《道德经》,还有王阳明的"致良知",学到了很多的传统文化知识,知道了孔子、孟子、曾子、王阳明等很多古代先贤的故事,自己的品德也在传统文化的滋润下提升了很多。

蔡志梅在村里积极参加义工队,孝顺公公和婆婆,先后两届被评为村里的"好媳妇"。

蔡志梅说,公公陈国华那几年得了肺癌,治病花去了不少钱,家里生活很困难,宋书记知道情况后,经常去她家看望,送去米面油,还经常对她公公婆婆问寒问暖。后来为了贴补家用,蔡志梅又到珠海去打工。

婆婆上了年龄,她和老公两个人都在外面打工,没人照顾老人,蔡

光明的道路 弯柳树村奔小康纪实

志梅后来就又回到了弯柳树村,一边在村里干些力所能及的活,一边照顾老人和孩子。为了让癌症缠身的公公的身体好一些,舒服一些,她亲自端来温水,给公公洗脚,给公公揉背。村里有人说,哪有儿媳妇给老公公洗脚揉背的?蔡志梅咋能给她公公又洗脚又揉背呢?

蔡志梅听到了这些话,感到很委屈。

宋书记知道了这件事情,开导蔡志梅:"怎么没有儿媳妇给老公公洗脚揉背的?古代有,现代更有,孝顺老人自古至今永远没有错,你做得对,这是大孝大爱,值得全村人向你学习。有的人认识不够,思想落后,所以才会那样说,但他们从心里也会佩服你这种行为,因为他们做不出来,你做出来了,天长日久,你就是榜样。所以,别管别人咋说,对的事情只管做,蔡志梅,宋书记为你点赞,支持你,我在村里宣传你!"

一段时间后,蔡志梅的事迹得到了大家的肯定,被评为弯柳树村第一届"十大好媳妇"。

蔡志梅说:"宋书记真是个好干部啊,我们村的人运气咋这么好?能遇上这样的好干部,是大福气啊!"

今年59岁的赵秀英,说起来是一个很不幸的人,但又是个非常幸运的人。

宋书记来弯柳树村之前,她得了肾病综合征,人从头到脚肿得不像人样子,她的老公叫陈道喜,是个喜欢喝酒打牌的人,家里地里的活一点都不想干,全都交给了一身病的赵秀英。赵秀英带着病,还要做家里地里的活,有时不免唠叨两句,陈道喜听了就会骂,有时喝多了还会打人。

赵秀英说:"那时候就想,自己已是快到鬼门关的人了,活一天算两晌,不跟老公生气了,反正他就是个'今日有酒今日醉、明日无酒睡瞌睡'的人,说了他不听,打了也打不过,自己就是受苦受罪的命,认命

第八章 弯柳树村故事多

了。可是没想到,后来宋书记来村里了,办起了大讲堂,我被叫去听课,哎,听着听着,心里开朗了,舒坦了,也没有那么多气了。从讲堂里回了家,饭也吃多了,饭也吃香了,觉也睡着了,觉也睡好了,真是太奇怪,太神奇了,这传统文化课咋有这么大的劲儿?"

"后来,宋书记让我叫上老公去听课,我老公不去,死活不去,他说听了课能当饭吃?我告诉宋书记说我老公他死活不去听课,宋书记就亲自来了我家,硬是把陈道喜叫到了村里的大讲堂。最让人想不到的是,我老公第一节课听着还有点勉强,但听着听着他就听热乎了,后来连续听了两个星期的课。哎呀,听了两个星期的课,我老公像换了一个人,不喝酒了,不打牌了,不骂人,也不打人了,我家的牛,他也开始牵到地里去吃草,地里的农活,他也开始跟我一起干,整个像变了一个人。"

赵秀英继续说她家的事情。

她说:"一两年时间过去了,我浑身上下也不肿了,感觉也舒服了,像没病的人一样,我去医院检查身体,大夫说,你的病恢复得非常好,你吃啥药了?在哪儿找的大夫?我对这个大夫说,我们村来了个好大夫。这个大夫半信半疑地说,你们村里有好大夫?有这么神奇的大夫?她叫啥?我笑着告诉她,她是我们村里的驻村书记,名字叫宋瑞。这个大夫听了我的话,一脸问号,她说这个驻村书记宋瑞她还会治病?我看这个大夫弄不懂,就把宋书记的事情一五一十地告诉她。这个大夫听完了我的话,点点头对我说:是个'好大夫',是个'好大夫',她这个大夫的本事可真够大!"

赵秀英非常激动地说:"有宋书记这样的好大夫领着,我们高高兴兴,快快乐乐,啥病也不会有;有宋书记这样的好干部领导,我们干啥都有劲儿,干啥都有精气神。"

申华丽今年56岁,她也是村里比较早就参加义工团的人。她的家

光明的道路 弯柳树村奔小康纪实

庭条件并不好，老公2006年在工地上干活的时候，被机器切断了双腿，成了残疾人。

申华丽说："我当家的是一个比较坚强、开朗的人，后来他安上了假肢，还学会了开三轮车，有时还开着他的三轮车，送我去大讲堂里听课，他自己有时候也听课。

"宋书记知道我家比较困难，对我们很照顾。

"几年前，我儿子学理发，想在城里开一家小理发店，需要好几万块钱，家里没有多少钱，我们就想去贷款，可是银行的人了解了我们家的情况，不愿意贷给我们钱。为了孩子的事情，我当家的和我都很着急，最后我就大着胆子找了宋书记，把情况跟她一五一十地说了。

"宋书记听后，当即就给银行一个她认识的领导打了电话，说明了我家的情况，愿意为我家担保。当时宋书记拿出笔来，给我写了一个条子，让我去找银行的人。

"后来银行的人，见了宋书记的条子，贷给了我们家3万块钱。就这样，我儿子在城里开起了理发店，生意还不错。赚了钱，我们没有先还亲戚们的钱，而是先还了银行的钱，我们就是想，要给宋书记争光！

"2017年，我们义工团要参加节目，我骑车去城里为义工团买东西时，路上堵车时，摔坏了腿。我们义工团听说后，都说我是为义工团办事才摔坏的，大家就凑了650块钱让我看腿上的伤。我当家的杨振周知道这个情况后，对我说：'这不中，这不中，义工团本来就没有钱，就是义演，咋能让大家凑钱给咱们？ 以后要都这样了，义工团咋整？ 咱不能带这个头，拿这个钱，你赶快把钱拿去退给大家。'

"那天晚上，村里的大讲堂刚好有课，我们都去听课，我就把钱拿过去，在大讲堂里还给大家。当时宋书记刚好进来，她一看大家手里都拿着钱，以为是要捐款，她说：'我也捐一份，我也捐一份。'大家这才把情况告诉了宋书记。宋书记听了，高兴地笑着说：'华丽两口子觉悟高，咱们义工团的团员们觉悟都高,太好了,太好了!'"

申华丽说:"我当家的现在一提起宋书记,就打心眼里佩服,他老是说:宋书记不光是共产党的好干部,她还是'上天'派来的'活菩萨'啊! 我有时对当家的说:'宋书记不是'上天'派来的,是共产党给咱派来的。'我当家的这时就会说:'那共产党就是咱老百姓的天。'"

第九章
扶贫之路，光荣之旅

  作为一名驻村第一书记，那一刻，我感受到了习近平总书记曾经对意大利众议长菲科说过的那句话"我将无我，不负人民"的铿锵之力。每一个共产党员都应该做到：我将无我，不负人民。我们都是追梦人，万众一心，众志成城，携手同行，打赢脱贫攻坚战，实现中华民族伟大复兴的中国梦！

第一节　受邀参加黄帝故里拜祖大典

三月三，拜轩辕。

每年此时，中华民族都要拜谒轩辕黄帝，这是华夏儿女传承千载的文化传统。

黄帝功德，万古流芳，振兴中华，百年梦想。黄帝故里新郑的拜祖活动，自2006年已经升格为"黄帝故里拜祖大典"。2008年由国务院确定新郑黄帝故里拜祖大典为第一批国家级非物质文化遗产扩展项目，海内外华夏儿女为此而振奋。

2019年4月7日，即己亥年农历三月初三，上午9时50分，黄帝故里拜祖大典在河南新郑黄帝故里如期举行，来自海内外近40个国家和地区的嘉宾约八千人聚集中原大地，拜谒伟大的轩辕黄帝。

2019年的黄帝故里拜祖大典，由河南省人民政府、政协河南省委员会、国务院台湾事务办公室、中华全国归国华侨联合会、中华全国台湾同胞联谊会、中华炎黄文化研究会等联合主办，承办方分别是郑州市人民政府、政协郑州市委员会、新郑市人民政府。

大典的主题是"同根同祖同源，和平和睦和谐"。典礼进程共九项，分别为：盛世礼炮、敬献花篮、净手上香、行施拜礼、恭读拜文、高唱颂歌、乐舞敬拜、祈福中华、天地人和。

宋瑞是2018年全国脱贫攻坚贡献奖获得者，是全省驻村第一书记的优秀代表，她受有关部门的邀请，荣幸地参加了这次隆重的黄帝故里拜祖大典，并被选为27位"祈福中华"的"祈福嘉宾"之一，与邓亚萍、陶斯亮及朱德元帅的外孙女刘丽等各界精英人士一起，在拜祖大典祈福台上为中华祈福，在拜祖台上礼拜黄帝。

能够与中华民族伟大的先祖轩辕黄帝面对面，拜谒轩辕黄帝伟大的前无古人后无来者光耀千秋的功勋，让宋瑞感到无比荣幸，她的内心激动万分，她的眼里满含泪水。

2019年正逢中华人民共和国成立70周年、五四运动100周年，今年的黄帝故里拜祖大典，"爱国"主题和"国家"意识特别突出。党和国家领导人、各民主党派中央和全国工商联领导、港澳台地区有关负责人和世界各地华人代表共同出席大典，增强了世界华人的祖国认同、民族认同、文化认同的民族自豪感。

美国河南联合总商会会长王力军作为受邀嘉宾曾满怀深情地说："弘扬黄帝功德、展示华夏文明。无论何时何地，作为炎黄子孙，寻根溯源，不能忘本。作为华夏儿女，弘扬传承，不能弃根。了解黄帝文化，了解黄帝故里，让中华文明在世界民族之林中，熠熠生辉，星河璀璨。"

本届拜祖大典主拜人由十二届全国政协副主席齐续春担任；主司仪由河南省政协主席刘伟担任；河南省人民政府省长陈润儿代表大典主办单位致欢迎词。

礼拜人文始祖、激扬爱国情怀。在中华民族各界代表"行施拜礼"后，十二届全国政协副主席齐续春缓步登上拜祖台，恭读拜祖文：

时维公元2019年4月7日，岁次己亥，三月初三。全球炎黄子孙代表，汇集于具茨山下、溱水河畔，以庄严神圣之心，感恩追远之情，瞻仰轩辕黄帝故里故都。十二届全国政协副主席齐续春，谨以天下炎黄苗裔之名，祭拜中华人文始祖，恭颂伟哉黄帝之功德。

辞曰：
中华文明，源远流长。我祖勋德，万古流芳。
启迪蒙昧，开辟蛮荒。伟烈丰功，恩泽八方。
教民耕牧，五谷蚕桑。婚丧有礼，历数岐黄。
发明舟车，律吕度量。举贤任能，整纪肃纲。
修德怀远，封土固疆。肇守一统，和合共襄。
鼎新大公，中和为上。黄帝精神，民本思想。
薪火相传，世代景仰。千秋风流，代有华章。
民族复兴，百年梦想。愈挫愈奋，多难兴邦。
脱贫解困，全面小康。改革开放，盛世未央。
七十华诞，见证辉煌。站起富起，发奋图强。
天地之中，大河之南。先祖垂宪，策勉今贤。
四个着力，出彩中原。再创辉煌，郑州当先。
城市集群，辐射周边。承东启西，重任在肩。
弘扬传统，道法自然。和而不同，君子择善。
港澳来归，合力向前。两岸相望，血脉相连。
和平统一，势所必然。一个中国，蚍蜉难撼。
人类兴衰，命运相连。共为一体，唇亡齿寒。
厚德载物，俯仰皆宽。不卑不亢，至诚至善。
一带一路，文明互鉴。合作共赢，和平发展。
龙腾云起，日月经天。天长地久，四海同欢。
谨此
敬告我祖，伏唯尚飨！

光明的道路 弯柳树村奔小康纪实

作为一名优秀的华夏儿女的代表,一字一句倾听着十二届全国政协副主席齐续春满怀虔诚之心宣读的拜祖文,感受着伟大的轩辕黄帝跨越时空的不朽功德,宋瑞心潮澎湃,止不住热泪盈眶。

那天上午,宋瑞不仅与来自40多个国家和地区的华人华侨同胞齐聚中原,参加新郑黄帝故里拜祖大典,还有幸在《黄帝颂》长卷上盖上大印,这让她深感荣幸,心潮澎湃。

作为27位"祈福中华"的代表,当主持人宣布大典第八项"祈福中华"时,广场上空传来了深沉浑厚的声音:"黄帝功德,万古流芳。振兴中华,百年梦想。现在站在祈福台上的,是炎黄子孙的骄傲,中华儿女的自豪!他们用辛勤的努力和付出,向全世界展示了中华儿女的文明和智慧。今天他们将在全世界华人拜祖圣地,中华民族的精神家园,在中华人文始祖面前,高挂祈福牌,为民族祈福,为复兴喝彩!"

此时此刻,宋瑞感动得泪流满面。

当她把写上她心愿的祈福牌"天佑中华,民族复兴,人民幸福,道行天下"挂上祈福树时,她的心中回荡着一个声音:"为天地立心,为生民立命。为往圣继绝学,为万世开太平。"

谈及参加这次黄帝拜祖大典的祈福仪式,宋瑞感慨万端。

宋瑞在她2019年4月7日晚上的日记中,这样写道:

那一刻,我感受到了肩上的责任和义务。生逢盛世,在这个伟大的新时代,作为一名共产党员,能为实现中华民族伟大复兴效犬马之劳,何其有幸!我们要坚定文化自信,民族复兴,我们昂首挺胸走在前面,逢山开路,遇水架桥,敢为人先,为国为民奉献自己,舍命全交。

作为一名驻村第一书记,那一刻,我感受到了习近平总书记曾经对意大利众议长菲科说过的那句话"我将无我,不负人民"的铿锵之力。每一个共产党员都应该做到:我将无我,不负人民。我们都是追梦人,万众一心，众志成城，携手同行，打赢脱贫攻坚战，实现中华民族伟大复兴的中国梦！

第二节 "五位一体"，振兴乡村

"五位一体"，是对"全面推进经济建设、政治建设、文化建设、社会建设、生态文明建设"的概括表述。

习近平总书记自中共十八大以来的历次公开讲话与文章中，对"五位一体"及其全称先后提到过 30 多次。作为中国特色社会主义这一伟大事业的总体布局，它为"两个一百年"奋斗目标和中国梦的实现，明确了努力的领域和方向。

"五位一体"总布局提出于党的十八大，是中国共产党在领导人民建设中国特色社会主义的实践中认识不断深化的结果。

中国共产党一直在探索中国的社会主义发展道路，从十六大报告里的经济、政治、文化建设"三位一体"，到十七大报告中提出经济建设、政治建设、文化建设和社会建设的"四位一体"，再到十八大报告中的"五位一体"，中国发展的总体布局逐步形成并不断完善。

生态文明建设，让"五位一体"的内涵更加丰富、全面。2012 年 11 月 17 日，习近平在十八届中共中央政治局第一次集体学习中就提到了生态文明建设的重要意义：随着我国经济社会发展不断深入，生态文明建设地位和作用日益凸显。党的十八大把生态文明建设纳入中国特色社会主义事业总体布局，使生态文明建设的战略地位更加明确，有利于把生态文明建设融入经济建设、政治建设、文化建设、社会建设各方面和全过程。

光明的道路 弯柳树村奔小康纪实

2016年10月,宋瑞开始学习"致良知"后,听到老师说"己心不扶,何以扶人"这句话时,她感到震聋发聩。

如何发挥自己的能力,让弯柳树村发展得更好? 她陷入深深地反省。

后来,她开始跟随北京阳明教育研究院学两本书,一本是《习近平谈治国理政》,一本是《致良知是一种伟大的力量》,她觉着自己的生命和思想焕然一新,充满力量,

宋瑞对照古圣先贤老子、孔子、王阳明先生的《道德经》《论语》《传习录》,反复研读习近平总书记治国理政思想和系列讲话。习近平总书记为什么在各种不同的重要会议上,先后30多次地提到"五位一体"的国家发展战略? 可见"五位一体"总体发展战略多么重要!

宋瑞觉得,习近平总书记一次次号召全党全国推进的"五位一体"总体发展战略和治国理政思想,也可以落实在一个村子的发展中。习近平总书记"五位一体"治国理政思想,大可治国、中可治县、小可治村啊!

从此,她带着弯柳树村的党员干部和群众,按照"五位一体"的发展思路,开始探索弯柳树村的"五位一体"脱贫攻坚之路和乡村振兴之路,这些年已大见成效。

第一,经济建设。建立弯柳树村的扶贫产业园,把经济建设搞上去,这是脱贫致富的根本。目前,在弯柳树村投资千万元以上的企业已经有6家,他们分别为:息县远古农业生态科技公司,息县弯柳树村生态农业公司,约汗实业发展公司,息县惠民门窗厂,息县尚居家具公司,息县宏盛达电商物流园。除此之外,弯柳树村的村民,也办起了自己的养殖、种植园、民宿客房、民宿餐馆,创立了息县弯柳树村孝爱文化公司、弯柳树村歌舞团,而且都产生了良好的经济效益。光是民宿客房、民宿餐馆,每户参与的农民,多的每户一年能增收3万多元,少的也能达到五六千元。

第二,政治建设。带好一个村班子,抓好一支党员队伍,现在全村

有共产党员 30 余人。发挥党支部的战斗堡垒作用，发挥党员的先进模范作用，这是弯柳树村脱贫之后、防止返贫的根本保障。目前村两委班子和信息员 7 人，村歌舞团班子 3 人，村义工团班子 3 人。宋瑞带领村委班子，教育党员干部，要把弯柳树村两千多口人全都装在心里，从自己做起，努力克服"精神懈怠的危险，能力不足的危险，脱离群众的危险，消极腐败的危险"，决心做一个有"铁一般信仰，铁一般信念，铁一般纪律，铁一般担当"的四铁干部。

第三，文化建设。抓住一个核心，就是"立足中华优秀传统文化，培育和践行社会主义核心价值观"。把核心价值观，变成老百姓的好活法。从 2013 年，村里建起道德大讲堂，通过大讲堂一直向村民传播中华优秀传统文化；2016 年以来，带领村里的党员干部和村民学习致良知，培养"爱党、爱国、爱家、爱土地，诚信、敬业、和睦、友善"的好农民；2018 年，息县县委、县政府、县委组织部，投资 800 多万元，为弯柳树村建起了"弯柳树村大讲堂"，以此来塑造弯柳树村新时代的中国农民精神，将弯柳树村的精神文明建设成果不断发扬光大。

第四，社会建设。完善一套制度，制定了村规民约，弯柳树村尝试村民自治，共建、共享、共守全村和谐，形成十户联盟机制。在宋瑞的带领下，村里有效解决了过去在村民中长期存在的"等、靠、要、懒、怨"难题，找出了一条有效解决现阶段农村"基层组织薄弱涣散""村民自私冷漠""孝道缺失""赌博成风""垃圾围村"等难题，带领村民走上了脱贫奔小康的道路，走上了物质文明和精神文明共发展的乡村振兴之路。

第五，生态文明建设。树立全村共识一个理念，那就是十九大报告中习近平总书记说的"要像爱护我们的生命一样保护我们的生态环境"。弯柳树村现在正在发展生态农业，实施垃圾分类，建设美丽村庄，努力打造"息县生态文明示范村"。弯柳树村现在不仅是生态农业搞得最好的村庄，也是息县垃圾分类搞得最好的村庄，村子的垃圾分类中心建得也是最有特色的，弯柳树村的村民男女老幼齐动手，捡垃圾、分垃圾，打扫卫生，建设着自己美丽的家园。走在弯柳树村的大街小巷上，每一面墙，都画着画儿，写着标语，传递着文化和文明。

宋瑞说："弯柳树村的'五位一体'建设，是弯柳树村落实习近平总书记治国理政思想的探索和实践，是弯柳树村打赢脱贫攻坚战、实现乡村振兴的根本依靠。"

作为旁观者，我深深地感到，一切都来之不易。宋瑞，作为党派到弯柳树村的驻村第一书记，她在用心用情，在倾尽心力，用自己作为一个共产党员的忠诚和信仰，探索一个村庄的发展之路、幸福之路。

第三节　河南省委书记王国生为宋瑞点赞

2019 年 5 月 14 下午，在河南省委北院二楼会议室，宋瑞参加了"河南省委纪念焦裕禄同志逝世 55 周年座谈会"。

河南省委从全省选拔了包括焦裕禄的二女儿焦守云在内的八位优秀的共产党员干部，在座谈会上根据自己切身的体会进行发言。

宋瑞是被河南省委组织部选定的其中的一位发言人。

会议由陈润儿省长主持。省委书记王国生，省委组织部部长孔长生等领导参加了这次座谈会。

八位发言人分别是开封市委书记侯红、兰考县委书记蔡松涛、焦裕禄书记二女儿焦守云、内乡县委书记李长江、中办驻光山县挂职副县长戴东凯、修武县农业局局长杨法宜、辉县镇党委书记赵化录、国家统计局河南调查总队驻息县弯柳树村第一书记宋瑞。

座谈会上，宋瑞以"不将今日负初心"为题，汇报了她对焦裕禄书记的"三股劲"的深刻认识和她在八年驻村的工作实践中的体会，是焦裕禄对群众那股亲劲，让她学会扎根基层服务群众；是焦裕禄抓工作那股韧劲，让她学会迎难而上破解问题；是焦裕禄干事业那股拼劲，让她学会担难、担险无私奉献。最终带来了"我自己的改变、村民人心的改变、弯柳树村的改变"三个改变。

那天，省委书记王国生听了宋瑞的发言，给予了很高的评价。下面是宋瑞的发言内容：

尊敬的各位领导！

我是国家统计局河南调查总队驻信阳市息县路口乡弯柳树村第一书记宋瑞。2012年10月至今，我已经在弯柳树村驻村八年。很多人问我，你为什么能在村里坚守八年？答案就是，焦裕禄书记的"三股劲"给了我坚守和前进的力量。这八年里，在学习传承焦裕禄精神中，我做到了三个改变。

第一步，改变自己。初到弯柳树村，尽管已经做好思想准备，但是我还是吃了一惊：全村没有一条水泥路，一到雨雪天就泥泞难行；房前屋后杂草丛生、垃圾成堆、污水横流；村民麻木懒惰，喝酒打牌成风，打架斗殴不断，老人无人赡养；村"两委"班子瘫痪，说话无人听，干事无人跟，组织开个会都得给钱。整个村子死气沉沉，毫无生机。看着眼前的景象，我的心里七上八下、五味杂陈，只感觉前路茫茫、前途未卜。当为村里争取到的第一笔扶贫资金批下来时，村民们的反应更是给了我当头一棒：40万元的科技扶贫资金，村民们因为嫌种植养殖麻烦，竟然无人来领！给钱都不要，这贫该咋扶？晚上住在全村最穷的贫困户邓学芳家中，我久久难以入睡。我突然想女儿，想回家。当我想打退堂鼓时，焦裕禄书记的一句话在我脑海里闪现："我是个共产党员，只要

光明的道路 弯柳树村奔小康纪实

党需要,我就克服一切困难完成。"当上级决定派焦裕禄到条件十分艰苦的兰考工作时,他不仅没有半分怨言,反而心存感激。我不禁想:我们在党旗下一次又一次坚定地宣誓"为共产主义奋斗终身,随时准备为党和人民牺牲一切",作为一名老党员,在面对困难和考验的时候,我怎么能当逃兵?我所面临的问题,跟习近平总书记在梁家河面临的"四关"、焦裕禄书记在兰考面临的"三害"相比,又算得了什么呢?那一刻,我幡然醒悟,并下定决心:坚决留下来、干到底,不改变弯柳树村的面貌,我决不收兵!

那天我写下了自己的座右铭:"此生做一个像焦裕禄书记一样的共产党员。做让习近平总书记放心,让人民满意的驻村第一书记。"并公布在村文化墙上,请大家监督,大家的干劲都被激发出来了。

第二步,改变人心。精神上的贫瘠比物质上的贫穷更可怕,不从根子上改变,再好的扶贫政策也无济于事。在治理"三害"过程中,焦裕禄书记坚定"吃别人嚼过的馍没有味道"的信念,对所有风口、沙丘和河渠逐个丈量、编号、绘图,终于闯出了治理"三害"的新天地。我必须像焦裕禄那样,求真务实,勇于探索,找出一条切实管用的路子,彻底地将村民的心"扶正"。经过深入走访了解,我决定将改善环境作为突破口,用"看得见的变化"来感召群众。我带着志愿者下河捡垃圾,老支书陈文明等人跟着行动起来,一些等待观望的村民也开始参与。我们走遍14个村民组的沟沟坎坎,集中攻坚20多天,拉走100多车压缩垃圾。打量着焕然一新的家园,村民们发自内心地笑了。我趁热打铁,在"化缘"来的30万元建起的活动板房里开办道德讲堂,讲孝老爱亲、乐于助人等中华传统美德,讲社会主义核心价值观如何变成老百姓的好活法,讲习近平总书记扶贫开发重要思想,讲当前各项惠民利民政策,唤起群众自力更生的意识和脱贫致富的强烈愿望。村民们发自内心地编唱了《手拿锄头心向党》《精准扶贫就是好》《弯柳树村之歌》等歌曲,感恩祖国、感谢党、歌颂党的好政策。为了让村民学有榜样、干有方向，我又组织开展了"十大孝子""十大好媳妇""十大好村民""十大好楷模"等评选活动。通过一点一滴的教育引导，弯柳树村的民风淳了，风气正了，村民们沉睡的心也都醒来了。他们自发成立了义工团，主动清扫垃圾，积极帮助他人，还办起了"饺子宴"，每月农历初一、十五为老人送上热腾腾的饺子。母慈子孝、邻里互助、艰苦奋斗的场景在弯柳树村频频上演。

第三步，改变弯柳树村。乱治下去了，但穷还在。焦裕禄书记一心想让老百姓过上好日子，他不顾病魔缠身，以"敢教日月换新天"的斗志，与群众一起战风沙、斗洪涝、治穷根，终于治住了"三害"。我必须像焦裕禄书记那样，再苦再累，也要带领弯柳树村乡亲们，将穷根彻底拔起！

群众富不富，关键看支部。弯柳树村班子长期软弱涣散，我到村时只有村支书和村主任两人。在我精心物色和耐心游说下，远近闻名的水电工王守亮等5名致富带头人加入了"两委"班子，先后有17位年轻人向党支部递交了入党申请书，组织的凝聚力和战斗力不断增强，成为带领群众脱贫致富的火车头。我和村"两委"研究决定发展文化培训和乡村旅游产业，每年接待一万多人；由媳妇和大妈组成歌舞团，应邀到各地演出，累计创收200多万元。弯柳树村的变化引起了社会的广泛关注，全国各地150多个团队前来参观学习，有6家公司先后入驻弯柳树村，投资5000余万元发展规模化的扶贫产业。弯柳树村不仅提前脱贫摘帽，而且由远近闻名的穷乱村变成脱贫攻坚的样板村、乡村振兴的示范村、文化自信的幸福村，中央电视台、《人民日报》等媒体先后做了报道。信阳市委组织部将弯柳树村的做法，总结提炼成《党建引领促发展　扶心扶志助脱贫——解读弯柳树村六年"蝶变"的实践密码》，并在全市印发。

回望这八年，是焦裕禄对群众那股亲劲，让我学会扎根基层服务群众；是焦裕禄抓工作那股韧劲，让我学会迎难而上破解问题；是焦裕禄干事业那股拼劲，让我学会担难担险无私奉献。在当前打赢脱贫攻坚战的攻城拔寨期，我将继续学习、传承焦裕禄精神，植根群众，奉献群众，带领弯柳树村民在乡村振兴的道路上阔步前行！

　　王国生书记听了宋瑞的发言后很感慨，他说："习近平总书记指出：弘扬焦裕禄精神，是为实现中华民族伟大复兴的中国梦提供正能量。我们要用焦裕禄的亲劲、韧劲、拼劲'三股劲'，扛起共产党人的责任担当。宋瑞在息县一个村里，一干就是八年，一个女同志多不容易，很值得我学习，是大家学习的榜样。三个改变不是容易的，'自己的改变、人心的改变、村里的改变'，没有付出是改变不了的。宋瑞同志，不仅是要表扬，还要号召全体第一书记向她学习。"

　　这次参加河南省委纪念焦裕禄同志逝世55周年座谈会，让宋瑞感慨很深，她觉得对自己的精神境界是一次洗礼和提升。

　　"这次参加座谈会，我再一次被焦裕禄书记心里时刻装着人民、装着党、无私奉献、勇于担当、为官一任、造福一方的精神所深深感动。"宋瑞说，"焦书记在兰考县仅有短短的一年零四个月，却带领兰考人民有效治理了风沙、盐碱、洪涝'三害'，给后人留下一座永久的精神丰碑。焦书记的精神将激励我，让我再次坚定了此生做一个像焦裕禄书记那样的共产党员的信心和信念。"

第四节　总队是我扶贫的坚强后盾

　　宋瑞说："从驻村到现在，八年了，总队是我在弯柳树村扶贫的坚强后盾。想起总队领导和同志们的关心、关怀和支持，就有一种幸福，就有一种安慰，就有一种力量，就会感到骄傲自豪，就会感到无怨无悔。"

2012年，按照省委、省政府关于进一步做好新阶段定点扶贫工作的部署，国家统计局河南调查总队负责息县路口乡弯柳树村定点扶贫。当年10月，总队党组派她到息县路口乡弯柳树村驻村扶贫。总队党组高度重视脱贫攻坚工作，成立了以时任总队长贾志鹏同志为组长的河南调查总队定点帮扶工作领导小组，给她在弯柳树村的扶贫工作提供了最有力的保障和支持。

从那时到现在，总队领导已经换了三任，但总队支持扶贫的力度从没有改变，弯柳树村的脱贫攻坚工作能如期完成任务，总队始终都是她扶贫的坚强后盾。

宋瑞说："总队的支持，很多事情让我至今记忆犹新，历历在目，说起来就是满心的感动。"

早在2013年，贾志鹏总队长第一次到村调研后，就针对村民不和、垃圾围村的现状，告诉宋瑞说："在扶贫工作中，应注意用党的教育和社会主义先进文化，来引导和武装村民思想，意识形态领域不可忽视。"

2014年6月5日，贾总队长再次到村调研扶贫，临走时他告诉宋瑞："扶贫不仅是修一条路、打一眼井、建一栋房，而是重在解决村民的精神问题、思想问题，解决致富门路问题，解决可持续发展问题，让村民从思想上精神上自觉地参与到摆脱长期贫困现状的行动中来。"

"总队长的话，让我在初到弯柳树村扶贫感到迷茫时，找到了方向，树立了信心，增添了力量。"宋瑞说。

总队领导多次到弯柳树村调研扶贫，就总队如何开展帮扶村级组织建设、脱贫规划等提出详尽要求，对弯柳树村村两委的建设和产业扶贫项目的推进，提出了很多有建设性的意见。

2018年9月，夏雨春总队长上任后，数次到村走访贫困户，详细听取整村规划、产业发展，他指出："新时代要有新担当、新作为，弯柳树

光明的道路 弯柳树村奔小康纪实

村要在全面打赢脱贫攻坚战的基础上,运用好已初步形成的文化自信基础和干群同心优势,先行一步谋划乡村振兴。"

2019年8月1日晚上,夏雨春总队长带着总队办公室主任朱隽峰、人事处长景南方、办公室主任科员杨利一行,一路风尘赶到了弯柳树村。夏雨春总队长听起了宋瑞的汇报,对弯柳树村所取得的有目共睹的成绩,给予了赞扬和肯定。

夏雨春总队长对宋瑞说:"不忘初心,牢记使命。在脱贫攻坚中,要再接再厉,厘清思路,明确近期和长远的目标任务。要始终围绕党中央最新要求,加强党的建设,凝聚村民人心,做好做实项目,把弯柳树村建成全国脱贫攻坚的典型村、示范村。"

当天晚上,夏雨春总队长还特别看望了来自湖南、江西、江苏、山西等七个省,前来参加"弯柳树村首届传统文化暨文化自信与乡村振兴志愿者培训班"的40多位学员。他热情洋溢地祝愿学员们在这里学有所用,努力为国家、为家乡、为文化自信和乡村振兴做出自己的贡献。

从贾志鹏到夏雨春,河南调查总队历任总队长,每一位领导都把扶贫攻坚当作大事来抓,一次又一次带领同志们到村调研、指导,拟定精准施策、精准脱贫方案,拟定发展产业、乡村振兴的长远发展规划。

八年的时间里,总队领导班子成员定期入村扶贫形成了工作制度。仅是2018年,班子成员就先后带队到村调研六次,召开专题会议研究帮扶工作,在村里召开脱贫攻坚座谈会、推进会三次。先后开展了"助力脱贫攻坚 共享改革开放40周年成果"爱心捐款、向村党支部和党员捐赠党的十九大精神书籍、《党员知识手册》等活动;下拨专项经费用于弯柳树村脱贫攻坚工作;开展了总队下属五个党支部"一对一"结对帮扶弯柳树村五个贫困户的扶贫行动。

机关党委帮扶的王伟、住户专项处帮扶的段平,已经脱贫;监测处帮扶的王新春,办公室帮扶的汪建,财务处帮扶的许光书,还没有脱贫。

总队各个处室的处长和同志们，大都在百忙中到过弯柳树村扶贫一线支持。景方南处长每次去看他帮扶的王新春，都给他发红包；朱隽峰主任帮扶的汪建是个抑郁症患者，在找爱心企业帮他进行系统治疗的同时，还给他送来《钢铁是怎样炼成的》《傅雷家书》等书，对汪建帮助很大；残疾人段平、大病户许光书、王伟，都对帮扶他们的秦喜成处长、李素香处长、张建国书记念念不忘。

2018年，息县县委宣传部发文在全县推广弯柳树村孝亲敬老做法，各村成立孝善基金，总队全体同志立即为弯柳树村孝善基金捐款8800多元，受感动的村民和企业家积极捐款达20多万元，名列息县各村前列，赢得县财政1:1资金配套，解决了为贫困户、五保户、危房户、老人户维修房屋等的资金问题。

宋瑞说："总队党组始终没有忘记对我的关心，让我永远难忘，时时感动。"

"每年冬天下雪最冷的时候，总队党组都及时安排市县队的同志，给我送来棉衣、棉被和取暖设备。2018年春节前，连着下了两场大雪，村里的电线线路因大风大雪损坏停电，多数村干部手和脸被冻肿了，我的耳朵、脚也都冻肿了。那天走访完贫困户，我在朋友圈发了一条信息。没想到几天后，贺组长到村调研脱贫攻坚工作，给村两委送来了急需的电脑，同时给我送来了厚厚的一件羽绒服，那天我同时还收到了女儿寄来的棉衣。"

宋瑞说："在遥远的村子里，在寒冷的冬天里，同时收到组织的关怀和亲人的关爱，心中倍感温暖，特别感动。有总队大家庭的坚强后盾和小家庭亲人的理解支持，扶贫虽然辛苦，但心中特别温暖，特别有力量。"

党中央对驻村干部也关怀备至，习近平总书记在2018年的新年贺词中说："在脱贫攻坚一线工作的基层干部非常辛苦。要求地方党委和政府要关心、关爱、关注他们。"

在2019年的新年贺词中，习近平总书记为驻村干部和第一书记点赞："我时常牵挂着奋战在脱贫一线的同志们，280多万名驻村干部、第一书记，工作很投入、很给力，一定要保重身体。"

习近平总书记对扶贫干部的牵挂，让宋瑞无比感动。

宋瑞说："作为一名扶贫干部，作为一名驻村第一书记，在扶贫的路上，不仅能时时得到总队和各级党组织的支持，而且还能得到来自党中央和习近平总书记的亲切关怀和慰问，这是无上的光荣！作为一名共产党员、一名驻村第一书记，我有何理由不在脱贫攻坚中竭尽忠诚、奉献一切？"

第五节 讲述"中国共产党的故事"

2019年5月初，宋瑞与兰考县委书记蔡松涛等六人荣幸地被河南省委组织部选定为中共中央对外联络部"中国共产党的故事：习近平新时代中国特色社会主义思想在河南的实践——乡村振兴"河南省委宣介团成员。

根据河南省委组织部的通知要求，宋瑞等六位宣讲人将在6月下旬举办的30多个国家元首、驻华使节、党派代表参加的外事会议上，讲述河南乡村振兴的故事。

5月15日，宋瑞在黄河迎宾馆参加了河南省委宣介筹备会，河南省委外办主任付静主持会议，中联部信息传播局局长胡兆明等听取宣介团成员试讲。

宋瑞以《扶贫从心开始》为题介绍了弯柳树村的做法和变化，胡兆明局长听后点评说："非洲年年给钱仍然富不起来，你这第一书记'扶贫先扶心',破解了一个全世界的难题。非常好！讲孝道为什么能改变人心,分层次递进讲出来,把实践中的感悟讲出来。"

省委外办主任付静对宣介团成员说:"要把完成这次中共中央对外联络部交给的任务,当作是一生中最重要的政治任务,当作是一生中最光荣、最荣耀的事。你们的故事、你们的实践,就代表河南省委的实践。"

2019年6月28日,"中国共产党的故事:习近平新时代中国特色社会主义思想在河南的实践"专题宣介会在河南兰考举行。此次宣介会由中共中央对外联络部和河南省委共同举办,来自30多个国家的近300位元首、驻华使节和政党领导人来到兰考参观访问并参加此次重要会议,现场聆听来自河南省的六位党员干部代表讲述"中国共产党的故事"。河南省省委书记王国生亲自带领兰考县委书记蔡松涛和河南驻村第一书记宋瑞等六位代表到会发言。

兰考县委书记蔡松涛以《脱贫路上的兰考故事》为主题,代表河南基层的广大党员干部,向各国来宾讲述了在中国共产党领导下,兰考党员干部群众克难攻坚,打赢脱贫攻坚之战,在全国率先脱贫的故事。

作为省派驻村第一书记,在这次意义重大的宣讲会上,宋瑞以《扶贫从心开始》为主题,代表河南乃至全国近20万名驻村第一书记,向各国来宾讲述了河南弯柳树村扶贫先扶心的扶贫攻坚探索与实践,讲述了以弯柳树村为代表的河南乡村振兴的故事,讲述了中国共产党人在脱贫攻坚中感动人心的故事。

讲述"中国共产党的故事",请听一听驻村第一书记宋瑞的宣讲内容:

大家好！

我是国家统计局河南调查总队派出的驻村第一书记宋瑞。在中国有一个特殊群体,叫驻村第一书记。简单说就是为了解决农村人才缺乏、组织薄弱问题,从中央到地方各单位选派党员干部,到贫困村担任党支

光明的道路 弯柳树村奔小康纪实

部负责人,带领村民脱贫致富。我就是其中的一员。

2012年10月,我被派到息县弯柳树村驻村扶贫,一进村就感到了压力,2400多人的村子,只有两个村干部,且年龄偏大。

当争取到的第一笔资金下来时,40万元科技扶贫款没人领。"村民说给钱就行了,让种、让养,我们不会!"我一听就蒙了,给钱都不要,这贫该咋扶?

习近平总书记说:"扶贫要扶志和智。"我决定从改变人心开始,扶起志向和智慧。

"境由心生"。首先从改变村环境抓起,我带领村干部一起,动手清扫村里的垃圾。干了三天后,村民被感动了,纷纷加入,20多天拉走100多车压缩垃圾! 看着干净整洁的村庄,村民笑了!

"农村富不富,关键看支部。"驻村第一书记头一个任务,就是建强村党支部。接下来,我拜访老党员和村民,推选出年轻人加入村班子,村干部增加到5人。

村党支部健全了,大家干劲足了。我们筹资在村头建起"道德讲堂",讲故事、化人心。立足中华传统文化,讲孝亲敬老、勤劳致富,唤醒人心,改变民风。从开始发礼品吸引村民听课,到后来大家抢座位听课,人心觉醒了,村里风气好了。

贫困户骆同军,戒了酒瘾和牌瘾,立志为儿孙做个好榜样。妻子在家开起农家餐馆,他到村企业上班,全家年收入7万多元,日子越过越红火。

人心一变,奇迹出现。村民变得勤奋肯干,彬彬有礼,到处洋溢着温暖和幸福。有德就有财。党支部组织招商引资,吸引7家企业到村投资发展产业,村民人均纯收入从2012年的2000元,提高到2018年的11727元。

村民幸福了,自发成立了歌舞团,创作的情景音乐报告剧《弯柳树

第九章 扶贫之路，光荣之旅

村的故事》正在排练，计划年底进京汇报演出，之后沿"一带一路"出国演出，向世界展示脱了贫的中国农民的精神风貌，展示中国道路自信和文化自信，展示中国方案构建人类命运共同体，将给世界带来的美好幸福前景。

转眼我驻村已经八年，从开始的一个人孤军奋战，到现在村党支部充满活力，带领全村同心同德一起干！我心里感到特别幸福和自豪。驻村第一书记，就像撒在农村的火种，点亮人心，引领方向！

弯柳树村奇迹般的变化，正在全国各地农村发生。我坚信在中国共产党领导下，我们守初心、担使命，组织振兴，定能如期打赢脱贫攻坚战，必将带来乡村振兴的全面发展！

河南驻村第一书记宋瑞的讲述，深深打动了中非团结一心运动全国执行书记、前政府总理萨兰吉·桑普利斯·马蒂尔。宣介会一结束，他第一时间迎向了宋瑞，与宋瑞紧紧地握手。

他兴奋地说："你们这些驻村第一书记，非常认真地执行中国共产党的方针政策，让好的举措能够开花结果，所以才能取得这么好的成效。"

宋瑞对这位国际友人，也对现场的记者说："我们河南省乡村振兴的这种做法，能得到世界各国友人的广泛关注和认可，我觉得这一点特别有成就感，而且也特别振奋。在中国共产党的领导下，中国农村将会有更加广阔的发展前景，下一步我们会越干越有劲。"

扶贫从心开始。宋瑞的宣讲，真诚而动人，赢得了众多国际友人的关注，他们把最热烈的掌声送给这位中国共产党派往农村驻村扶贫的第一书记。

他们关注的目光和热烈的掌声，表达了世界各国对中国共产党所领导的脱贫攻坚这项关乎中国、也关乎世界的伟大事业的由衷赞赏和支持。

作为一名中国共产党党员,作为一名党组织选派的驻村第一书记,宋瑞从未想过,自己有一天能够将自己在扶贫攻坚一线的探索与实践经验,代表中国共产党的声音,向世界"讲述中国共产党的故事"。

此情此景,至今每每想起,她依然禁不住心潮激荡,热泪盈眶……

第十章
一个共产党员的初心和使命

  如果没有一颗坦荡赤诚的心，如果没有一个共产党员的忠诚和信仰，如果没有全心全意为人民服务的心，如果没有对五千年中华文化的崇敬之心，宋瑞如何能够在脱贫攻坚的战场上做出这些具有时代价值和意义的探索？她的奋斗如何能够赢得一个村、一个县，乃至全国许多地方的人们的尊重？

第十章 一个共产党员的初心和使命

第一节 2017 年扶贫日志

2017 年 2 月 7 日

这一周发生了太多的大事，有太多的感动。2 月 4 日下午信阳市市委书记乔新江带队专程到弯柳树村考察指导，对运用王阳明心学"扶贫先扶心"收到的显著效果，给予充分肯定。6 日上午我们在村举办了"学习中办国办《关于实施中华优秀文化传承发展工程的意见》专题报告会"，中国汉学专家、英国威尔士大学一级教授聂振弢到村授课。我忍不住失声哭泣！两办下文了，云开雾散了，春天来了！为了传统文化的弘扬，五年像打了一场上甘岭战役，所有的艰难、险阻、磨难，撑不下去的遭遇，都将永远成为过去。五年的坚守值了！

下午，迎来了孙辉同学一行到村里，代表"中信集团中青 4 期慈善基金会"捐款三万元，支持贫困村孝亲敬老、助学活动。在村道德讲堂举行的捐赠仪式上，村里的孩子表演《跪羊图》迎接客人，北京来的孩子唱一曲《父亲》答谢。看着这一幕我心中好振奋，中华好儿郎、炎黄好子孙，在复兴中华文化、实现民族复兴中国梦的新长征途中，相会在这个中华孝心示范村，学习孝道，连根养根，根深叶茂！当三万元善款交到村民代表手中时,乡亲们都感动了!为我们炎黄子孙本是一家人的血脉相连的亲情所感动!我的眼泪一直在流,感谢孙辉同学带病来村,下午1点到,3点半走,来去匆匆,只为送达一份温暖、一份爱、一份同学情!有致良知同学们的支持、关爱,心里好踏实。在新长征路上,我们在一起!

2017年2月17日

今年春节放假期间,趁家人都去海南过年的机会,我独自进山,手机关机,一下子有了完全属于自己的时间,时间完全归于自己,感觉自己像个富翁一样!好幸福啊!心静下来了,似乎能感受到天地的呼吸,宇宙的心跳,身体像雾化了一样好像不存在了。天地之间空无一物,心与天地一样空旷、辽阔、寂兮寥兮。一下子理解了陈子昂《登幽州台歌》"前不见古人,后不见来者。念天地之悠悠,独怆然而涕下"的意境。

心静下来了,照见的全是自己的过错!过去常常认为自己是对的,一静心观照,竟然发现都是自己的错。王阳明先生说:"古之圣贤之所以为圣贤,唯其能改过耳。"我与圣贤人心同,而改过之心不同。习近平总书记多次讲王阳明先生的《教条示龙场诸生》:"立志,勤学,改过,责善。"过不能时时改、事事改、处处改,立志与勤学都会成为镜中花、水中月。不能洞察心中每一个念头,不能如临深渊、如履薄冰改过,良知难以清澈!改过,将是我生命的主旋律。

2017年3月8日

今天在信阳市大别山干部学院接受省委组织部为期三天的驻村第一书记和基层干部培训。紧张的学习下课后,我独自一人走向后山散步。正午明媚的阳光下,山上的红梅花、迎春花、杏花正次第开放,地上的小草也正渐次呈现出带着喜悦的绿色。春天来了,大自然是如此的生机勃勃，每一棵树、每一株小草都在无私无欲、自然而然地绽放自己最美的生命。坐在静静的山中，听着鸟叫、花开、草长的声音，忙碌的心停了下来，瞬间找到了它的家一样，好感动！

今天又是三八妇女节，我们姐妹们的节日，群里看到的都是红包和祝福，生在这个和平的年代，我们经历着、承接着各种幸福，好感动！生为女人，在娘家，我们是女儿，是姐姐或者妹妹；长大出嫁了，我们是妻子，是儿媳，是妈妈；工作了创业了，我们是员工、是下属、是领导。如今有幸加入致良知学习队伍，成为致良知同学的一员，此生要走向一条圣贤之道。每一个不同的身份都有一条不偏不倚的大道摆在我们面前，我上"道"了吗？我尽"道"了吗？我尽到了"女儿道""妻子道""母亲道"了吗？我在日常生活中是否都尽心尽力做好了每一个角色分内该做的事儿？让父母、公婆放心，且因为我的努力而幸福康乐、安享晚年。让爱人安心，且每天幸福愉悦，人生平安祥和。让孩子舒心，且开启智慧，健康成长。让领导和下属满意，皆指我为仁爱忠义之士。如果这些最基本的职责本分我都没有做好，父母、公婆或丈夫、孩子都对我有意见，领导或下属对我有意见，我说我要为祖国效犬马之劳，好像是在沙中建塔，没打好地基一样。

"修身、齐家、治国、平天下"，这是一条成圣成贤的路线图。报效祖国，根在修身、齐家，做好身边的每一件事，爱国、敬业、诚信、友善，即在其中了。为祖国效犬马之劳，不是让我们去磨刀立马、叱咤风云，而是竭尽全力做好自己的这份工作、尽好自己的这份职责、修好自己的这颗心，积累自己的德性，感化、唤醒身边的人。

2017年3月17日

上午跑了整整半天，调解骆家四兄弟因盖房留下的积怨。中午饭自己做，从住的小院中拔了一棵青菜，煮一把面条加青菜，配上自己炒的

光明的道路 弯柳树村奔小康纪实

一碟花生米和乡亲们做的豆瓣酱，简单美味！食材天然的香味比任何调味料都好。餐后用雪白的细瓷碗，盛上一碗煮过面条和青菜的面汤，端在手中，低头一看，竟是如此漂亮的、嫩金软玉般的金黄纯粹的汤色，心中好感动！

生活中处处都是美，处处都是天地大道给予我们的滋养与爱！"天生万物以养人，人无一物以报天"。我们只有以一颗至诚恭敬的心，感恩乡亲们、感恩天地父母和宇宙大道！

2017年4月28日

昨日市委组织部召开全市第一书记扶贫工作会议，扶贫攻坚进入冲刺阶段，各项工作任务越来越艰巨。国务院、省、市、县检察组督查、暗访越来越频繁。我作为驻村第一书记，不怕查产业、不怕查农户增收的实况，弯柳树村的产业扶贫扎实有效。就怕查那些虚的东西，我不会、不想做虚的，只想本着良知，为群众扎扎实实办实事，把引进村的几个项目扎实服务好，把产业做好，把乡亲们带起来，不仅是物质上富起来，更是精神上富起来！习近平总书记说："要立下愚公移山志，咬定青山，苦干实干，坚决打赢脱贫攻坚战。"这是我们的使命，也是奋斗目标。弯柳树村会在致良知学习中走出一条物质文明和精神文明双丰收的独特脱贫路！

2017年12月29日

今天弯柳树村热闹非凡。一是"弯柳树村孝心农业论坛"在村道德讲堂举办，来自全国各地的100多位专家、农业企业、生态农业经营者，参加了论坛。二是河南电视台老年春晚节目组、河南省俏乐一族文化传播公司组织100多位郑州老人，来到弯柳树村住三天，开展"孝心村里迎新年"活动。活动间隙，我们给大家赠送了《醒来》一书。晚上弯柳树村乡亲们和大家一起学唱《祖国颂》，越唱越有劲。我给大家介绍了白老师创作《祖国颂》的缘起和期望：2018年元旦举行千万人共唱《祖国颂》的盛大活动，《祖国颂》将成为《歌唱祖国》的姊妹篇，唱响祖国大地。大家听了，都很感动。

今晚，在如水的月光下，当嘹亮的《歌唱祖国》和《祖国颂》响彻弯柳树村夜空时，我的心中充满了深深的感恩和无穷的力量！昨天在四合院参加完致良知企业助力"乡村振兴"战略新农村建设座谈会，今天在村里和乡亲们及到村的客人们一起共唱《祖国颂》时，我听到了祖国的呼唤，听到了四合院的心声，听到了弯柳树村乡亲们万众一心奔小康的战鼓声！"我们誓愿追随圣贤，薪火相传。追随领袖众志成城。做新时代新征程的无畏战士！"做实施"乡村振兴"战略的先锋！

第二节　2018年扶贫日志

2018年1月17日

圣贤之苦心处，就是舍生忘死救天下苍生离苦得乐。孔子汲汲惶惶如求亡子于道路，而不暇暖席；先生裸跣颠顿、扳悬崖壁而下拯之。四合院奔走全国各地，只为唤醒人心，让更多人醒来！昨天方子老师一行从四合院赶到息县已夜里9点多，尹涛同学从广州赶到息县已是夜里11点多。

今天上午在县城为息县各乡镇的宣传委员、驻村扶贫第一书记、村干部和职业高中的师生800多人授课，下午来到弯柳树村，为村党员干部、义工团和贫困户、低保户乡亲们200多人授课。一天课程结束，看着又累又冷的芳姐，心中感动得落泪。这一刻突然感受到了四合院的苦心

光明的道路 弯柳树村奔小康纪实

处，正是圣贤的苦心处！唤醒所有的中国人回到良知，提升心力，绽放生命，实现幸福。让贫困地区早日实现小康，共同走向新时代。理解了四合院对弯柳树村和我辛勤栽培的苦心，在决胜脱贫攻坚的进程中，为中国农村做出一个致良知致幸福的榜样，为乡村振兴做出一个样板，引领广大农村走向全面小康，全面幸福。致良知是一种伟大的力量，一定能在打赢脱贫攻坚战，实现乡村振兴战略中发挥无可替代的巨大力量。想到此，我的心中充满力量和坚定的信心。

2018年1月27日

瑞雪兆丰年！弯柳树村迎来了2018年的第二场大雪，今天雪已一尺多厚，纷纷扬扬的雪花还在下，息县气象局今天四次发布暴雪橙色预警。穿上及膝的长雨鞋，戴上厚厚的军棉帽，出发！吃过早饭，6位村干部和扶贫工作队分成两个小组，到贫困户及五保户家中一一看望。2018新年伊始两次非常气候，大雪封门时，村干部都顶风踏雪，第一时间走到贫困户、弱户、孤寡老人和五保户家中，及时发现、解决困难，把党的温暖和关怀及时送到群众家中、心中。不怕辛苦、勇于奉献、敢于担当的新当选的6位村干部，在村支书王守亮、村委会主任汪学华的带领下，扎扎实实，一步一个脚印带领村民大步前进，赢得了弯柳树村人民的普遍信赖和支持。今天上午走到西陈庄，我们到78岁的老人邢东培家时，老人拉着我的手一下子就跪在了院里的雪地里，他说："你们是党的好干部，这么大的雪你们还来看我，我不知道该怎样感谢！"我的心被深深地震撼了，想到党的宗旨"全心全意为人民服务"，与圣贤经典一样真实不虚，照着做，力量无穷。每次在乡亲们面前，我的心灵都会受到洗礼，我们只做了一点微不足道的事情，乡亲们却回报给我们无限的爱和信任。只要我们党员干部心中装着群众，群众都会无条件地热爱党、信赖党，踏踏实实跟党走！也常常被新当选的6位村干部积极主动担当的精神所感动！有了心里装着村民、积极进取的村干部队伍，有了不断觉醒的乡亲们，对弯柳树村"五位一体"的发展，再上台阶，我充满了坚定的信心！

弯柳树村 2018 年的脱贫攻坚工作，就像习近平总书记所说："逢山开路，遇水架桥；不骛于虚声，不驰于空想；幸福都是奋斗出来的。"弯柳树村在学习十九大精神和致良知过程中，村干部、党员素质不断提升，担当意识增强。干部能做榜样，群众就信服，党群一心，干群一心，脱贫攻坚，乡村振兴，前景一派光明！

2018 年 3 月 22 日

今天，看了央视微视频《新时代，去奋斗》短片，心中感动、振奋。习近平总书记说："新时代属于每一个人，每一个人都是新时代的见证者、开创者、建设者。只要精诚团结，共同奋斗，就没有任何力量能够阻挡中国人民实现梦想的步伐！"习近平总书记始终把人民放在心中最高位置，与人民共呼吸共命运，每一次讲话，都把全国人民的心紧紧地凝聚在一起，把每一个人内心的力量和干劲都激荡出新的高度。如王阳明先生一样，良知清澈、妙用无穷、至诚感人。让人不由自主、发自内心追随领袖，追逐圣贤。

回想五年驻村实践，与时代同行的五年，收获满满的五年，而最大的收获就是遇上四合院，学习致良知。老师给出的"致良知+扶贫"模式，让我找到了弯柳树村全面发展的方向，扶心扶志，化育人心；发展产业，脱贫致富；乡村振兴，迈向伟大。

能为脱贫攻坚而奋斗，为乡村振兴而奋斗，是多么的幸运。感恩敬爱的老师教导我第三轮扶贫仍然坚守一线，在事上磨炼提升心灵品质；感恩伟大的时代，给我磨炼自己的机会和平台，我是如此幸运扎根乡村，在弯柳树村脱贫攻坚一线践行党的宗旨，服务基层民众！带领弯柳树村坚强的村两委班子和乡亲，共同奋斗，为党中央干出一个乡村振兴的示范村，引领中国农村走向美好幸福，树立中国农民精神，弯柳树村迈向伟大！

2018年4月3日

今天早上在村里锄地，一棵看似不太大的草，用手拔，拔不掉。用锄头锄也没锄掉，使劲往下锄，发现根太深、太粗壮，费了好大劲才将它连根刨出来。突然悟到我们的习气就像这草一样，自己都想象不出这根有多深、多粗壮，真正理解了老师说的："细思极恐"！也明白了自古至今想做圣贤的人一定不在少数，而成为圣贤的人少之又少，就是习性的根太深，若没有如老师教导的"还要把命押上"，是断难有根本成就的。

一天之中，我们会有无数个起心动念，其中多少是好的念头？多少是不好的念头？越学越觉得自己差距之大，惭愧之深。就像潜水一样，越往海底深潜，越发现在水下看不见的地方还有这么多东西，才知道还要下死功夫埋头苦干，下大功夫一点一滴深挖念头之根！一个念头不纯净，就如一滴有毒的脏水会污染掉一锅的净水一样，让我们的心不能回归到它原本的"父母未生前本来面目"。

"在心灵深处建设高度敏锐的雷达系统，通过深刻反省，挖出病根，不让一丝不好的念头滞留心中。"发大愿、立大志，此生不为自己活，只为利他、利社会。唯有珍惜身处的伟大新时代，在脱贫攻坚和乡村振兴的进程中，坚守一线岗位，恪尽职守，全心全意为人民服务，为党中央打造一个文化自信与乡村振兴的示范村，在中华民族实现伟大复兴的进程中，贡献一己之力，此生才能真正有所得，实现人生的价值。

2018年5月2日

2018年4月25日，是息县村级党支部换届日。由于农村换届的复杂性、艰巨性，县委组织部部长早就提醒我充分做好准备工作。我们提前一周给在家的每位党员做了充分的宣传和沟通，通知4月25日上午8点准时到村部开会。25日一大早我和村支书早早来到村部，8点半时，还有6位党员没有到，我的心就悬了起来。我一方面不断地催村干部打电话催，电话打不通的骑电动车去叫。一方面紧张地想：是不是有几个党员故意给去年新上任的村两委使绊子？如果今天到会党员人数不够法定比例，就是换届选举失败，这将是非常严重的问题！怎么办？

村干部兵分两路骑电动车去找人，70多岁的杨文芳大姐早上去地里种菜，不认字不会看表不知道几点了。60多岁的杜若继大哥忘了今天开会的事，一大早去县城干零工了。9点5分，应参会的党员终于到齐了，我悬着的心也暂时放下了。在村部会议室庄严举行了"中共弯柳树村支部委员会换届选举党员大会"。大会在全体党员面对党旗肃立唱、放国歌声中开始，全体党员举起右手面对党旗重温入党誓词，再次庄严宣誓："我志愿加入中国共产党，拥护党的纲领，遵守党的章程，履行党员义务，执行党的决定，严守党的纪律，保守党的秘密，对党忠诚，积极工作，为共产主义奋斗终身，随时准备为党和人民牺牲一切，永不叛党。"现场参会的23位党员、在外打工通过微信视频参会的3位党员，全票通过选出了王守亮、许正友、陈社会三位村党支部委员，王守亮被推选为弯柳树村党支部书记，上报路口乡党委和县委组织部门。

当有的村闹得连派出所都出动维持选举秩序时，弯柳树村三位村党支部委员全票通过！我的眼中满含感动的热泪。这次选举没有一个党员对去年新上任的村党支部成员投反对票，他们尽管经验还不足，但勇敢的担当和真诚的付出赢得了全体村民、全体党员的认可和支持。那一刻我感受到了人性之美！每个人心中善良的本性、良知的光辉，在每一件大事面前都会熠熠生辉！

这次换届选举振奋人心，选出了受村民尊敬和信赖的带头人，为弯柳树村下一步的决胜脱贫攻坚，发展村集体经济，全体村民共同致富奔小康，提升精神文明和物质文明程度打下了坚实基础；为实现弯柳树村按党中央部署"五位一体"大发展，实现文化引领、产业带动、乡村振兴，提供了重要的组织保障。火车跑得快，全靠车头带；村看村，户看户，群众靠的是党支部。

选举结束后，村支部直接召开党员生活会，对迟到党员进行批评，提出纪律要求。农村党员年龄结构老化，还有不少年龄大的不识字。吸引年轻人返乡，发展年轻党员，带动农村恢复生机，是实现乡村振兴的前提。

2018 年 5 月 17 日

弯柳树村德孝歌舞团、核心价值观百姓好活法宣讲团，开着白象公司给我们捐赠的舞台车和中巴车，应邀到南阳市新野县、方城县、南召县演出与宣讲。宣讲内容是"文化自信与乡村振兴"，脱贫的昔日贫困户讲他们的改变和今昔对比的变化。所到之处刮起弘扬传统文化、做有道德的人的旋风，县乡村领导和群众都被震撼和感动！上台演节目，下台捡垃圾，走一处捡一处，把文明之风播撒一处。弯柳树村的乡亲们没有受过专业训练，而他们的演出却是如此地打动人心，《婆婆也是妈》《五星红旗》《不知该怎样称呼你》，"一句精准扶贫暖到俺心里，你爱我们老百姓，我们老百姓深深地爱你、深深地爱你。"是什么让每一个节目，都能深入人心，每一句歌词都让人感动落泪？是一个"诚"字！乡村们发自内心地感恩党、感恩国家、感恩党中央好政策让他们不仅物质上脱了贫，而且因为学习传统文化心灵富足，走上了明天理、致良知的人生幸福大道。他们的那颗至诚心，诚于内、形于外，赋予他们一种独特的精气神，所到一处感动一处、带动一处！弯柳树村立足文化自信塑造的中国农民精神，将引领中国农村立足文化自信，走向乡村振兴的康庄大道。

2018年6月4日

5月30日村委会换届选举日。弯柳树村乡亲们再一次彰显出满满的正能量，在收麦子、种稻子的三夏大忙中，会聚在学堂，或在田间地头，积极参与村委会换届选举，庄严投出自己的一票，热火朝天地选出了自己放心地带头人！继4月25日村党支部换届选举圆满成功，本村党员王守亮全票通过当选为村支书后，5月30日村委会换届选举，本村唯一的信阳市人大代表汪学华高票当选为村委会主任。村看村，户看户，村里大发展靠村干部。

习近平总书记在十九大报告中要求：加强基层组织建设，发挥坚强战斗堡垒作用。一个村选出了正派、担当，愿为全村人操心付出的村干部，就为大发展奠定了基础。全村能人心挤成一股劲，人心齐，泰山移，就没有克服不了的困难。通过弯柳树村近来的两次选举，事先我们认为会捣乱的人都没有捣乱，而且表现得很好，我真正领会了化育人心的成效。当有的村因换届选举打得头破血流时，弯柳树村却喜气洋洋的以1203票高票选出了村委会主任，以1225、1106票选出了两位村委会委员。

今天，我理解了《道德经》二十七章"圣人常善救人，故无弃人；常善救物，故无弃物"的寓意。圣人有一颗无限仁爱、悲悯之心，深明天下万物一体之理，无有分别、无有评判，视人犹己，故善救无弃。当我们以一颗无限仁爱、毫无对立的心，去真诚对待所有人时，对立和冲突都会自动化解，消弭于无形。这正是我要提升自己心灵品质的根本处所在。感谢圣贤的教诲，感谢习近平总书记的引领，感谢弯柳树村的乡亲们！

2018年6月20日

在河南安阳市林州红旗渠干部学院学习一周，再一次去学习伟大的红旗渠精神，参观人造天河红旗渠。习近平总书记说："红旗渠精神是我们党的性质和宗旨的集中体现，历久弥新，永远不会过时。"1960—1969年，林县人民苦干十年，削平1250座山头、凿通211个隧道，有81位党员干部群众献出宝贵生命，在太行山悬崖绝壁上修成了全长1500公里的红旗渠。那时中华人民共和国成立才刚刚十年，处于修复战乱创伤、百废待兴的年代，是一个生产力还极其落后的年代，没有任何现代化的施工机械，有的只是原始而简单的工具。但那是一个崇尚英雄的年代，崇尚奋斗和付出的年代，是一个争相为祖国奉献的年代！

每次站在林县人民一钎钎一锤锤凿出来的红旗渠前，听着一个个震撼心灵的故事，都会热泪盈眶，惊叹于人类的信仰和精神力量的伟大！惊叹于我们的前辈心灵品质的纯粹与光明，这是怎样一种令人敬畏的精神境界，一种无私无畏、一不怕苦、二不怕死、光芒万丈的生命状态啊！ 正是因为我们的前辈在毛泽东思想教育下成长的纯粹的心灵品质，他们才能不惜生命为国家、为子孙后代，创造出如此的人类壮举。正是有千千万万共产党员、干部冲在前头，人民才会被激发起无穷的力量。正是中国共产党的英明领导，才带领人民走向自力更生、艰苦奋斗、依靠勤劳改变命运的康庄大道！

向前辈和英雄学习致敬！ 才能提升自己的心灵品质，与祖国同频共振，争做新时代新征程无畏的勇士，做脱贫攻坚战一线坚强的战士。同时更深刻地体会到：在打赢脱贫攻坚战征程中，引领贫困地区人民达致良知，培育人民的伟大精神至关重要。孝亲敬老，尊道贵德，自力更生、艰苦奋斗、勤劳勇敢、互助互爱，是我们中华民族的传统美德，是真正能使人走向幸福的大道。如果丢掉了精神培育，即使物质财富再丰富，也会失去它本有的价值和意义。在打赢脱贫攻坚这场硬仗中，项目支持、产业培育等物质帮扶，和立足中华优秀传统文化、培育核心价值观，引领人心走向大道的精神帮扶，缺一不可。

2018 年 7 月 31 日

今天接受了乡政府的检查，我们开始迎接 8 月 2 日的省脱贫攻坚检查组的检查，高度紧张，高强度工作，恍若回到了高考前的日子！忙完已是夜里十点钟，看到手机中朋友们发的《人民日报》文章"当下传统文化复兴赶上了好时代"一文，心中很是振奋。

回想自己从 2010 年 9 月到 2018 年 8 月，我先后读了《大学》《中庸》《论语》《道德经》《心经》《了凡四训》等书籍，认识、了解了传统文化的魅力，如饥者遇到食、渴者遇到水、病者遇到药，如饥似渴学习经典。2016 年跟随北京四合院学习"致良知"，并用之于弯柳树村扶贫扶心扶志，效果显著，2014 年到 2018 年 6 月底，全国有 23 个地级市的 120 多个县市区到弯柳树村参观学习，"文化自信与乡村振兴"带动了各地乡村学习优秀传统文化，走向和谐幸福。

慢慢领悟人生最大的事情就是收回向外看的心，而转为向内看，时时觉照反省，看管好这颗心，提升心灵品质，挖掘自家宝藏，成就自己心灵，造福社会大众。习近平总书记治国理政思想与中华民族古圣先贤化育天下思想一脉相承，生生不息。中华优秀传统文化中蕴含的真理超越时空，会永远照耀中华儿女、炎黄子孙千秋万世走向真理的大道。中华民族的伟大复兴，需要中华优秀传统文化的传承与复兴，能在这个伟大的新时代为文化自信民族复兴效犬马之劳，何其幸运！

第三节 2019年扶贫日志

2019年1月29日

我是如此平凡,却又如此幸运,能在脱贫攻坚战一线,服务最基层的人民。他们的疾苦就是我的疾苦,他们的幸福就是我的幸福。今天早上中央电视台《朝闻天下》播出《新春走基层》"我家就在弯柳树村",记录了我和乡亲的这六年脱贫攻坚路。看到这个题目,我已感动得热泪盈眶。"我家就在弯柳树村!"这句话是我六年多来每次想家、想回郑州时,在心中对自己说的最多的一句话,也是我和乡亲共同奋斗历程的浓缩!

今天和路口乡驻村脱贫攻坚责任组长王玉平、村干部陈社会一起去看望慰问老党员、军属家庭和有重病老人家庭,心中更坚定了要把弯柳树村建设得更好,一定要用我们全心全意全力的服务,让全村人民都幸福、让全村老人都健康! 愿天下老人不再受病痛折磨,个个健康长寿!

今天感触良多,满心都是感恩! 为感谢国家统计局党组、河南调查总队党组、息县县委和各级党组织的信任与几十年的辛勤培养,特向弯柳树村党支书交了一千元特殊党费,表达对伟大的祖国、伟大的党、伟大的时代和伟大的人民的感恩之心!

2019年2月4日

新春吉祥,美满幸福,心想事成! 给亲爱的朋友们拜年啦!

2018年在高度紧张与忙碌中倏忽而过,还没有来得及歇口气、陪陪家人,一年就过完了。腊月二十七回到郑州,二十八参加省委、省政府新年团拜会。一大早从衣柜的最里层,找到美丽的裙子,一时感慨万千,心也一下子更加柔软。穿上自从驻村后就没有机会穿的裙子，对镜梳妆，突然感到了花木兰替父从军、征战沙场，得胜还家，卸下戎装换回红装，"当窗理云鬓，对镜贴花黄"的心境。

驻村六年多，自己真的像征战在疆场的花木兰一样，为了方便工作，也因为农村蚊子多，不敢穿裙子，整天穿着工作服，穿着乡亲们给我织的毛线鞋，轻装上阵、四处奔波。等到打赢脱贫攻坚战，回得家来，再穿起这些美丽的裙子，最亏欠的就是女儿和小外孙女，小家伙天天盼着我抱她、陪她、给她讲故事，可我常常不能兑现，一年也陪不了几次。

放假了，好好陪陪宝贝们！感谢宝宝的最美奶奶、美丽善良的亲家嫂子！祝亲爱的家人、亲爱的朋友新年快乐，吉祥如意！

2019年3月17日

追随领袖，众志成城；追随圣贤，薪火相传。

沿着习近平总书记所指引的路，踩着圣贤的足迹，竭诚服务人民，把弯柳树村2300多口乡亲，像父母兄弟一样装在心里，此生走向光明！

生命中最重要的事就是追随圣贤之心、领袖之心，念念为利大众、念念为利社会。正如孟子说的：摩顶放踵以利天下。

修得自己这颗心，除尽人欲之私，复满天理之公。圣贤之心，无非斯世斯人，各得其所，不管贤愚美丑，人人皆能幸福。全心全意为人民服务，尽心尽力，终其一生，方能走向光明，光照千年。

老子、孔子、王阳明等先贤，焦裕禄、孔繁森等时代的榜样，还有为建立中华人民共和国而流血牺牲的革命先烈们，都是我们学习的榜样。
……

如果没有一颗坦荡赤诚的心，如果没有一个共产党员的忠诚和信仰，如果没有全心全意为人民服务的心，如果没有对5000年中华文化的崇敬之心，宋瑞如何能够在脱贫攻坚的战场上做出这些具有时代价值和意义的探索？她的奋斗如何能够赢得一个村、一个县，乃至全国许多地方的人们的尊重？她又如何能写出这些满怀真诚，满怀热情，满怀对党和人民无限忠诚的扶贫日志？

透过她的每一篇扶贫日志，都能让我们看到她那颗滚烫的赤子之心，都能看到她崇尚先贤、忠诚信仰、为民服务、奉献社会的平凡而又高尚的情怀。

这样的共产党员，这样的驻村第一书记，在脱贫攻坚这场不见硝烟的战场上，她就是那冲锋的战士，不怕困难，不怕牺牲，克难攻坚，一往无前。

如果有更多像宋瑞这样的共产党，如果有更多像宋瑞这样的驻村第一书记，中国共产党所领导的伟大事业，将无往而不胜。

什么是不忘初心？什么是牢记使命？什么是不怕牺牲？什么是无限忠诚？什么是心系百姓？什么是信仰坚定？对于每一个共产党员来说，都需要在全心全意为人民服务的斗争和烈火中去思考、去实践、去检验。

大浪淘尘沙，烈火炼赤金。

在脱贫攻坚这场不见硝烟的战斗中，宋瑞，就是那迎风绽放的铿锵玫瑰，就是那英勇冲锋的共产党员！

第十一章
一个乡村的勇敢、团结和力量

弯柳树村的"抗疫"保卫战，只是此次中国乡村"抗疫"保卫战的一个缩影，但它展现的却是中国新时代的农民在面对令人恐惧的大灾大难时，他们坚定的信仰，他们勇敢的精神，他们团结的力量。

第一节　若有战，召必回，战必胜
——2020年扶贫日志（一）

1月29日

2020年1月25日（正月初一），参加完2020央视春晚河南分会场活动，来到珠海和孩子们一起过年。我也终于完成了与女儿历时四年的一个约定：2017年春节，女儿带着刚一岁的宝宝在三亚过年，要我一起去，因正值脱贫攻坚最紧张时期，村里任务繁重，我没有答应。之后的两年，女儿都早早与我相约，盼着我和他们一起过年，我没有答应。转眼到了2020年，提前几个月，女儿就与我商量，今年一定一起过年。我知道2020年将是脱贫攻坚战的上甘岭之年，大战在即，与家人相聚的日子会越来越少，趁着春节和家人团聚一次，为2020年长期回不了家做好铺垫和前奏。我答应了今年到珠海一起过年，女儿听到后那开心的笑容，我这辈子都不会忘记。

可是，从初一晚上开始，听着新闻里武汉新型冠状肺炎疫情不断扩大的报道，我的心沉重起来，与村干部不停电话、微信沟通着，密切关注着村里的情况。全村目前有35人从武汉回村过年，必须严防死守。初

光明的道路 弯柳树村奔小康纪实

二疫情仍在发展，初三全国又有新增病例，克强总理已到武汉……

我终于鼓足勇气告诉女儿，我得回村！女儿说："妈，您疯了！盼了四年，您好不容易来了，刚来就要走？信阳离武汉最近，是重灾区，是河南省发病率最高的市。您乖乖在这待着我才放心，春节假期延长到2月2日了，我给您订好了2月1日初八的票，不耽误您上班时间。"

我看着女儿坚定的眼神，无言以对。尽管村干部们已经做得很好，但我必须尽到我驻村第一书记的职责。我已心急如焚。女儿终于同意改订成1月30日初六返程机票。昨天看新闻，疫情还在发展，信阳、南阳、驻马店三地已被列入危险区。疫情就是命令，就是召唤，我必须马上回村！可遭到大家一致批评与制止。

女儿理解我，无奈地再一次退掉机票，改订了今天（初五）珠海直达信阳的高铁票。

刚到珠海高铁站，弟弟宋辉又打来电话劝告和阻拦，接着又发来微信："姐，信阳发现病例最多，一定注意点，真不想让你假期没有结束，年还没有过完，初五就慌着回到村里。一个村里几十个武汉返村人员，是雷区，很危险！知道你是党员，谁也劝不动你。只有先保护好自己，才能更好地为人民服务！"10:06，又收到女儿发来的微信："路上您口罩别摘啊，信阳都是高危地区了，您千万要注意啊！"

我让大家放心："没事，请放心！我是党员，我是弯柳树村乡亲们的第一书记，正是因为危险，所以我才必须风雨无阻回村。请放心，我会保护好自己的！你们也保护好自己和孩子们。感谢家人亲人们的理解！"女儿接着发来："那您也是妈妈，也是姥姥啊……"

我的眼泪长流不止……是啊女儿，我也是妈妈，也是姥姥，可是很抱歉，我却不能尽妈妈和姥姥的责任。虽已答应和你们一起过个团圆年，可是国有危难、民有危险时，党员必须挺身而出，英勇奋斗！我知道此时回村意味着什么，正如视死如归赶赴战场的战士；我知道疫情的

第十一章 一个乡村的勇敢、团结和力量

凶险，意外随时都会发生，也许此去就是永诀，此生我们母女就是最后一面！所以在昨天夜里你和宝宝睡熟时，我悄悄地推开你的房门，偷偷地看了你和宝宝好几次！昨天宝宝给我唱了一下午的歌，《小螺号》《米小圈快乐西游记》《太上老君》，还拉着我给她伴舞，唱个不停、笑个不停，像个美丽可爱的小天使。此刻熟睡的宝宝，粉嫩的小脸像一朵娴静照水的娇花。宝宝聪明伶俐，记性特好，听过一两遍的故事就能复述出来。你要好好教育她、影响她，带她多读经典，作为妈妈你要把最好的给她，方能不辜负她。

亲爱的女儿，我昨夜偷偷看你时发现，才刚刚32岁的你，额头也有了细纹，我心疼得流泪了，好想拥你入怀抱抱你，可我没敢，怕吵醒了你。孩子，岁月不饶人啊，此生莫蹉跎，只有奋斗的人生才能彰显和放大生命价值，活出光辉万丈的自己。我这一生唯爱读书，追求真理与灵魂的自由。也曾做错过很多事，好在善于反躬自省，及时改过补漏。尤其是驻村七年多来，我已把自己全然奉献给了带领弯柳树村乡亲们脱贫致富过上好日子的事业，奉献给了国家打赢脱贫攻坚战的伟大事业，一步步超越过去那个风花雪月的小我，唤醒奋斗不息、利他利社会、全心全意为人民服务的大我。能在这个伟大的新时代，成为一个合格的党员，成为一个打赢脱贫攻坚战的无畏战士，成为文化自信与乡村振兴的探索者、引领者，虽千难万险，我乐此不疲。正如颜回"一箪食，一瓢饮，居陋巷。人也不堪其忧，回也不改其乐"的境界。

我们家里别的也没有什么，只有那四个书柜里的书是最珍贵的，还有"只留正气满乾坤"那几幅字画。如果我出现意外，这些卡和身份证，都在我随身携带的紫色挎包里；如果我出现意外，请你记住妈妈此生光明磊落做人，坦坦荡荡做事，所有梦想都曾付诸行动，不管实现与否，此生了无遗憾。唯一放心不下的是，不能陪着你和懿德慢慢变老，不能陪着安安、诚诚、明明读着经典长大了；不能看到他们成为国家栋梁之

材，不能在我 80 岁时穿上雪白的纱裙，成为安安婚礼上最大最美的银发伴娘了。可这一切都不是最重要的，重要的是妈妈此生无憾，你们此生幸福。愿你和懿德孝敬父母，勇于奋斗，行善积德，事业兴旺，造福社会，永远幸福美满！对不起宝贝们！

1月30日

河南省今日最新发布：息县已确诊 2 例！ 信阳市已确诊 42 例！ 河南省累计确诊 278 例！ 江西省 29 日一天新增 53 例，占累计 162 例的 33%；29 日重庆一天新增 18 例，占累计 165 例的 10.9%。

大数据显示，正如钟南山院士预告疫情进入暴发期。大家千万千万高度警惕！ 保护好自己，严密组织、严防死守、加大宣传，提高村民自我防护意识，保护好村民。

我昨晚到村时，快 9 点了，守亮和村干部在村口等候着。村里现在排查出武汉返村人员增加至 37 人，形势严峻，商定明天上午召开党员紧急会议。

今天一早，县委金书记打电话，叮嘱在确保自身安全前提下，做好全村疫情排查、防控工作。上午，弯柳树村党支部召开疫情防控全体党员紧急会议。在村文化广场上，全体党员（除武汉返村者）露天召开的疫情防控紧急再动员大会，驻村乡干部王玉平委员和村支书王守亮给大家介绍本村疫情防控严峻形势，排查出武汉回村人员又增加到 40 人。

大家在广场上，人均距离两米以上。我给全体党员紧急动员鼓劲、加油加压："我们村从武汉回来过年的人多，疫情防控任务重，形势严峻，是对我们党员队伍的考验。每个党员分片包户的区域，大家加强不间断巡查巡逻，确保万无一失！ 我们必须全面行动起来，严防死守，打赢疫情防控攻坚战，保卫脱贫攻坚的胜利成果。"

我和村干部汪学华、党员谌守海一组，按分片责任区，到有武汉返村人员的村民家门口宣讲防控方法及政策要求，又先后到许兰超市、许建超市、新农村、焦庄、许庄检查、宣传防范措施和要求。息县县委常委、县委主任张生日，今天上午到村检查指导疫情防控工作，并送来口罩、喊话器等急需物资；下午，县委常委、组织部部长杜鹃，赶到村里检查督导疫情防控时期党员队伍的组织工作。

1月31日

今天，息县公布已确诊两例，疫情越发严峻，越来越近。

上午8:30全体党员在文化广场集合，换新口罩，全身喷洒消毒液消毒，领手持喇叭、高音喊话器，到各自分片包干的村民小组和重点户巡逻巡查，宣讲防护措施。在村内增加宣传横幅，田间地头挂上。

上午村支书王守亮和我们一起巡逻，下午1:30左右，王守亮突然发烧，我马上安排他回家隔离观察，并由驻村乡干部王玉平上报路口乡党委。疫情已在身边，大决战在即，此国难当头之际，唯有逆行而上，才能力挡疫魔，才能保护人民群众的生命安全。

我和乡宣统委员王玉平、村党员王继军在唯一入村口卡点值班。9:30，在息正路弯柳树段拦下外村骑着电动车和三轮车欲到县城打预防针的村民共6人：岳庙村孙从芳带二岁孙子去县城打防疫针；大申庄姓霍的三人骑三轮车到县医院看病。

上午十点多，县委书记金平一行到村调研指导防控工作，给支书王守亮及村两委、第一书记作具体安排；下午，路口乡党委书记郑伟到村指导疫情防控，安排落实基层党组织、党员、第一书记在疫情防控工作中的相关工作。

2月1日

今日工作：一早群中问王支书情况，体温已降至36.9度，没有咳嗽、乏力症状。我悬着的心暂时放下了；8:30，文化广场全体集合换口罩、领任务，各自到分包组户宣传、巡逻；要求加强全村消毒防护措施，室内外、街道消毒三重保险，在喷洒消毒液消毒基础上，增加中医推荐的酵素消毒和艾叶熏燃消毒。

上午安排村主任汪学华组织各村民小组长和包组户党员，领取由村远古生态农业科技公司捐赠的环保酵素，用喷雾器在室内室外、街道和树木花草喷洒酵素消毒。已分发到部分村民家中的艾叶绒和艾条，每天两次室内熏燃。不足部分会很快到位，由南阳淅川县爱心企业熹中堂捐赠。

总经理刘小芳发来微信："宋书记您好！看到关于您的报道，很感动！打算赶制一批艾叶烟熏条发到弯柳树村，因为我们当地政府也需要大量赶货，一个工人一天只能做一箱，所以做不出来，我先发2000根过去，让村民先把村里熏熏，这个不能做灸，就是抗菌消炎的，三天后我再多发点过去。"

今天上午，省委组织部孔昌生部长到村调研，对弯柳树村的抗疫保卫战很满意，表扬鼓励了我们；18:30，河南新闻联播播出报道了"驻村第一书记宋瑞：我是党员，我必须和村民一起抗击疫情"的新闻报道。

2月6日

今天王守亮、汪学华开始 组织村民捐款献爱心。上午8:30，在村民小组长和党员疫情防控突击队出征例会上，我们号召动员全体村民献爱心，为武汉抗击疫情捐款。除五保户、孤寡老人户、杨飞精神病户外，全体弯柳树村民共同参与，为阻击疫情做贡献。

前线医护人员用生命阻击疫情，保护人民生命安全！在这生死存亡的关键时刻，捐款支持是爱国的体现，也是保护自己应尽的责任，每个村民小组长负责宣传到每家每户。弯柳树村的党员和村干部已经积极踊

第十一章 一个乡村的勇敢、团结和力量

跃捐款，全国人民都在积极捐款支持武汉，路口乡罗庄村等好多村的村民也都开始捐款支持武汉，我们弯柳树村的村民不能落后！村委会将把各家各户捐款名单印成大红"光荣榜"，张榜公布在村小学大门口和文化广场，让全村人学习，让孩子们学习家长的爱心善行。传染性肺炎疫情在全国蔓延，国难当头，一方有难，八方支援！支持武汉，就是保护自己，就是爱国！弯柳树村民加油！武汉加油，中国加油！

上午 10:30 左右，河南省纪委任正晓书记在市委乔新江书记陪同下到弯柳树村调研督导疫情防控工作；南阳爱心企业捐赠的五箱 2000 根消毒艾条通过邮政快递到村。疫情新增速度加快，一天比一天多，我的心悬了起来。截至 2 月 6 日零时，息县确诊增至 9 例，全国新冠肺炎确诊 28018 例，全国死亡 563 例，近 10 日每天新增死亡人数分别为 24-26-38-43-46-45-57-64-65-73，冰冷的数字背后，是成百上千个家庭的破碎。珍爱生命，远离病毒，不敢有任何侥幸心理！我们召开战时村党支部扩大会议，村两委成员和入党积极分子参加，强调担当、纪律，带领积极分子战时锤炼，布置明天严防死守的任务。

今天路口乡疫情防控指挥部发布最新要求：当前疫情防控形势异常严峻，我乡湖北返乡人数多，900 多人，目前虽无确诊病例，但返乡人员中累计有异常症状近 40 人，不能排除有无症状或轻症状的存在，故接下来，一是除了继续持续关注湖北返乡人员尤其是重点人员及其家人的情况外，务必通过村医对全村有疑似症状的人登记造册，跟踪管理；二是乡村两级各卡口要切实堵住外来人员进入，减少本村人员流动，特殊情况出入必须测量体温、规范登记。各村级卡点必须有村干部值守带班；三是要继续让喇叭响起来，干部动起来，群众静下来，坚决杜绝聚集和串门；四是目前已有五个村被通报，按照我乡疫情防控责任追究办法，第二次要给予相关人员问责，请各村引以为戒。

2月8日（一）

今天上午，信阳市疫情防治指挥部成员、信阳海关关长、党委书记刘强和信阳市双龙食品有限公司董事长曾广霞，给弯柳树村捐赠口罩500个，消毒液2桶100斤，真是雪中送炭啊！我们留够弯柳树村用的，准备明天给路口乡疫情防控指挥部捐过去一桶，他们也短缺此类物资。

今天一大早，村支书王守亮告诉我："宋书记，消毒液告急，乡里分配给村里的今天用完，市场断货买不到。"刚一上班，信阳海关刘强关长就打来了电话："老同学，看了你的朋友圈，很感动！知道村里一线阻击疫情压力大任务重，有什么需要帮忙的你说。"

刘关长是我南召县老家南召一中的高中同学，给我印象最深刻的就是做事稳健、一身正气、侠肝义胆，去年调到信阳海关任关长，还带着海关党员干部到弯柳树村培训学习过一天，其实是支持我的工作。今天才知道他也是信阳市疫情防控领导小组成员之一，于是赶快向他求助：消毒液、口罩、喊话器等救灾物资极为短缺，请求援助。他说他想想办法。

中午11:40，刘关长和曾总经过辗转换高速终于绕到息县北出口，与守卡领导沟通后才下了出口，一路将救灾物资送到村救灾防控卡点处，村支书王守亮、主任汪学华负责接收。刘关长对我村防控工作进行指导，对村干部和党员突击队给予鼓励。然后，未喝一口水，12点就离开村，原路返回信阳。我们心里很过意不去。等疫情警报解除，结束战斗，再请大家到弯柳树村吃顿农家饭。

今天元宵节，当地年俗要上坟祭祖放鞭炮。非常的节日里，县里已下禁令。早上8:30，我们召开党员、村民突击队大会，安排部署喊话、宣传、加大巡逻防控力度。

元宵节之夜，村民都在家中吃团圆饭。弯柳树村的党员干部们却挺立在村口的寒风中，在救灾帐篷旁的党员防控卡点上，他们威武挺立，像年画上的门神一样，守护着全村的安全。

危难之际，方显英雄本色。弯柳树村的党员干部好样的，个个都是英雄！群众不会忘记，弯柳树村不会忘记，历史将铭记你们最美的身姿和英勇的精神！谢谢你们，向你们致敬！

2月8日（二）

今天是正月十五元宵节。"每逢佳节倍思亲。"记得小时候奶奶常说，过了十五，年才算过完了。从初五夜里回到弯柳树村，似乎是一眨眼的工夫，已经整整十天过去了。每天和村干部、党员、疫情防控村民自救突击队，奔波在十四个庄子，不厌其烦地反复巡逻、巡查、宣讲、劝诫。大多数村民很理解党和政府的爱和关怀，也会有个别人不听话不自觉，在家待不住，出来乱跑，需要执勤人员反复强调劝说，把我们都累坏了。

我今天头疼减轻，但浑身还在疼。中午休息一会儿，竟然梦到父亲，在老家院子里的长沙发上坐着，笑眯眯的，穿着考究，很年轻的样子，非常开心地看着孩子们都在院里玩；弟弟、弟媳把午饭做好了，女儿桃桃带着孩子们围过来了；院子里阳光明媚，温暖如春。我说："爸，我们把桌子抬到您跟前，我们在院里吃饭吧。"

高处有个小棉被像伞一样，我发现伞顶上有个吸管一会儿是白色的，一会儿是红色的。这是什么？我很奇怪，抱过来一看，就是一个吸管，发现小安安正在棉被伞下悠然地吸着吸管喝饮料呢。我把安安和棉被伞抱在怀里，心想这小家伙真会躲，这伞下边暖和又安全。一家人正准备吃元宵节的团圆饭，可是我却被一阵鞭炮声吵醒了，心中遗憾了好大一会儿。

我本来可以在梦中和全家吃个团圆饭，更重要的是还有父亲。父亲离开我们已经八年了，很想念他！此生却无处寻觅。由此理解了苏东坡在妻子去世十年后写的江城子那首词："十年生死两茫茫，不思量，自难忘。夜来幽梦忽还乡，小轩窗，正梳妆。相顾无言，唯有泪千行。料得年年肠断处，明月夜，短松岗。"此时此地，此情此景，此年此节此梦，似乎感受到父母在天之灵在默默护佑着我们！

按息县年俗，元宵节这天家家要上坟祭祖。今年因防控疫情，禁止走动、禁止上坟放鞭炮，偶尔才能听到几声稀疏的炮声。儿女祭奠怀念父母祖先的心情，今年因疫情而不能在坟前追思表达了。此刻，我也更加想念过世多年的父亲母亲。

河南广播电视台记者王维红妹妹，多次到村采访，一次她突然问我："工作量这么大，这么多年在村里，你还是来时那样，也没见变老，为什么？"我脱口而答："顾不上累，来不及老。"她回到郑州就找了个很有功底的书法家，书写了"顾不上累，来不及老"八个大字，下次来村时送我做礼物。感谢亲人和朋友们！

这个意义非凡的正月十五，将会永远留在我们的记忆里，唯愿心宁静，人长久，百病清，永康宁！元宵节快乐！

2月10日

早上六点天还没亮，出门看到西天彩云和白云，铺满半个天空，浩瀚无垠，浩荡无边，变化悠然，气象万千。皎洁的圆月，悠闲自在地在云中慢慢悠悠地滑行，时而明媚皎洁，时而又被云朵遮住，好一派宁静平和、吉祥满天、宇宙清宁的宁静和谐美景！想起李白的诗句："小时不识月，呼作白玉盘。又疑瑶台镜，飞在青云端。"一直抬头仰望天空，直到月亮下沉到一大片墨色的云中，天也蒙蒙亮了。

回屋一看手机，不知不觉从 6:00 到了 6:31。想到爱因斯坦给不懂相对论的人解释他的相对论那段话：相对论就是你坐在一个美丽的姑娘对面两个小时，你会感到只过了一分钟；但要是炽热的火炉边，哪怕只坐上一分钟，你也会感到像过了两个小时。同样是十分钟，可你感到的时间长短不一样。还真是的！我感觉只看了一会儿月亮，不觉已是半小时，回屋才发现身上都冻凉了。

住在村里这几年，我最喜欢做的一件事就是看天空、看月亮和星星。每天晚上睡觉前最后一件事、早上起床后最先一件事，就是抬头看天空。仰头看着小院上方的天空，就能感受到宇宙的浩瀚和伟大。恒星、行星、卫星，满天都是小星星，一闪一闪亮晶晶，好像许多小眼睛，一眨一眨送问候。众星和谐共处，一闪一闪，遥相呼应，相互问候祝福。

中华民族上下五千年的文化告诉我们：天人一体，天人合一，万物有灵，众生一体。人，动物，植物，山水，矿物，我们都是宇宙妈妈的孩子，我们本是兄妹姐。可是非典、埃博拉、新冠肺炎病毒却为什么屡屡侵袭人类，致使世界如此不和谐呢？"煮豆燃豆萁，豆在釜中泣。本是同根生，相煎何太急！"人类该反思自己的思维与行为模式了，保护自然，保护动物，爱它们，才是真正的爱自己、爱子孙、爱人类和世界。

2月14日

今天下午雨开始下大，傍晚风也刮得很大。直到夜里23:20了，窗外还是狂风大作，刮得门窗哐当作响。

今晚刚吃过晚饭和女儿通电话，没说几句，一向大大咧咧、看似什么都不太上心的女儿哭了起来，破天荒地跟我通话36分钟，让我感到很欣慰，也很难过。女儿打电话通常都是三句五句话一说就完了，顶多超不过十句。而这次通话这么长时间可见她的担心！

她说："本来您回村我是不同意的！您走了我只往好处想，可是看着信阳重疫区确诊病例越来越多，我都不敢跟您联系，怕有不好的消息。您好好的，我们才能好好的！"

女儿就这样哭着跟我说了36分33秒的电话，我被感动得泪流满面，心中是对女儿和小外孙女深深的愧疚！对不起孩子们，我让你们担心了，可是国难当头，民族危机，弯柳树村的乡亲们有危险，我只有一个选择，到前线，去战斗！

翻看女儿的朋友圈，看到1月31日，我回村的第三天，她转发了媒体对我回村到一线的报道《人人都远离疫区，她却赶回抗疫前线！》，并留言："我们尊重您的选择才没有强制您留下来，在信阳一定要保护好自己。亲人当'逆行者'原来是这种感受，此刻只愿疫情快快过去，所有人都平平安安。"2月4日："久寒必暖，否极泰来。春到人间，疫毒散去。"2月7日："'疫情'这个照妖镜，代价太大了！"

看了女儿发的朋友圈，我的心被深深地感动和温暖了，孩子一直在为妈妈担心和祈愿中。谢谢亲爱的女儿和家人，请放心，我会安渡难关，弯柳树村的乡亲们也会安然无恙！ 你们也别出门，多保重！ 深深地爱你们！

2月15日（补记）

昨天太冷太累，未来得及记录当天的工作。昨天息县下大雪，气温骤降至零下3度，弯柳树村新农村入口卡点，昨天15日是我和村党员许正伟、胡德立、王继军村口卡点值班日。一大早开始飘小雪花，来不及吃早饭，冲杯热咖啡，喝完赶快来到村口值班卡点，他们三个都已经早早地到岗了。

9点半后开始下大，鹅毛大雪很快把村中的道路都下白了，担心家有病人的重点贫困户、老人户、五保户，村干部和驻村扶贫工作队，除了电话及时沟通，对老年户、独居户、智障村民，分头去各自包干的户走访、喊话询问情况，便于及时发现、及时帮助。

昨夜疫情防控青年突击队队员胡德立在卡点值守夜班，气温太低我一直担心大家冻坏了，昨晚交代汪学华主任，把老子书院的被子再送过来几条，把歌舞团的军大衣送过来几件。

前几天村党员罗顺、汪阳，驻村志愿者曹立国，每夜都有睡在村口的值守者。汪学华主任连续两个晚上值夜班，就睡在村口救灾帐篷里，昨夜风太大，吹得帐篷直摇晃，气温太低太冷，夜里挪到堵在帐篷旁的车上。

弯柳树村的党员在这场突如其来的疫情防控战中，个个冲在前面，用生命筑起防护墙，保护全村安全，让我感动不已，肃然起敬。

2月19日

大我人人有，只待被激发。今天又有汪勇、杨建、杜海党三位年轻人加入村民疫情防控突击队。习近平总书记说："疫情防控要打一场人民战争。一切依靠人民、一切为了人民。"

弯柳树村在这场防控阻击战中，组织党员，发动群众，全村动员，化危为机。一是锻炼了党员队伍，尤其是常年在外打工的年轻党员，他们平时只能在村党员微信群中参加组织活动、过组织生活，有的干脆都没有参加过。1月30日村党支部发出号召：成立疫情防控党员突击队，村干部分头电话通知，接到电话的党员积极报名参加，70多岁的老党员也冲在前面，从上海回村的杜清豪等年轻党员和村干部一起积极冲在武汉回村人员多、任务最重的村组，村口卡点值夜班都有他们的身影。我让村干部一个一个去敲党员家的门，要把党员都找回来，除了武汉回来的杨进外，全部组织起来投入战斗，这是对党员党性的考验。全体在家的党员每天上岗巡逻、执勤，党员突击队人数增加到了24人。

二是唤起村民觉醒，升起担当意识，保护村民、保卫弯柳树村。村民自救突击队、青年突击队人数不断增加，今天已到21人。今天上岗执勤、巡逻、守夜增至45人。

三是增强了村党支部和村委会的向心力和凝聚力。村干部不怕苦、不怕累、不怕危险，处处冲锋在前，村民心服口服。村支书王守亮亲自陪村医到重点防控人员冯新家量体温；村主任汪学华下雪下雨天自己在村口卡点连续值守夜班；老党员陈新华、杨春明，新党员胡德立、杜清豪，村民李红、邢照明，都让人感动。

我感受到人人心中有大我，有的已醒来，就会处处利他、不自私。有的还在沉睡，等待被唤醒，我们要做的就是唤醒他！不厌其烦、千方百计地唤醒他！

2月27日

今天下雨，早例会从广场转移到"弯柳树大讲堂"一楼大厅，我和村主任汪学华总结昨天巡逻情况和发现的问题，强调注意事项。如少数包片巡逻队员不到位，村民有出来散步的、有从县城偷回村打农药的，今天细化、缩小各人包干片区，加大督查力度，责任清晰、共担！村支书王守亮宣布了包干片区细化表，网格化定到人。

今天到岗46人，三支突击队仍是全员到岗，让我非常感动。一个多月了，没有报酬，只有辛苦和责任。可是就是这些平时懒散自由的村民，在疫情防控期间，个个都像受过训练的战士，没有人迟到、没有人早退、没有人无故请假耽误过一天上岗。不管刮风、下雪、下雨，30天如一日。这就是可爱的乡亲们，弯柳树村的村民！

写到此处，我又禁不住泪流满面。此刻，突然感悟了艾青的诗："为什么我的眼里常含泪水，因为我对这片土地爱得深沉！"这段时间我每天忙完，晚上都会静下心来写当天的工作记录和日志，写着写着就忍不住泪流满面，最常写到的一句话就是"泪流满面"，我被乡亲们感动着。就是这些平凡的人、平凡的事，一个多月，30多天，他们风雪无阻、雷打不动，由一个一个的平凡者，演绎着他们一个个不平凡的感人故事。

这些突击队员都有一个坚定的信仰：坚决听党话，跟党走，保护全村人的生命健康，保卫弯柳树村！正如共产党员们有着"全心全意为人民服务""随时准备为党和人民牺牲一切"的坚定理想和信念一样。人一

第十一章 一个乡村的勇敢、团结和力量

旦找到信仰，就会用生命去捍卫它，就会找到生命的崇高感、价值感、庄严感，就会升起浩然正气，拥有宽广的胸怀、无穷的能量，去勇敢担当作为。

可敬的突击队员们：弯柳树有了你们，就有了脊梁，就有了灵魂！我们不仅能在8年的脱贫攻坚战中打赢一场场胜仗，也坚信能在这次疫情防控中打赢艰难的疫情阻击战，在2020年全国脱贫攻坚的收官之年，保卫我们的脱贫攻坚战成果，在乡村振兴中再立新功、再创奇迹。

今天弯西组王伟家门口增岗，加大防控力度。其母下葬时间是明天早上，今天一天是防控重点，增派巡逻队员，不准聚集，来人即疏散、驱散。不准放炮、不准留人在家吃饭。这段时间，因为抗疫情，事情特别多，村干部特别忙。弯柳树村两委干部只有5人，加上我和去年刚分配来的一个选调生，一共有7个村干部。这几年脱贫攻坚和农村各项工作由不规范转向规范，各种任务之重、需要统计调查上报的报表、资料之多，超出想象，尤其是像弯柳树村这样发展迅速、引起全国关注的村子，基层干部、包村的乡干部、县派的扶贫工作队，都是超负荷工作，每天的上班时间都超过10小时。

每个班子成员分工不同，各守其职，各尽其责，各用其长，又相互协作，井然有序。比如一天要报这么多的报表，还有文字资料，这项工作就是由村文书许正友完成。许正友是村里的小秀才，不仅能打会算，还有一手好厨艺，是远近闻名的乡村大厨。过去附近村子谁家有红白喜事，都请他去掌厨，会给予一定的报酬，每月收入不菲。现在为了村里的工作，他放弃了大厨生意，每天守在村部，兢兢业业上班。

村干部的工资待遇很低，其实村干部发的不叫工资，叫误工补贴，一年收入也就万儿八千，比起干其他工作，收入少多了，可是大家都尽心尽力、任劳任怨地干着。因为大家心中都有信仰，愿意听党话，跟党走，全心全意服务群众。

做一个觉醒的农民、做一个觉醒的中国人。在这个伟大的新时代，能为村民服务，能为打赢脱贫攻坚战和乡村振兴贡献力量，能为实现民族复兴的中国梦走在前列，不负时代、不负人民、不负此生。

第二节　烽火连三月，家书抵万金
　　——2020年扶贫日志（二）

2月7日：烽火连三月，家书抵万金。

看到美丽善良的弟媳薛盈盈，在学习群中的作业"一封家书"，被亲人们的牵挂深深感动！

谢谢盈盈！看哭了，每次看到你的学习和成长，我都特别欣慰，有你这位爱学习、明事理的妈妈，诚诚、明明成才有望，宋家儿孙为国尽忠才有望！

每次看到你把两个儿子照顾、教育得那么好，我都非常感谢你，心中也常常浮现出你将来会是一位多么伟大和幸福的母亲的画面！自从宋辉第一次带着你到家里见面，我就打心眼里喜欢你，认定了你这个弟媳就是这一辈子的宋家人。

这些年你带两个孩子辛苦了，谢谢你！

你们要保重，照顾好自己和孩子们，我们共同加油！

2月7日："烽火连三月，家书抵万金"之弟媳薛盈盈来信展读。

亲爱的大姐：展信好！

凌晨一点，我辗转难眠。脑海里一直回响着您的话："也许以后与家

第十一章 一个乡村的勇敢、团结和力量

人们见不着了，家人给我写封信吧，把你们想跟我说的都说出来，在我还有机会能听到的时候。因为这几年确实很忙。忙得就是也顾不上照顾家里，也顾不上你们了，但是我知道你们都很好……"听到这些话我就泪奔了。

2020年注定是中国人不平凡的一年，就是这个叫"新型冠状病毒的怪兽"，肆无忌惮，到处呼朋唤友，势如洪水般向我们袭击。让亲人朋友过年也无法团聚。此时一墙之外，就是一场没有硝烟的战争。即便如此，我们依然可以躲在犹如铜墙壁垒般的家中，享受三餐。这都要感谢千千万万的和您一样的一群人在负重前行，浴血奋战。所以大姐一定要和千千万万的天使们都平安归来。

还记得11年前，我还没嫁进老宋家。第一次见到您时的样子，外表温文尔雅，浑身上下透着书香浸染的味道。您一开口，我就更诧异，这个女子说话轻声细语，为啥这么掷地有声？说话声音虽然轻柔，但笑起来的时候却特别清脆爽朗，笑声特别有感染力，虽然您现在已年过半百，但是笑起来的时候样子依然像个天真烂漫的小女孩……

相处久了，还发现您是位性情中人，时而悲悯苍生，时而义愤填膺。我也是万万没想到，您这样一位性情中人，从省城到弯柳树村开展扶贫工作，一扎根就是八年。您以前总说，一个人来到这个世界上都是带着使命来的。您说人不为自己而活，要为天下苍生立命。从那年起，一年也见不了您几回面。无论电话或者微信里，总是不断地听您提弯柳树村，你总是不断地对我们发出邀请，让我们去弯柳树村看看。从此，我和家人的心中都被你种下了一颗向往弯柳树村的种子，今年初冬，终于按捺不住，去了一趟弯柳树村。

每张照片都是时光的书签。可是现在疫情泛滥，过年也不能去看您。疫情当前，即便如此，您每天依旧忙碌着，在咱家群里家人给您发信息，有时候您一天都顾不上回复。即使您回复消息，也总是说自己一切都

好，叫我们放心。我们支持您的工作，但是怎么放心得下您。为了不辜负您的期望，我报名参加了弯柳树村线上的学习班。在尹老师和各位志愿者老师的带领下，和湾柳树的乡亲还有全国各地和我一样的同人们，一起学习国学经典和圣贤思想。每天都是从早忙到晚，特别充实。带着俩娃在家学习，任务特别艰巨。但是尹老师说："只有打破舒适区，对自己狠一点，收获才会最大化。"这也是我每天再累也要坚持学习的初衷，心上有力不足以累其身。

今天午饭时间，看了一会儿新闻，这才知道医生们穿着隔离服是不可以吃饭、喝水、也不可以走出隔离区的。一工作就是8小时不吃不喝，连厕所都不能上。看得我心里特别难受，人人都说医生这个职业看惯了生死，但是这位被采访的男医生还是泪流不止。他说太难了，同人们太不容易了，太让人心疼了。个个岗位上都有像您一样负重前行的人。此刻，我要向全国上下所有为爱负重前行的勇士们致敬！

春天来了，我坚信在祖国母亲的护佑下，再凶猛的病毒怪兽也会春冰遇见太阳般自然退去！国难兴邦，我相信越是危急关头，中华儿女们越会自强不息！

我爱你，中国！我爱你，大姐！您的弟弟、弟媳；侄子诚诚、明明、盼:

早归！

弟媳：盈
2020年2月4日书

2月18日（白天）："烽火连三月，家书抵万金"之女儿来信。

亲爱的妈咪：

见信好。距离疫情开始暴发已经过去一月有余，不知道您在前线是否真的安好？都说子女对父母报喜不报忧，您为什么喜欢跟别人反过来呢？可能是我太孩子气了，您这样惯着我，我什么时候能长大啊……

记得您第一次跟我提起下乡锻炼那已经是好久远的事情了。开始您去了南阳，我们的老家，虽然是小城市但是我能感觉到您的开心，但我没想到您一去就是六年。我等啊盼啊终于盼到您可以回来了，您又告诉我您要去信阳的一个村子里。当时我心想，您是真的不想碌碌无为过一生，所以您的决定我都支持。现在想想如果我当初知道那里条件那么艰苦，我真的不知道我是否还会做一样的决定。我是真的心疼您，心疼您一个女人独自挑大梁去做事，去做很多男人都做不成的事。每次您回家还要坐很久的车，路途奔波，年轻人都不一定受得了长年累月地这样生活。第一次知道村民开始变化的时候，您打电话给我特别喜悦，我也由衷地为您高兴，我还高兴可能您快要回来了！谁知三年又三年，我都记不清这是已经第几个年头了，村民们信赖您喜爱您不让您走，我都理解，你从来都是心怀苍生的人，我特别骄傲您是我的母亲！

今年这突如其来的疫情打乱了我们原本轻松自在的年，我机票买了退，退了又买，全因为您说您必须第一时间赶回村里，那里是您的阵地！我真的不想放您离开，明知道疫情传染严重还毅然决然到一线，这万一有点什么，让我可怎么办啊！我真的求求您照顾好自己，求求您为了女儿照顾好自己！我不能没有妈妈，求求您了，把您的大爱给自己留一点好吗？我只需要您健康！健健康康的才能回来继续对我唠叨，您那些唠叨我已经上瘾了，您要对我负责任的！女儿等您回家，我们的小家等您回来！

爱您的女儿：桃桃

2020年2月18日于珠海

光明的道路 弯柳树村奔小康纪实

2月18日（晚上）：写给亲爱的女儿的回信。

亲爱的女儿：

你给妈妈的信，看哭了，谢谢亲爱的女儿！谢谢你这么多年来的支持和理解！谢谢你从小养成的做事果断、自强自立的好习惯！正是因为对你放心，所以我在弯柳树村才会安心地一干这么多年，其实我也没有想到！

1983年我参加工作后一直在政府机关工作，2006年开始下乡到南阳市卧龙区挂职锻炼，才真正了解基层、了解农村，看到基层有大量的工作、农村有很多问题，需要去努力，南阳挂职前三年我探索出了一些办法，看到农民那么需要，我不由自主地把"让中国农村都美起来，让中国农民都富起来"作为自己的担当和使命，无所待而行，一干就是7年。

2012年当我感到完成了南阳的任务和探索，准备撤回郑州时，省委部署了对贫困地区的扶贫开发工作，要求各中直、省直单位派人驻村。我已熟悉基层、且积累了一定经验，尤其是学习了经典文化，明白了化育人心、改善民风的有效方法，义无反顾地接受了驻村任务。没有来得及回郑州，直接从南阳就来到了息县弯柳树村。

本想一届三年完成任务就回家，没想到三年下来，用传统文化改变了人心，垃圾围村、孝道缺失、打麻将成风的弯柳树村发生了翻天覆地的变化。乡亲们哭成一片不让走，县委也打报告不让走。2015年8月我驻村结束时离你的预产期还有三个月，正好我回去可以照顾你。我也答应过你，期满就回家。可是当看到贫穷的乡亲们那一双双含泪期盼的眼睛，我不忍让他们失望，我选择了乡亲们，而辜负了你！

2017年第二轮驻村期满，我又一次选择了留下，带领着弯柳树村乡亲们，再大干两年把产业发展起来。你尽管不情愿但也没有怪我，只

第十一章 一个乡村的勇敢、团结和力量

是宝宝常常要姥姥。她跟我视频时说:"姥姥,让爸爸妈妈开车把你拉回来。"

2019年底第三轮驻村期满,你们带着孩子来看我,看到了弯柳树村的巨大变化,也看到了村里剩下还需要做的工作。一天回到郑州,你主动跟我说:"妈,我看弯柳树村现在的形势,乡亲们还需要你再带带。你不用顾及我们,宝宝也大了,最难的时候已经过去了。只要你愿意,你就继续在那里吧!"

亲爱的女儿,你知道这番话对我是多么大的支持和鼓励吗?我正不知道该怎么开口跟你商量,我打算继续驻村,直到全面实现小康。你却主动鼓励我继续!谢谢你,妈的贴心小棉袄!这十多年来我常常感到,你不仅是我的女儿,更是我的战友,我们两个都是党员,关键时刻想法一致。可是今天回头一看,似乎是一转眼间这么多年过去了,陪你们的时间太少,太少!错失了陪你们一起成长的宝贵时光,每思及此都不觉泪下,心中愧对你和宝宝,这也是我最大的遗憾!但南阳老家有句老话:别人的孩子拉一把,自己的孩子长一扎。这一切都值得!

在这个伟大的时代,当国家需要我们的时候,我们没有缺位,我们尽了自己最大的努力,我们没有错过为国为民效犬马之劳的机会!就像这次疫情阻击战中,那些逆行的医务人员,明知危险,可是却一个个争先报名上前线!武汉中心医院的医生护士已确诊感染230人,他们边战斗,边倒下,边补充!每天看到他们的事迹,我都感动得泪流不止,弯柳树村抗疫虽然艰苦,但和奋战在武汉前沿阵地的医生护士相比,我们的辛苦都算不了什么。

从初五我回村,至今二十多天过去了,由于防护措施严密,41位武汉回村人员和全村乡亲都安然无恙。孩子,不要担心,我会保护好自己,也会保护好弯柳树村乡亲们!你们在珠海不要着急,在家打开窗户就看到大海,空气清新,一家人一起正可感受面朝大海,春暖花开。等到疫

情结束，我第一时间回家。你要多帮婆婆干活，要照顾好宝宝，多带她读经典。

　　谢谢小棉袄！我爱你们！

想念你们的妈妈！
2020 年 2 月 18 日夜于弯柳树村

第三节　鲜红的党旗在村头高高飘扬
——2020 年扶贫日志（三）

3 月 11 日

　　息县终于降为疫情防控三类地区了，弯柳树全村平安无恙，终于可以暂时缓口气了！

　　今天忙完坐下来，打开河南电视台韩冠豫老师发来的中央电视台的这段视频，看哭了！也突然想家了，想念女儿和宝宝们了！

　　从正月初五回村，至今整整 41 天了，没有离开过弯柳树村半步，头发长长了，鞋子也磨破了。每天，和村党员干部，还有村民自救突击队一起巡逻巡查、把关和服务复工复产外出务工村民、安排村民错时段施肥麦田管理等春耕生产。

　　这次突如其来的疫情，把我和村干部都锻炼成了钢铁战士，我以为从此我足够坚强，不会再流泪。没想到战袍尚未脱，铠甲亦未卸，却已泪流满面。

3 月 14 日

　　四海之内皆兄弟也。天地与我同根，万物与我一体。天下一家，世界大同。人类原本就是一个生命共同体,中华文化的博大总是在关键时刻在这个世界绽放!

为抗疫医疗英雄点赞!

3月18日

守护住了全村安全的一群人——英雄的弯柳树村疫情防控党员突击队、村民自救突击队、青年突击队,根据县疫情防控指挥部发布疫情控制稳定程度,逐步有序转段。

感谢大家舍己护村担道义,化危为机成铁军!

3月21日

不知不觉又是周六,53天连轴转,已经没有周五周六周日之分了。开完村支部会议,讨论入党积极分子上报路口乡党委,由于递交入党申请书的村民多达12人,而每年每村只有一个发展指标,所以关于报谁讨论得相当激烈。

把能为弯柳树村脱贫攻坚和乡村振兴做贡献的中青年人选出来,培养好,重中之重!

忙完村里的事情,看到家人群中孩子们的照片,突然感到此时此刻很想家了。两个侄子都长高了,安安"小仙女"也更漂亮了。

转眼间,冬天已去,春天已来,该回家换薄衣服了!终于等到了疫情稳定、路院通畅的日子了!

3月28日

今天,弯柳树村疫情防控阶段性总结表彰大会暨脱贫攻坚大决战动员会在村文化广场举行。村两委对疫情防控中做出突出贡献的疫情防控村民、自救突击队、党员突击队、青年突击队员们颁发荣誉证书、奖牌、

光明的道路 弯柳树村奔小康纪实

奖品。

从今天起,村里的工作重心,要转移到全面打赢脱贫攻坚战工作上,村里的党员干部要包干包户,带动村民发展产业,增加收入。

……

2020年之初,突如其来的新型冠状病毒席卷武汉,蔓延全国,形势空前严峻。在习近平总书记的亲自部署、亲自指挥下,全党全军全国各族人民,团结一致,共同打响了抗击疫情的阻击战。

习近平总书记强调,疫情防控是一场保卫人民群众生命安全和身体健康的严峻斗争。各级党委和政府要坚决贯彻党中央决策部署,把疫情防控工作抓细抓实。各级党政领导干部要靠前指挥、强化担当,广大党员、干部要冲到一线,守土有责、守土担责、守土尽责,集中精力、心无旁骛地把每一项工作、每一个环节都做到位。要广泛发动和依靠群众,同心同德、众志成城,坚决打赢疫情防控的人民战争。

若有战,召必回,战必胜。

作为河南信阳息县弯柳树村驻村第一书记,闻听国家有难的危急消息,深感责任之重大,她果断放弃在珠海与亲人们的团圆,让女儿两改机票,后改乘高铁,于正月初五的晚上紧急赶回了弯柳树村。在她的带领下,弯柳树村的村干部、党员、入党积极分子、村民小组长们,全都挺身而出,保护全村群众的生命安全,保卫弯柳树村的脱贫攻坚成果。

疾风知劲草,烈火见真金。

鲜红的党旗在村头高高飘扬,全村14个村民小组实行区片化网格管理,村两委干部包组,组长和党员包户、包人,坚持每天在村里分班巡逻巡查。在50多天的严防死守中,没有一位党员干部退却,他们勇担责任,众志成城,携手并肩,共同抗击残酷无情的新型冠状病毒。虽然全村从武汉归来者有41人,但至今安然无恙。

在这场乡村"抗疫"保卫战中,驻村第一书记宋瑞写下了大量的抗击疫情的工作日志，读来令人感动。我们在此选录她的日志，介绍她的扶贫故事，并报告弯柳树村脱贫攻坚以来发生的翻天覆地的改变。从中，我们会强烈地感受到一个共产党员的初心与使命、忠诚与担当、责任与奉献，感受到全村党员干部群众团结一心、上下同欲抗击疫情、保护全村群众生命安全、保卫弯柳树村脱贫攻坚成果的可贵精神，感受到在国家危难之际突显在这些农民身上的和来自社会各界的那种一方有难、八方支援的大义真情。

弯柳树村的"抗疫"保卫战，只是此次中国乡村"抗疫"保卫战的一个缩影，但它展现的却是中国新时代的农民在面对令人恐惧的大灾大难时，他们坚定的信仰，他们勇敢的精神，他们团结的力量。由此，我们会强烈地感受到中华民族面对每一次生死存亡的国家危难时那种空前绝后的团结和一往无前、赴汤蹈火的勇敢，感受到一个民族历经跌宕而走向繁荣富强的不可阻挡的滚滚如潮的力量。

弯柳树村今天的"抗疫"保卫战，他们保卫的不仅仅是全村群众的生命安全，他们保卫的还有弯柳树村八年来脱贫攻坚的丰硕成果。

中华民族，无往而不胜。

创作札记

生活远比文学更加精彩

脱贫攻坚是一项伟大的事业,一个作家若有幸参与并融入其中,为之抒写,为之讴歌,当是文学与人生之幸事。

深入生活,扎根人民。生活远比文学更加丰富而精彩。

一

一个作家的内心和灵魂,唯有安放于这片厚重而广阔的土地之上,倾听来自最底层的劳动人民淳厚而质朴的声音,才能真正感受到大地的心跳、人民的智慧;作家唯有赤诚地倾听百姓的声音,行走广阔的土地,感受生活的厚重,文学才会抒写出更加生动、更加精彩的作品。

戊戌之年,我创作的反映兰考脱贫攻坚的长篇报告文学《庄严的承

光明的道路 弯柳树村奔小康纪实

诺——兰考脱贫记》，由中共中央党校出版社出版发行，并由《中国作家》杂志刊载，在文学界和社会上引起很大的反响。

己亥年与庚子年，我又投身到长篇报告文学《光明的道路：弯柳树村奔小康纪实》的创作采访。冥冥之中，我与中国的扶贫攻坚、乡村振兴伟大事业结下这般深厚的情缘。

夏天是个热烈的季节。

2019年这个夏天，因这部反映扶贫攻坚的报告文学的采访，我来到了河南息县弯柳树村，在这里听到了、看到了许多触动我内心的人和事，认识了一个优秀的驻村第一书记宋瑞，让我对中国的脱贫攻坚有了更深入、更细致、更丰富、更动人的了解，由此赋予了我的创作生涯特别的意义。

我在息县这片厚重的土地上，感受到了息县人民为共同战胜贫困真干、实干、苦干，加拼命干的拼搏精神，见证了息县弯柳树村群众摆脱贫困、战胜贫困、迈向小康的奋斗历程和他们今日所焕发的斗志昂扬的精气神……

大片大片成熟的麦田在火热的阳光下散发着沁人心脾的麦香，在微风中划过一道又一道绵延起伏的麦浪；一片片插过稻秧的田野里，绿油油的秧苗在宁静如镜的水面上摇曳生姿，茁壮生长；耕田的拖拉机在刚刚收割过的麦田里轰鸣，犁出翻腾着地气的松软的土地；小鸟伫立在田埂之上，左顾右盼，叽叽喳喳地歌唱……

这是一片已经脱贫的土地。

这是一片充满生机的土地。

二

整个夏天，还有秋天和冬天，我全身心地投入《光明的道路：弯柳树村奔小康纪实》的创作，不分白天和黑夜。为的是不负党组织的重托，不负这片土地上人们的期待，为的是写出一部反映驻村第一书记在扶贫攻坚中勇敢坚探索与实践的好作品。

夏日窗外，梧桐树葱葱郁郁，茂盛而高大，浓绿而强壮的枝叶在风中摇曳，轻轻送来几丝凉爽之风；秋冬之时，一株株梧桐树早已蔚然成林，长成了蓬蓬勃勃的风景。凝望窗外，带给我想象，带给我灵感，带给我疲惫后的惬意。

日升日落，星光闪烁。

不知不觉，已是庚子。

吾以吾心去感悟，吾以吾心去创作。

我满怀真诚的心去讴歌、去书写这片土地上发生的翻天覆地的变化，以文学的力量，告诉读者一个名叫宋瑞的驻村第一书记的坚守、奉献和奋斗，告诉读者一个克服重重困难、摆脱贫困奔小康的弯柳树村华丽转身的传奇；以文学的书写和力量，去感染读者、感动读者，让他们一同感受这个伟大的时代发生在中国乡村的最激动人心的故事。

三

宋瑞是河南省派驻村第一书记，她连续三任选择坚守河南省信阳市息县弯柳树村扶贫攻坚，以 7 年的时间，在弯柳树村探索与实践出了一条"传统文化扶心志，精准扶贫奔小康"的脱贫攻坚与乡村振兴之路。

2018 年 10 月，宋瑞荣获"全国扶贫攻坚贡献奖"，并受到中共中央政治局委员、全国政协主席汪洋的接见。

脱贫攻坚，让弯柳树村旧貌换新颜。曾经冷漠的人心，变得温暖了，变得善良了，变得知书达理了；曾经满是垃圾的村庄，天蓝了，地绿了，水清了，花开了，鸟来了。还是那片土地，还是那群人，农民的内生动力从未像今天这样被激发起来，党员干部群众的精气神从未像今天这样令人振奋。这片土地由此变得生机勃勃，这些农民由此对美好的生活信心满满。

今天的弯柳树村农民，对习近平总书记、对执政的中国共产党充满了感恩之情，他们坚信共产党的领导，知党恩，感党恩，跟党走，他们坚信劳动能够致富，劳动能够奔小康，劳动能够走向幸福的路。

宋瑞在弯柳树村扶贫攻坚的探索与实践，再次有力地证明：贫穷并不可怕，贫穷也并不是不可改变。越是贫穷的地方，人民对决战贫困、摆脱贫困命运的渴望和向往就会更加强烈，贫穷有时更能激发人内心潜藏的无穷的精神和力量。因为有了共产党的坚强领导，因为有了国家的扶贫政策，因为有了传统文化的教化，脱贫攻坚爆发出了无穷的能量。

让农民真正脱贫，让农民真正幸福，让乡村真正振兴，弯柳树村脱贫奔小康的模式，可谓是"乡村正道"。

这是脱贫之路，这是小康之路，这是幸福之路，这条道路光明而灿烂。

弯柳树村的发展模式，无疑可以给中国广大的农村提供学习实践的典范。

四

习近平总书记在文艺座谈会讲话中曾多次强调"人民"二字，强调"坚持以人民为中心的创作导向"。习近平总书记说："社会主义文艺，从本质上讲，就是人民的文艺。文艺要反映好人民心声，就要坚持为人民服务、为社会主义服务这个根本方向"，文艺工作者"必须自觉与人民同呼吸、共命运、心连心"，"对人民，要爱得真挚，爱得彻底，爱得持久"，"文艺创作方法有一百条、一千条，但最根本、最关键、最牢靠的办法是扎根人民，扎根生活"。

脚下沾有多少泥土，心中就沉淀多少真情。

长篇报告文学《光明的道路：弯柳树村奔小康纪实》，是我作为一个作家，深入采访和创作，以文学的声音和力量，写给河南省驻村第一书记宋瑞的赞歌，也是写给以宋瑞为代表的全国近 20 万驻村第一书记的赞歌，更是文学唱给中国农民、中国农村决战贫困、摆脱贫困、迈向小康之路的赞歌。

什么是不忘初心？什么是牢记使命？什么是不怕牺牲？什么是无限忠诚？什么是心系百姓？什么是信仰坚定？对于每一个共产党员来说，都需要在全心全意为人民服务的斗争和烈火中去思考、去实践、去检验。

典型的人物、典型的事迹，作家为之感动，文学为之感动。作为一个作家，我以饱满而真诚的文字和文学来书写长篇报告文学这部作品，对一位新时代的驻村第一书记的人生经历、奋斗精神、探索与实践之路进行最真诚、最热情的描绘和讲述。由此，使一个鲜活的驻村第一书记为民奋斗和奉献的公仆形象跃然纸上，展现给读者，感动着读者；也让弯柳树村在党的领导下由穷到富所发生的翻天覆地的沧桑之变，展现给关注中国脱贫攻坚伟大事业的人们。我因之而无比激动。

今天，中国共产党已经走过了九十九年的跌宕铿锵之路，中华人民共和国也已经走过了七十一年的风雨兼程之路，但无论是革命战争时期，或是中华人民共和国的建设时期，中国共产党始终以人民的利益为根本利益，全心全意为人民服务成为党和政府永远不变的根本宗旨。

不忘初心，牢记使命。

让全体中国人民过上幸福美好的生活，这是世界上最大的执政党——中国共产党始终坚守的伟大追求和光荣梦想，是激荡在 9000 多万中国共产党党员内心深处最澎湃的力量。

光明的道路 弯柳树村奔小康纪实

摆脱贫困，实现小康，坚定不移地为人民的幸福而奋斗！这是以习近平总书记为核心的党中央对全体中国人民的庄严承诺，也是习近平总书记最重要的治国理念。在脱贫攻坚这场不见硝烟的战斗中，中华民族必能战胜困难拥有一往无前的力量，中华民族伟大复兴的中国梦一定能够实现，一个崛起的强大的中国一定能够屹立世界民族之林。

五

今天，我以满怀真诚、饱含深情、熠熠生辉的文字去书写《光明的道路：弯柳树村奔小康纪实》，就是要告诉世人一个振聋发聩的实事和真理：中国共产党自成立以来，就是一个有远大抱负、有坚定信仰的政党，中华人民共和国自确立社会主义事业以来，他的宗旨就永远是全心全意为中国人民谋幸福，让中国的老百姓都过上美好幸福的生活。只要有中国共产党的领导，中国农民的幸福生活就充满希望。

大浪淘尘沙，烈火炼赤金。

河南省省派驻息县弯柳树村第一书记——本书主人公宋瑞，就是那千千万万全心全意为人民服务，为中华民族繁荣富强而奋斗的共产党员的优秀代表。她连续三任坚守在弯柳树村扶贫攻坚，带领全村2000多口人摆脱贫困奔向小康的奋斗之路、探索之路，相信会感动每一位读到本书的读者，也会给更多的村庄和驻村第一书记带来启迪。

宋瑞在弯柳树村创造了脱贫攻坚的奇迹。确切地说，她在这里探索与实践出了一条"以德孝文化扶心扶志，以党建为本引领思想，以精准施策有效脱贫，以生态修复振兴乡村"的长效稳固的脱贫之路、乡村振兴之路，使弯柳树村发生了翻天覆地的变化，使弯柳树村从一个破败不堪的小乡村，华丽转身成为一个村容干净整洁、村风和谐纯朴、家家彬彬有礼、户户敬老孝亲、人人热爱学习、到处生机勃勃的社会主义新农村。

这是多么重要的脱贫攻坚的成果啊，它的意义和价值不可估量！

今天，中国农民，中国农村，中国共产党，需要更多像宋瑞这样的优秀的共产党员、驻村第一书记；中国农民，中国农村，中国的脱贫攻坚和乡村振兴，迫切需要更多的像弯柳树村这样充满内生动力、生机勃勃的村庄。

六

如果没有一颗坦荡赤诚的心，如果没有一个共产党员的忠诚和信仰，如果没有全心全意为人民服务的心，如果没有对五千年中华文化的崇敬之心，宋瑞如何能够在脱贫攻坚的战场上做出这些具有时代价值和意义的探索？她的奋斗如何能够赢得一个村、一个县，乃至全国许多地方的人们的尊重？

本书的采访和写作，让我从宋瑞身上看到了、感受到了一个共产党员的信仰和力量，也让我从弯柳树村农民脱贫攻坚的奋战中，感受到了人民群众潜藏的无穷的智慧和力量。

我深深地感到，任何时候，只要一个作家的创作源于生活，他的作品就会充满生命的活力，只要作家和他的笔锋能够深入原汁原味的关乎老百姓根本利益的生活，他的作品就代表了人民的利益，代表了国家的意志，代表了时代的声音，也代表了文化的根，他的文字才会熠熠生辉，他的作品才能受到人民群众的肯定，才能打动万千读者的感情。

习近平总书记有一句名言："文运同国运相牵，文脉同国脉相连。"

今天，我所采访和创作的关于省级贫困村弯柳树村在驻村第一书记宋瑞的带领下的脱贫之路和乡村振兴之路，也代表着中国广阔农村千千万万个村庄在脱贫攻坚这场伟大的战役中他们的奋斗之路。我想，写弯柳树村在党的领导下的脱贫攻坚探索与实践的奋斗之路，就是在

光明的道路 弯柳树村奔小康纪实

书写 2020 年全国所有贫困村庄在党的领导下摆脱贫困迈向小康的光荣之旅。

为人民书写，为时代书写，为我们伟大的社会主义中国书写，难道不是每一个作家应该自觉担当的光荣职责和历史使命？

七

创作的艰辛与孤独，磨难与煎熬，唯作家柔韧而坚强的内心体味最深。

当汗水和心血化作一行行有生命的文字时，所有的一切，刹那将化作一丝清风、一片白云、一束灿烂的阳光，也将化作田野里茁壮生长的大豆和高粱。

上天始终会眷顾勤奋的人，眷顾充满毅力和满怀正能量的人。

曾经付出的每一滴心血、每一滴汗珠，都会滋润你脚下的土地，终将让你看到金灿灿的迎风闪耀的向日葵，让你在金色的阳光下收获硕大而饱满的粒粒果实。

我愿《光明的道路：弯柳树村奔小康纪实》这部书，能以真挚的情怀，奋斗的精神，文化的力量，打动每一位读者的心，让每一位可敬的读者从中收获一种质朴而高尚、平凡而伟大的精神，感知共产党人所拥有的、所坚守的初心和使命，感知人民群众被激发内生动力后所焕发出的昂扬激荡的力量和智慧。

后　记

长篇报告文学《光明的道路：弯柳树村奔小康纪实》即将出版发行。此时此刻，我心潮澎湃，我要表达一位作家最诚挚的谢意。

首先，我要感谢研究出版社诸位老师对此书的高度重视，感谢他们在此书编辑、出版过程中所付出的热诚和心血！　本书在采访和创作过程中，我得到了河南省委组织部、河南省委宣传部、河南省扶贫办、信阳市委组织部和息县县委、县政府、县委组织部、息县路口乡党委政府等多个部门多位领导的关注和支持；得到了中国作家协会、中国报告文学学会、河南省作家协会、河南省报告文学学会、河南省孝文化促进会等多个部门多位老师的关注和支持。

我还要感谢河南省信阳市科协、信阳市报告文学学会。本书在采访创作修改过程中，现任信阳市科协主席、曾多年任职信阳市文联主席的作家张善伟先生，以其深厚的文学造诣，给予我很多独到的创作及修改建议；他还与信阳市报告文学学会名誉会长韩强毛先生一起，多次为我的创作修改助力

光明的道路 弯柳树村奔小康纪实

加油,其情令人感动。

本书在采访和创作过程中,研究出版社副总编辑张高里先生给予我特别的鼓励、肯定和支持。他与我在北京赤诚相见,又通过电话、微信与我深入交流和探讨,对本书的不少篇章提出了他深思熟虑后的见解和修改意见。他是一位职业出版家,曾经将不少中国的好书,翻译、出版、发行到世界多个国家,也将世界上许多好书,翻译介绍给中国的读者。他站位高远,具有深厚的文学素养和时代担当,他愿意把中国脱贫攻坚和乡村振兴的题材,以"中国报告"的形式向全国乃至世界推广,让更多的读者关注、并了解中国人民为之奋斗的脱贫攻坚伟大事业和已经取得的、举世瞩目的成就。

张高里先生说,要通过《光明的道路:弯柳树村奔小康纪实》这部作品的出版,让中国更多的读者了解弯柳树村脱贫致富奔小康的曲折历程,了解驻村第一书记宋瑞历尽艰辛扶贫攻坚的探索与实践之路,让中国共产党领导的这场脱贫攻坚之战,通过弯柳树村这个缩影和这本书感动千千万万的读者。

报告文学是一种有思想、有灵魂、有时代意义的文学,是具有生活底色、传达时代呼声的一种书写,因而报告文学也是一种有责任、有担当的文本。深入生活,扎根于人民,作为一位作家,每一次深入的采访和写作,我都竭尽全力把湿漉漉、滚烫烫的心交给生活,交给文学。而每一部作品的诞生,也都是我为生活而歌、为时代而歌的最好体现。今籍此书出版发行之机缘,谨以至诚之心,特向上述各界领导、老师、朋友,表达崇高的敬意和谢意,铭记所有曾经给予我鼓励和支持的人们!

本书因作者学识积淀浅薄,文中不妥之处,在所难免。念创作之不易,著述之艰辛,恳望各位贤雅之士、各界读者诸君,宽宥指正,不吝赐教。

一片丹心,满怀赤诚。

感恩! 感谢!

2020 年 11 月 9 日